SUPERBUR
BIBLIOTECA UNIVERSALE RIZZOLI

CARLO CASSOLA nella BUR

Carlo Cassola

LA RAGAZZA
DI BUBE

introduzione di GENO PAMPALONI

Biblioteca Universale Rizzoli

Proprietà letteraria riservata
© 1980, 1989 RCS Rizzoli Libri S.p.A., Milano

ISBN 88-17-11350-6

prima edizione BUR: ottobre 1980
prima edizione Superbur: gennaio 1989
sesta edizione Superbur: luglio 1992

INTRODUZIONE

Nell'estate del 1960, subito dopo la pubblicazione, *La ragazza di Bube* fu accompagnata da un successo travolgente. Lo scrittore, che sino allora era stato uno scrittore per pochi; che, anche con i libri di esplicito tema politico, antifascista e resistenziale (*Baba*, 1946; *Fausto e Anna*, 1952; *I vecchi compagni*, 1953; *La casa di via Valadier*, 1956) aveva raccolto numerose testimonianze di stima ma anche taccia di «intellettualistico» e di moralista e che comunque non era riuscito a stabilire un contatto reale con un pubblico vasto; che viveva modestamente in provincia, a Grosseto, insegnando in un liceo; che, infine, aveva dovuto stampare il racconto che rimane ancor oggi forse al vertice della sua opera, *Il taglio del bosco* (1954) presso un piccolo editore pisano, Nistri Lischi, con la malleveria di un lettore e critico squisito precocemente appartatosi, Niccolò Gallo; entrava ora di colpo nel mondo delle alte tirature, delle interviste, dei soggetti cinematografici; e proprio a lui, allora così scontroso e riservato, toccava in sorte di siglare l'ingresso del romanzo italiano nel «boom» dei consumi che caratterizzò l'attesa e l'avvento del centro-sinistra.

Le ragioni di quella imprevista esplosione di successo non erano tutte letterarie, anche se la qualità letteraria del racconto fu viatico fondamentale. Molti altri elementi entrarono in giuoco. E forse, ancor più della storia, che pure è storia romantica, di amore fedeltà e sacrificio, incarnata da un'eroina popolare, capace di suscitare emozioni e solidarietà profonde, contò il fatto che si trattava di una vicenda reale. I protagonisti, la Mara e il Bube del romanzo, furono individuati, ritrovati, interrogati; dalla loro biografia si risalì a ricostruire gli episodi di cronaca che stanno al centro del racconto, e a riaprire il libro della Resistenza, con le luci e le ombre di quel momento esaltante di liberazione e riscossa popolare, che aveva peraltro assunto anche caratteri di guerra civile.

Il romanzo del Cassola si innestava dunque su un «caso» che accendeva passioni roventi; e poneva un tema angoscioso e drammatico, universale, ricorrente di continuo nella storia umana, tale da coinvolgere in sé l'idea stessa di politica, il rapporto tra la politica e la morale, il senso autentico della libertà; un tema che ancor oggi, nel 1980, in forme storicamente più complesse e meno categoriche, è terribilmente attuale: il tema della violenza, in tutto l'amplissimo ventaglio delle sue implicazioni etiche e politiche sulle responsabilità dei singoli e dei gruppi o partiti, del progetto politico a cui si ispira, della cultura cui si richiama, sui valori che afferma e su quelli che infrange. Nel libro del Cassola era chiamata in causa la storia di una generazione, della generazione che con la Resistenza era divenuta classe dirigente, protagonista della vita democratica della repubblica; ed era chiamata in causa l'immagine che quella generazione aveva di se stessa.

Non a caso una rivista politica socialista, «Mondo Operaio», nel suo fascicolo del luglio-agosto del '60, dette ampio spazio a *La ragazza di Bube*, invitando «scrittori, critici letterari e uomini della Resistenza» a darne un giudizio «dichiaratamente "contenutistico"». Si chiedeva infatti di valutare «i giudizi storici e politici» espressi dal Cassola nel suo romanzo, e si chiedeva se «i personaggi e le vicende siano effettivamente rappresentativi della realtà sociale e politica alla quale l'autore evidentemente si richiama».

Non mancò chi, come Elena Croce, si ribellò al tipo di lettura proposto dalla rivista, che le sembrava una impropria utilizzazione di un'opera d'arte come strumento di giudizio storico e politico. Né mancò chi, come Pio Baldelli, si pose in una prospettiva critica diametralmente opposta, mettendo a confronto fantasia romanzesca e realtà storica, per concludere che i personaggi cassoliani «non riescono a reggere il peso della vasta vicenda storica in cui sono inseriti». Ma in genere gli interrogati stettero al giuoco; ed affrontarono il discorso politico che ciascuno di loro avvertiva ineludibile, prepotente, consustanziale al romanzo.

È necessario d'altra parte ricordare, per ricostituire nella sua concretezza il dibattito, che l'accoglienza della critica a *La ragazza di Bube* era stata fortemente condizionata proprio dal giudizio politico. Uno dei più fini lettori dell'area marxista, Piero Dallamano, aveva riassunto la severità dei comunisti nella inequivocabile definizione di «romanzo perfettamente reazionario»; e così ne interpretava la filosofia politica, o il messaggio: «...la Resistenza è stata un errore; le speranze popolari, nate dalla guerra partigiana, furono grottesche, stupide, generatrici di crudeltà senza esito; val meglio, ora, rassegnarsi nell'espiazione di questi errori e nell'accettazione di un mondo manzonianamente governato dalla forza; ed è utile che la gente abbia dalla società e dal destino la sua parte di sofferenza». Mutato ciò che è da mutare, sembra di leggere il rifiuto che più di un secolo prima il Settembrini e altri critici democratici opponevano a *I promessi sposi*.

Ripercorreremo dunque brevemente le risposte a «Mondo Operaio» in quanto esse non fanno parte soltanto della «fortuna» de *La ragazza di Bube*, ma aiutano a capire il clima culturale (un clima, non va dimenticato, ancora assai inquieto per gli echi dei fatti d'Ungheria del '56, che avevano lacerato profondamente la cultura di sinistra e riportato in primo piano le contraddizioni del comunismo) nel quale, prima di essere letto, il romanzo fu scritto, qualunque fossero le intenzioni poetiche dell'autore. Ma è opportuno, per comodità del lettore, riassumere le linee essenziali della vicenda.

La vicenda è ambientata in Toscana, in uno dei luoghi deputati del mondo cassoliano, la Val d'Elsa, e i suoi protagonisti vivono ancora nell'atmosfera appassionata della Resistenza da poco conclusasi con la liberazione. Bube è stato valoroso partigiano, e ha trovato nella lotta un'immagine di sé che lo soddisfa ma al tempo stesso lo chiude come in uno stereotipo. Giovane timido, elementare e in sostanza impreparato alla vita, la rudezza spicciativa della sua determinazione di combattente gli ha conquistato il titolo di «Vendicatore»; e quando scende dalle montagne e torna alla vita di pace (una vita incolore e deserta di funzionario di partito) sentirsi ancora «Vendicatore» è per lui un povero orgoglio ma anche un oscuro, toccante, e in fondo generoso, sentimento di fedeltà. C'è un episodio assai significativo a questo proposito. Una sera Bube incontra il prete Ciolfi, vecchio fascista che, come tale, era dovuto scappare dal paese; insieme al rancore politico c'è nell'animo di Bube un sentimento di pietà per quel vecchio conosciuto sin dall'infanzia; fa quindi finta di non vederlo, e cerca poi di proteggerlo dalla furia di qualche donna più aggressiva. Ma quando sente che l'accanimento popolare contro l'avversario è più tenace della sua pietà, si trasforma da difensore in aggressore: è a lui, al «Vendicatore», che tocca il compito e l'onore di picchiare. Con questo spirito incorre in un incidente più grave, da cui tutta la sua vita sarà segnata. Nato un alterco tra comunisti e un maresciallo dei carabinieri (decorato della Resistenza; ma questo si saprà dopo; nel '45, agli occhi di un comunista, non può essere che un fascista) si accende una sparatoria in cui il maresciallo uccide un compagno, un altro compagno uccide il maresciallo, e Bube, ripreso nel vortice della spregiudicatezza crudele di combattente vissuto tanto tempo alla macchia, insegue e uccide il figlio del maresciallo.

Bube si era innamorato di Mara quando la guerra era finita da poco; prima degli incidenti sopra accennati. L'assassinio si mescola proprio al fiorire più trepido e appassionato dell'amore, allo sbocciare tenerissimo della giovinezza di lei. L'incontro d'amore nel capanno, ove i due giovani si nascondono in attesa degli uomini del partito incaricati di organizzare la fuga di Bube dopo l'uccisione del figlio del maresciallo, non solo raccoglie pagine tra le più delicate tra le pagine d'amore del nostro Novecento, ma ha quasi una funzione di lavacro, di rigenerazione, come se insieme con Mara Bube avesse miracolosamente attraversato le acque del Lete.

La vita invece procede altrimenti. Il delitto non viene dimenticato o archiviato: Bube subisce processo e condanna.

Si inserisce qui uno dei temi più controversi del romanzo; che supera la situazione contingente nel quale è inserito dal narratore; e consente, per esempio, anche una lettura attuale, post-sessantottesca, o 1980, de *La ragazza di Bube*. È il tema che possiamo definire della «educazione politica». Bube si sente tradito dal suo partito, non soltanto perché, dopo il delitto (che egli pensa di aver compiuto quasi per delega del suo partito) il partito non lo difende abbastanza. Il «tradimento» di cui Bube si sente vittima è retrospettivo, e ha avuto inizio sin da quando il partito lo ha educato ai valori della violenza punitiva, lo ha accettato o sollecitato nel ruolo di «Vendicatore», senza avvertirlo dei rischi mortali che egli correva, del non-valore etico (e ora anche politico) implicito nell'ideologia della violenza.

Nella parte finale la funzione di protagonista passa a Mara, la più consapevole dell'atroce tranello che la vita ha teso al suo uomo. Mentre Bube è in prigione in attesa del processo, la vediamo andare a Colle val d'Elsa a servizio; incontra un giovane operaio ed è sfiorata dalla casta tentazione di un nuovo amore; ma dopo la condanna di Bube decide di essere per sempre la sua donna, di aspettarlo per tutti gli anni che a lui restano da passare in carcere, per ricostituire e riconsacrare un affetto che è anche un dovere verso un uomo che ha sbagliato la propria vita. Amore e dovere s'intrecciano con gli errori del passato; ma l'esito non può essere che la fedeltà, a se stessa, al fiore della propria giovinezza e alla ragione del proprio destino.

Nelle risposte a «Mondo Operaio» si avvertono due diverse linee di tensione; da un lato è chiaro che il romanzo di Cassola è stato un'occasione e uno stimolo a ripensare criticamente il nostro dopoguerra e a misurare ancora una volta la distanza tra le illusioni del '45 e la realtà della storia; dall'altro c'è la preoccupazione di rispettare l'autonomia del romanzo come opera d'arte, di non discuterlo come un saggio o un documento. Il discorso politico di quasi tutti gli interventi va quindi molto al di là del romanzo; ma il giuoco delle risposte mira a stabilire un rapporto «equo» tra discorso politico e romanzo. Fa eccezione Piero Caleffi, il quale avrebbe voluto che il partigiano Bube vestisse panni da «eroe positivo», e non fosse lo «straccetto umano» che a lui sembra che sia; quello dello scrittore gli appare «qualunquismo bello e buono». Italo Calvino invece osserva come non sia registrato nel romanzo il contrasto di fondo che ha caratterizzato la storia del partito comunista nel dopoguerra (è il discorso che preme a lui Calvino): il contrasto cioè tra il partito armato, votato all'estremismo, quale era uscito dalla Resistenza, e il partito «modernamente strumentato, da classe operaia egemone, capace di agire sul piano d'una democrazia avanzata». Ma non per questo condanna: perché il Cassola intendeva darci, e ci ha dato, il romanzo di Mara, «cioè di come può attuarsi in un mondo estremista una condotta morale».

Anche Cesare Cases illumina il sottofondo politico del periodo in cui il romanzo si svolge: «l'errore... (fu) la prospettiva, diffusa dalla sinistra nei primi anni del dopoguerra, di una rapida conquista del potere». E da qui trascorre a un giudizio severo sulle responsabilità del partito comunista in rapporto a quell'errore di «immaturità» di cui Bube è la vittima: «Perché l'esperienza partigiana non aveva condotto a una certa maturazione della coscienza?». Ma anch'egli assolve lo scrittore con una motivazione simile a quella del Calvino: «a Cassola non interessava la vicenda di Bube quanto quella della sua ragazza».

Ancora più severa e approfondita l'analisi di Roberto Guiducci della «grande macchina comunista, tracotante e insieme pavida», alla quale risale «la responsabilità per la mancata educazione politica dei giovani Bube usciti dalla Resistenza con molti atti di coraggio e nessuna preparazione». Ciò non soddisfa, secondo lui, lo schema leninista, e si riduce invece allo schema togliattiano per cui «tutto, anche la rivoluzione stessa, deve essere subordinato e strumentalizzato al mezzo partitico; alla sua esistenza, potenza e fortune quotidiane». Quando Bube viene arrestato e condannato, egli «ha ormai coscienza di essere stato bruciato in un giuoco che non era la rivoluzione, ma soprattutto egli è umiliato e offeso nella sua speranza organica e quasi fisica di uomo subalterno, maturata in secoli di avvilimento e di sofferenze della classe contadina». Quella di Bube, insiste Guiducci, è «una vera catastrofe etica». «Se la rivoluzione lo ha tradito, ritorna a valere la morale preesistente, di fronte alla quale è costretto ad accettare di essere un assassino». A questo punto la «assoluzione» del romanziere ha nel Guiducci una motivazione più sottile di quella già registrata (che avesse voluto scrivere soprattutto il romanzo di Mara). Bube non può essere secondo lui privato del ruolo di co-protagonista, ed è anzi merito del Cassola di aver «provato a verificare su un caso (quello appunto di Bube) una intera politica». *La ragazza di Bube* non è «romanzo ideologico», ma «si rifà a un criterio di verità più modesto, più empirico ma non per questo meno decisivo».

Con una vigorosa sterzata verso le ragioni dell'arte, Roberto Battaglia nega che *La ragazza di Bube* si possa considerare «romanzo a tesi»; e contesta i quesiti stessi posti da «Mondo Operaio», quesiti che «dànno per scontato che Cassola abbia voluto esprimere giudizi storici e politici», il che egli non crede. Il tema del romanzo, tema cassoliano ricorrente, è la «crisi della Resistenza»; o meglio un aspetto, peraltro fondamentale, di quella crisi: se la «pietà» della storia abbia ragion d'essere anche nei momenti rivoluzionari. Ma tutto ciò lo scrittore, seguendo la propria natura, non l'ha indagato sul piano e con strumenti storici, ideologici o politici, ma nella sfera morale, come «quesito di coscienza».

Ecco allora che possiamo tornare alla risposta del Calvino, là dove egli riconosce come tema centrale del romanzo cassoliano «il tema della fedeltà». «Il valore del libro è nella sua tensione poetica ed esistenziale, e quindi morale, e quindi storica». Esso ci dice che «in tempi in cui la storia non ha altro metro morale che se stessa (...), la morale è momento individuale, di scelta interiore». Di qui la priorità del ruolo di Mara: «Mara si sacrifica a qualcuno che certo non la vale, perché solo così può esprimere l'importanza della vita».

Il quadro politico, in questa bella pagina del Calvino, si allontana; e lascia emergere, come una marea che si ritiri, antichi valori, il dolore, la giustizia, la fedeltà (la perenne «importanza della vita»).

Subito dopo *La ragazza di Bube* Carlo Cassola mutò registro; occorre attendere quasi vent'anni, sino al '78, per veder ripresi, in *Un uomo solo*, i temi della politica e dell'antifascismo che avevano tenuto il campo nella sua narrativa per tutto il decennio dal '50 al '60. Nel '61, con *Un cuore arido*, si apre la serie dei racconti che svolgono, protagoniste alcune indimenticabili figure femminili, il tema del sentimento esistenziale e della sua impossibile purezza, sino a *Paura e tristezza* (1970) che di quella serie segna probabilmente il punto più alto.

Ciò può rendere oltremodo remota per i lettori di oggi la mia riesumazione dei documenti critici d'archivio sepolti nelle vecchie pagine di «Mondo Operaio». Se ho voluto riaprire quella cartella, non è soltanto per cercare di ricollocare *La ragazza di Bube* nel contesto polemico del periodo in cui fu pubblicato (contesto per lo meno utile se non necessario alla lettura), ma per due altre ragioni che a me preme far rilevare.

La prima è esterna al libro. Quanto di quel dibattito su politica e morale, su pubblico e privato, su morale della rivoluzione e morale della «pietà», non è (pur in una situazione e sotto le specie di un linguaggio tanto diversi) ancora attuale, coinvolgente, irrisolto? Rileggere queste pagine, oggi, dopo l'esperienza del terrorismo (e pur avendo ben chiari i termini della incomparabilità tra Resistenza e terrorismo) ci fa riflettere, con la capacità di avvertimento morale propria della poesia, che i problemi e i quesiti fondamentali, coscienziali, del nostro rapporto con la vita e il suo significato rimangono dello stesso ordine, ci pongono nello stesso modo di fronte alle responsabilità delle nostre scelte. L'opera d'arte si dimostra, ancora una volta, via e momento di libertà.

La seconda ragione è interna al libro; ed è che a *La ragazza di Bube* è necessaria una lettura «storica». Vi ritroviamo spesso, è vero, il Cassola più limpido e lirico: la presenza magica e familiare del paesaggio toscano, reso con la sensibile evidenza di una pittura quattrocentesca; la tenera e malinconica ambiguità femminile di Mara, vulnerabile e forte; l'aria trepida di adolescenza che spira nella prima parte del racconto, pur traversato da minacciose passioni; la semplicità del linguaggio, piuttosto trasparenza, musica naturale, che non soltanto pura domesticità.

Ma nel racconto c'è anche altro (e forse per questo l'autore per qualche anno ha guardato al suo libro senza simpatia). C'è quella che il Battaglia dice «crisi della Resistenza»; c'è l'intrusione, l'ombra, la violenza della storia nel mondo dei sentimenti; c'è dunque, al contrario di quanto sembrava al Calvino e al Cases, la presenza ineliminabile, accanto a Mara, di Bube. Innanzitutto, Bube impersona una sorta di continuità tematica nel discorso svolto dal Cassola sulla Resistenza. La Resistenza cassoliana non è univoca e patriottica come quella ipotizzata dalla storiografia di sinistra degli anni 50. Nel suo esplodere, nel suo momento spontaneo e incontrollato, assai grande rimane in essa l'eredità prefascista: un complesso di moti, aspirazioni, sentimenti e risentimenti schiettamente popolari, libertari, massimalisti, anarchici, esasperati, in qualche modo politicamente irresponsabili. E soprattutto in Toscana e nell'Italia centrale in genere, ove più viva e riottosa era stata, anche nel personalizzarsi degli odi e delle rivalità di rione o di paese, l'insofferenza al fascismo e alla borghesia, quel residuo indisciplinato di rancori e di ingenue attese della palingenesi rivoluzionaria, quel grumo elementare di protesta, di vendetta e di violenza, ebbe le sue espressioni più forti. Bube nasce entro questo mondo.

In secondo luogo, e proseguendo, se il rapporto del Cassola con la Resistenza è diviso tra sentimento poetico e giudizio moralistico, Bube, in qualche istante della sua vita (vita di personaggio nel testo, s'intende) raccoglie in sé, di là dal moralismo, quel sentimento poetico. Dal suo povero gigionismo paesano, che vediamo trasferito nella violenza ma anche in un indocile e quasi atavico impulso di rivincita, si sprigiona una luce di verità (la patetica, anche se crudele, luce della verità dei poeti).

In terzo luogo, e proseguendo ancora, Bube riassume e incarna la sostanziale ambiguità e irresolutezza tra moralismo e sentimento poetico con cui il Cassola guarda alla Resistenza, e lo costringe, felicemente, a dare di essa un'immagine metaforica. Lo scrittore è affascinato dalla dolente verità del suo personaggio. Non riesce ad assolverlo, ma non riesce neppure a condannarlo. Dell'assassinio, ammette, insieme con Bube, l'errore; ma non affronta il problema della colpa, o della giustificazione. Bube ha del suo passato più fastidio che rimorso. Ha sbagliato: ma qual'è stato il suo errore? La risposta, il narratore la affida al gesto con cui Mara si affianca a lui nel suo destino.

Mara (e con lei il narratore) non indaga le ragioni dell'«errore» di Bube: lo accetta come un errore e lo ripaga con la fedeltà. Sostituisce il giudizio morale con il sentimento. Non per nulla, come ho già osservato, il nodo degli avvenimenti (l'assassinio compiuto da Bube, la rapida liquidazione del momento rivoluzionario) è intrecciato con il fiorire dell'amore. Mara e Bube concludono la loro storia riconoscendo di essere stati ingannati nel misurare la realtà con il metro del partito, ma non vanno oltre. E qui nasce la metafora che fa la sostanza poetica del romanzo. Quell'errore, quella inconsapevolezza, quell'inganno sono per Bube e Mara inestricabilmente avvinti alla loro giovinezza, al momento puro e fatale della loro vita. Ed essi, ripiegando su una diversa considerazione dei fatti, ne escono, passando gli anni, diminuiti, impoveriti, sconfitti.

Il significato politico de *La ragazza di Bube* coincide con il suo significato poetico: una generazione sconfitta nella sua giovinezza. La Resistenza italiana non è tutta qui, ma è anche questo.

GENO PAMPALONI

LA RAGAZZA DI BUBE

A Beppina

PARTE PRIMA

I

Mara sbadigliò. Era una bella noia essere costretta a stare in casa per colpa del fratello! Le venne in mente che avrebbe potuto lo stesso andarsene fuori: Vinicio si sarebbe messo a strillare, e poi la sera lo avrebbe raccontato alla madre; ma lei avrebbe potuto sempre dire che non era vero. E, dopo, gliele avrebbe anche date, a Vinicio.

Le piacque talmente l'idea che le venne una gran voglia di farlo. Ma poi indugiò a guardarsi nello specchio ovale del cassettone. Si mise le mani sotto i capelli, per vedere come sarebbe stata se li avesse avuti gonfi. Il vetro era scheggiato per traverso, sì che non ci si poteva specchiar bene: la faccia non c'entrava tutta.

Dopo qualche minuto, scese in cucina.

«Dove vai?» le gridò dietro il fratello.

«Sto qui. Uggioso.»

«No, tu vai fuori» piagnucolò il fratello. Era incredibile la paura che aveva di restar solo.

«Non vado fuori. Sto qui.» Si era messa alla finestra.

La finestra dava su uno spiazzo tra le case. In fondo lo spiazzo si restringeva in una specie di vicolo, che immetteva nell'unica strada del paese.

Mauro era seduto sullo scalino della casa di fronte.

«Ehi! Non ci sei andato a lavorare?» lo apostrofò Mara.

Mauro non rispose. Si alzò pigramente e attraversò il

piazzale. I calzoni gli scivolavano lungo i fianchi magri, e ogni poco era costretto a tirarseli su.

«Vieni fuori» le disse.

«Non posso. Devo guardare a Vinicio.»

«Vengo io dentro.»

«Nemmeno.»

«E perché?.»

«Mamma non vuole che tu venga quando sono sola.» Aveva risposto così senza pensarci, e un momento dopo era già pentita. La faccia di Mauro si era infatti aperta in un sorriso malizioso.

«Lo so dov'è andata tua madre. A spigolare.»

«No» mentì Mara. «È andata qui vicino e ora torna.» Mauro ridacchiò:

«È andata a spigolare» ripeté. «Sicché prima di buio non torna. Vedi che puoi farmi entrare.»

«Non voglio io.»

«E io entro lo stesso.»

«Non puoi. Ho messo il paletto.»

Se Mauro si fosse dato la pena di provare, si sarebbe avvisto che la porta era solo accostata. Ma non lo fece; e Mara fu molto soddisfatta della sua furberia.

«Lasciami entrare» la supplicò.

«Ti piacerebbe eh?» lo stuzzicò lei.

Mauro stette zitto. Aveva una faccia larga, con l'attacco delle mascelle molto pronunciato; sopra il labbro gli cresceva una fitta peluria nera, ma le guance e il mento erano senza peli. I capelli li aveva sempre arruffati.

«Hai paura?»

«Di che dovrei aver paura?» si risentì lei.

«Di me» e la sua faccia si allargò ancora di più in un sorriso compiaciuto.

«Figuriamoci se ho paura di te.»

«E allora aprimi.»

«No.» E gli fece uno sberleffo.

«Bene, tu intanto devi stare in casa mentre invece io me ne vado in giro» disse dopo un po' Mauro.

«M'importa assai.»

«Vado a trovare Annita.»

«Vacci.»

«Scommetto che ti dispiace.»

«Povero scemo.»

Mauro assunse l'aria di chi la sa lunga:

«Voi donne fate finta di niente... ma poi vi rodete il fegato.»

«Sentiamo: perché mi dovrebbe dispiacere?»

«Perché Annita ti ha portato via l'amoroso.»

«Saresti tu il mio amoroso?» Mara scoppiò a ridere. «Io te, guarda, nemmeno ti vedo. Se tu sparissi, nemmeno me ne accorgerei.»

«E a me, credi che me ne importi qualcosa di te?»

«E allora perché non te ne vai?»

«Da dove me ne devo andare?»

«Da sotto la mia finestra. Se non te ne importa, perché ci stai?»

«Io sto dove mi pare.» Si frugò in tasca, tirò fuori un mozzicone, poi un fiammifero, e l'accese strofinandolo contro il muro.

Tanto per far vedere che non stava lì per lei, le aveva voltato le spalle; e allora Mara, spenzolandosi dal davanzale, gli tirò i capelli.

«Ahi! stupida. Mi hai fatto male. Perché non mi lasci entrare in casa?»

«Te l'ho detto perché.»

«Ma non c'è nessuno che vede.»

«Perché vuoi venire in casa?»

«Per parlare.»

«Si può parlare anche così.»

«Ho da dirti una cosa. Un segreto.»

«Dimmelo.»

A un tratto il ragazzotto fece una faccia contrita:

«Ti prometto che tengo le mani a posto.»

«Sì, e io sono così stupida da credere alle tue promesse!» Si arrabbiò: «Mi avevi giurato che non le parlavi più, ad Annita; e invece, l'altro giorno, ti ci ho visto insieme».

«Perché tu non mi dài soddisfazione» rispose Mauro.

«E lei invece te la dà, vero? Bella soddisfazione ci dev'essere, ad andare con quella. È anche guercia» e rise. Abbassò la voce: «Lo sai come dice mio padre? Le donne di quella famiglia... sono tutte svelte ad alzare le sottane» e tornò a ridere.

Il ragazzo invece rimase serio. «Ti prego, fammi entrare» ripeté ostinato.

«No.»

«Un minuto solo.»

Mara lo guardava ironica. Le piaceva eccitarlo coi discorsi, per lasciarlo poi insoddisfatto.

A un tratto il ragazzo smise di supplicarla; si tirò su i calzoni, e disse con aria fiera:

«È inutile che fai la schizzinosa con me; tanto quelle cose ce le hai fatte...»

«Parla piano, stupido.»

«Non è vero che ce le hai fatte?» ripeté lui a voce più bassa.

«Quando? Io non me ne ricordo più.»

«Bugiarda. Ancora l'anno scorso, di questa stagione...»

«Sei tu bugiardo.»

«Guarda: ti dico anche il posto: lì sotto il forno. O vorresti negare?»

«Lo nego, sì, lo nego.»

«Sei una bugiarda e una vigliacca.»

«Tu sei un bugiardo e un vigliacco. Io le sottane non le ho alzate, se è questo che intenderesti dire.»

«Ma mi hai sbottonato i calzoni» replicò il ragazzo.

Mara non gli parlò più, smise anche di guardarlo. "Poteva essere morto", pensava con rabbia. Proprio la settimana avanti andava al campo insieme a una zia e a un'altra donna, e quest'ultima aveva messo il piede su una mina ed era saltata in aria. Anche la zia era rimasta ferita, ma leggermente, tanto che era già tornata dall'ospedale. E Mauro, nulla, nemmeno un graffio.

"Quanto avrei pagato che ce l'avesse messo lui il piede sulla mina", si ripeteva Mara. Erano cresciuti insieme in quella specie di cortile, lei, Annita e Mauro; c'erano anche gli altri ragazzi, ma loro tre erano inseparabili. E ne avevano fatte di porcherie (le chiamavano proprio così: «le porcherie»). Annita già allora era una svergognata, che andava con tutti i ragazzi, mentre lei solo con Mauro. Una volta per la verità anche con un altro, ma per far rabbia a Mauro. Quelle comunque erano cose da ragazzi, chi gli dava importanza; le facevano tutte. Liliana magari no, ma perché era stupida, sempre attaccata alle sottane della mamma.

Il guaio era stato l'anno avanti, che ormai non erano più ragazzi, né lei né Mauro. Lui, che per anni nemmeno l'aveva guardata, a un tratto le s'era messo intorno, e ogni momento allungava le mani, quando la toccava davanti, quando dietro; e Mara, schiaffi. Era un divertimento, perché lui quando era eccitato era incapace di reagire: si prendeva il ceffone, e zitto. Gliene aveva stampati in faccia con tutta la forza, da lasciarci l'impronta delle dita.

Una sera, invece, che lei le aveva prese dalla madre, e si era rifugiata a piangere sotto il forno: era sopraggiunto Mauro, e si era messo a consolarla; e poi aveva comincia-to a farle le carezze, ma per bene, come un vero innamora-to... "Era buio, nemmeno lo vedevo in faccia; sennò, non mi sarei lasciata abbracciare". Perché quel ragazzotto le era odioso, proprio, odioso. E a un tratto, nemmeno lei sa-peva com'era stato... Certo, non si era fatta far niente; lui, da questo punto di vista, non aveva proprio di che vantarsi.

«Io da te non mi sono fatta far niente» gli disse.

Mauro ridacchiò:

«Ma a me qualcosa m'hai fatto.»

«Tanto non lo sa nessuno. Anche se lo vai a ridire, io dico che sei un bugiardo.»

«La gente crede ai giovanotti, non alle ragazze.»

«A un bugiardo come te non ci crede nessuno.»

«Facciamo un patto. Io ti giuro che non lo ridico, ma te, adesso, mi fai entrare cinque minuti.»

«Su che cosa lo giuri?»

«Sulla Madonna. Anzi, guarda, su santa Lucia, che possa rimanere accecato se non mantengo il giuramento.»

«Tu in testa ci hai le pigne, vedi» disse improvvisamente Mara. Gli rise in faccia e si tirò bruscamente indietro. Poi rimase ferma in ascolto.

«Mara» chiamò il ragazzo. «Mara, senti. Dove sei andata?»

Lei soffocava a stento le risate. «Ascoltami, Mara.»

Chiamò e supplicò ancora per un poco, quindi lo sentì che si allontanava.

Il pomeriggio del giorno dopo, Mara era di nuovo affacciata alla finestra di cucina. Guardava in fondo al vicolo, nel breve tratto di strada che era dato vedere, sperando che comparisse una macchina americana. Era stato così divertente i primi giorni dell'arrivo degli americani! Ce n'erano una quantità accampati sotto la canonica; arrivavano con le macchine in mezzo agli olivi, e in un punto ci avevano spianato per giocarci col pallone. La sera erano sempre in giro per il paese, bussavano a tutte le porte chiedendo il vino: in cambio davano pacchetti di sigarette e roba in scatola.

A lei avevano regalato tavolette di cioccolata, caramelle e biscotti. Le dicevano: «Signorina, bella signorina». Ma lei ne aveva paura e scappava. A un tratto, erano partiti; ne erano arrivati degli altri, ma c'erano rimasti due giorni soltanto; dopo di allora, passava ogni tanto qualche macchina, ed era tutto.

Si sentì il rumore di una macchina. Ansava su per la salita breve ma ripida che immetteva in paese. Mara guardò ancora più intensamente da quella parte, sperando che fosse un camion americano.

Non era americano. Era un camion civile, piccolo e sgangherato; c'erano sopra la rete di un letto, un materasso, un comò, una catasta di sedie, altri mobili. C'era anche un giovanotto, che saltò giù prima ancora che il camion si fermasse. Aveva uno zaino in spalla, e un fazzoletto rosso al collo.

Benché un partigiano non fosse così interessante come un americano, Mara rimase a guardarlo. Lo vide parlare col conducente. Poi il camion ripartì. Il giovanotto si guardò intorno, come se non sapesse dove andare. Chiese qualcosa a una bimbetta, e questa gli rispose indicando proprio in direzione della loro casa.

Il giovane venne diritto da lei. Si fermò sotto la finestra:

«Sta qui Castellucci?»

«Sì» rispose Mara. «Ma ora non c'è.»

Di nuovo il giovane parve indeciso. Mordicchiandosi un dito, Mara lo osservava. Era magrolino, bruno, coi capelli lisci e i baffetti.

«E dov'è?» fece a un tratto.

«A Colle» rispose Mara.

«Ma torna?»

«E chi lo sa. Certe sere torna, e certe altre rimane a dormire a Colle.»

«Allora era meglio se mi fermavo a Colle» disse il giovane, come parlando tra sé. «Lei chi è? La figlia?» Mara annuì. «Non c'è nessuno in casa?» Mara fece segno di no. «Io ero un compagno del povero Sante» disse a un tratto il giovane.

Mara non rispose nulla. Le dava fastidio quando rammentavano il fratello.

«Be', ormai che ci sono, lo aspetto» si decise bruscamente il giovane. Mara si scostò dalla finestra, ma senza andargli incontro.

Il giovane entrò, salì i due scalini che immettevano in cucina, si sfilò lo zaino e lo appoggiò contro il muro. Poi si guardò intorno incerto; e, di nuovo, ebbe un'uscita brusca:

«Sua madre c'è?».

«No» rispose Mara. Continuava a osservarlo. Sembrava molto giovane, perché aveva la barba fatta solo sul mento. E nello stesso tempo aveva un aspetto serio, da uomo. Era tutto stracciato: una tasca della giacca era scucita; uno strappo su un pantalone gli metteva a nudo il ginocchio.

Il giovane si guardò anche lui lo strappo:

«Ha mica un po' di filo e un ago? Almeno, mentre aspetto, mi ricucio qui.» E aggiunse: «C'è da vergognarsi, a tornare a casa in queste condizioni».

Mara salì nella camera di sopra. Vinicio dormiva mezzo fuori del lenzuolo, con la faccia rossa sudata. Mara prese in un cassettino del comò un gomitolo di filo nero e una pezza in cui erano infilati gli aghi; si specchiò per qualche momento, e tornò abbasso.

Lo trovò che s'era tolto la giacca. In camicia, sembrava anche più magro. Dalle maniche rimboccate sbucavano due avambracci sottili e senza muscoli.

Senza parlare, Mara tese la mano per farsi dare la giacca.

Il giovane si confuse.

«Sono buono anche da me... Con la vita che s'è fatto, abbiamo imparato anche a rammendare.»

Tuttavia le diede la giacca, e Mara andò nel vano della finestra e ricucì la tasca.

«No, qui non importa» disse il giovane, quasi avesse ritegno a farsi mettere le mani addosso. Mara ridacchiò dentro di sé: era proprio un giovanottello timido. Gli fece segno di sedere e gli s'inginocchiò accanto: «Non abbia paura, non la buco» disse vedendo che istintivamente si tirava indietro.

«È mica perché ho paura» fece il giovane, serio.

«Ecco servito» disse Mara alzandosi. Anche al giovane venne fatto di alzarsi. Per un po' stettero in piedi l'una di fronte all'altro, lei guardandolo con disinvoltura, anzi con sfacciataggine, e lui che invece non sapeva da che parte guardare.

Al solito, uscì dall'imbarazzo in modo brusco:

«Me lo aveva detto Sante di lei. Ma credevo... voglio dire, non è che gli somiglia tanto.»

«Non eravamo proprio fratelli» rispose Mara.

«Cosa?»

Ancora una volta le venne da ridere, ma si contenne:

«Eravamo fratellastri» spiegò.

«Ah» fece il giovane, aggrottando la fronte. Si rimise seduto e per darsi un contegno cominciò a tamburellare con le dita sul tavolo. Fischiettava, anche, ma in modo goffo, gonfiando esageratamente le gote e sporgendo troppo le labbra.

Smise di colpo:

«Sante e io eravamo come fratelli» disse. «Voi in che modo l'avete saputo?»

«Venne un contadino di quelle parti» rispose Mara. Ne parlava con ripugnanza, perché le tornavano in mente le scene che c'erano state in casa... la madre che gridava al padre che la colpa era sua se a Sante gli era venuta quell'idea di andare tra i partigiani. Quanto a lei, non gliene era importato nulla; anzi, era contenta che ormai la camera di Sante era diventata sua, mentre prima le toccava dormire in cucina.

Tornò per primo il padre. «Mamma dov'è?» chiese con malgarbo.

«A spigolare» rispose Mara. E, vedendo che il padre faceva l'atto di salire in camera: «Guarda, c'è questo...» si scostò e indicò il giovane.

Il padre si fermò, interdetto.

«Ero un compagno di Sante» disse il giovane.

«Ah» fece il padre. «Piacere, giovane. Sono contento...» Non trovava le parole. «E mamma?» ripeté voltandosi verso la figliola.

«Te l'ho detto, è a spigolare.»

«Ah, sì.» Sembrò rammentarsi di qualcosa: «E Vinicio? Ha sempre la febbre? Ma accendi, che non ci si vede un accidente».

«Non hanno ancora dato la luce» rispose Mara.

«Ah.» Tornò a rivolgersi al giovane: «Accomodati. Fai come se fossi in casa tua. Dunque, tu eri con Sante...».

«Anche quella volta a Montespertoli» rispose il giovane.

«Ah.» E il padre si passò una mano sulla faccia nera di barba. «E dimmi: sei di queste parti?»

«Di Volterra» rispose il giovane. «Ora sono in viaggio per tornare a casa. Potevo magari arrivare in serata; ma ho pensato, giacché ero sulla strada, di fermarmi a casa di...»

«E hai fatto bene. Ti ho visto con tanto piacere. Questa è casa tua, figliolo. I compagni di Sante, per me sono come figlioli. Ora appena torna mamma si cena, e poi te ne vai a dormire. Lo mettiamo in camera di Sante» aggiunse rivolto a Mara. «Te, magari, puoi andare dalla zia.»

«Ma io non voglio arrecare disturbo» si affrettò a dire il giovane. «Io posso adattarmi anche qui in cucina. Sono abituato a dormire in terra» aggiunse con un leggero sorriso.

«Neanche per idea» fece il padre. «Te l'ho detto, qui devi far conto di essere a casa tua. Puoi restare tutto il tempo che vuoi. E, scusa la mia curiosità, giovane... come ti chiami?»

«Cappellini Arturo. Però m'hanno sempre chiamato Bube.»

«Ma da partigiano, come ti chiamavi?»

«Vendicatore» rispose il giovane.

«Ah, sì. L'avevo sentito fare il tuo nome, da Sante... Vendicatore, appunto» ripeté come per convincersi che quel nome gli era noto.

Era entrata la madre. Il giovane si alzò di scatto. Per qualche istante rimasero tutti quanti zitti.

«Mamma, questo era un compagno del nostro figliolo» disse il padre.

La donna guardò con indifferenza il giovane, poi riprese a salire e sparì per le scale.

«Eh» fece il padre scuotendo il capo. «Tu devi capire» disse rivolto al giovane «per una madre è un colpo troppo duro... Anche per me, s'intende, è stata dura. Ma, cosa vuoi? noi uomini sappiamo farcene una ragione.»

«Per tutti è stata dura» disse il giovane. «Sante per me era come un fratello.»

«Eh,» fece il padre «Purtroppo, nelle rivoluzioni, nelle guerre, non si può pretendere di arrivare in fondo tutti... Ogni causa esige i suoi caduti.»

«Ecco la corrente» disse Mara, che dalla finestra aveva visto accendersi la luce nella casa di fronte.

Al tasto trovò l'interruttore. La stanza s'illuminò fiocamente.

«Oh, ora ci vediamo meglio in faccia» disse il padre soddisfatto. «Perbacco, sei più giovane di come m'eri sembrato... Quanti anni hai?»

«Diciannove.»

«Un anno meno del mio Sante» commentò il padre. «Avanti, dacci da bere» disse alla figliola. Mara aprì la credenza, prese il fiasco e due bicchieri e li posò sul tavolo. Il padre mescé facendo traboccare i bicchieri, e ne porse uno al giovane.

«Alla salute» disse questi bevendo un piccolo sorso.

«Alla tua, compagno» rispose il padre. Vuotò il bicchiere e se ne versò subito un altro. «Perché sei un compagno anche tu, no?».

«Vorrei vedere» fece il giovane con aria quasi offesa.

«Io sono comunista da quando fu fondato il Partito. Vedi qui?» disse indicando una cicatrice sulla fronte. «È un segno di quando quei vigliacchi mi bastonarono, in tempo di elezioni, nel '24...»

Seduta su uno sgabello, Mara aspettava che fosse pronta l'acqua per rigovernare. Rigovernare toccava sempre a lei, perché alla madre era un periodo che le faceva male mettere le mani nell'acqua. Quella sera poi non aveva nemmeno cenato e se n'era andata subito a letto.

Bube e il padre erano rimasti a tavola a chiacchierare e a bere. Per la verità, chiacchierava e beveva soltanto il padre; e a un tratto, come gli accadeva sempre in questi casi, rimase con un discorso a mezzo; chiuse gli occhi, e abbassò il capo sul petto. Un momento dopo russava.

Il giovane si voltò a guardarla, sconcertato.

«Quello fa venire il mal di capo, da quanto chiacchiera» rispose Mara, e rise.

«Mi stava parlando... delle cose del Partito» disse serio il giovane.

«E lei ci provava gusto a starlo a sentire?»

Il giovane fece una faccia meravigliata. «La politica, certo, non è fatta per le donne» disse dopo un po', con una sfumatura di disprezzo nella voce. «È una cosa che riguarda noi uomini» e si batté in petto, per dare maggior forza all'affermazione. Si alzò, aprì lo zaino, cominciò a frugarci dentro. A un tratto Mara se lo vide davanti con una rivoltella.

«Ma che le piglia?» fece spaventata. «La posi subito.»

Bube sorrise:

«Non abbia paura, è scarica.» Guardò la rivoltella con aria compiaciuta: «Questa qui, vede? ha già sistemato diversi conti. E non è mica finita». Alzò la voce: «Cosa credevano? Che il nome di Vendicatore lo avessi preso per nulla?».

Mara cominciò a rigovernare. Con la coda dell'occhio, lo vedeva che si dava di nuovo da fare intorno allo zaino. Da ultimo tirò fuori una pezza gialla:

«Prenda, gliela regalo.» E aggiunse: «È stoffa di paracadute. Seta».

Mara si affrettò ad asciugarsi le mani, strofinandole contro il grembiule ruvido. Era proprio seta, e anche grande abbastanza da farci una camicetta.

«Le piace?»

«Certo che mi piace.»

Il giovane sembrò soddisfatto. «Ah» fece stirandosi «comincio proprio a non poterne più. È da stamani che sono in piedi.»

«E allora, perché non se ne va a dormire?»

«Le tengo compagnia finché non ha finito. Anzi, guardi, mentre lei lava, io le asciugo, così fa prima.»

Mara ogni tanto gli dava un'occhiata: le veniva da ridere, a vederlo che asciugava piatti e bicchieri con la sua solita espressione seria.

Quando ebbe finito, si slacciò il grembiule e diede un urtone al padre, che si svegliò con gli occhi stralunati: «Che c'è?» disse.

«C'è che devi andare a letto. A smaltire il vino» e si mise a ridere. Si rivolse a Bube: «Allora, arrivederci; e... grazie del regalo».

«Ma le pare? Nulla, nulla» balbettò il giovane. Di colpo cambiò tono: «Avevo due pezze con me... una la porto a mia sorella, e l'altra, l'ho voluta dare alla sorella di Sante».

Alla finestra si affacciò una forma nera:

«Sei tu? Ora scendo.»

C'era la luna piena, che dava un risalto esagerato alle ombre. Si distinguevano nitidamente la vallata, e i profili delle colline al di là. E si udiva distintamente il canto dei grilli. A un tratto echeggiò l'urlo rauco della civetta: Mara si spaventò.

La porta fu socchiusa: era Liliana, in camicia da notte, col candeliere in mano.

«Come mai? È andata via la luce?»

«Non lo sai che la levano sempre a quest'ora?»

«Ma è molto tardi?»

«Sì. Ormai credevo che non venissi più.»

La camera di Liliana era piccola, col soffitto che spioveva. Ma almeno c'era tutto: il comodino, il cassettone, l'armadio. Nella sua, invece, pensava Mara con rabbia, c'era soltanto un cantonale.

Quando furono a letto, Liliana le chiese:

«Chi è questo giovane?»

«Un amico di Sante.»

«Di dov'è, di Colle?»

«No. Di Volterra» rispose Mara. L'insistenza della cugina le faceva pensare che si fosse messa in testa qualcosa. Subito si sentì in dovere di alimentare i suoi sospetti: «Pensa, doveva andare a casa, sono nove mesi che non vede la sua famiglia; ma prima, s'è voluto fermare da noi».

«Aveva da riportarvi della roba di Sante?»

«No. La roba di Sante l'aveva già riportata quel contadino. Lui è venuto... perché aveva da portare un regalo a me.» Liliana fece un movimento. «Ma perché tieni la candela accesa? Spengi. Si può parlare anche al buio.» Al buio le riusciva più facile dire le bugie.

Dopo che ebbe spento la candela, Liliana rimase per un po' zitta e ferma; poi tornò ad agitarsi, e alla fine chiese:

«Che regalo?»

«Una pezza di seta, per farci una camicetta. Domani te la mostro.»

«Ma tu quando lo avevi conosciuto?»

Mara fu lì lì per inventare chissà che storia. Ma sapeva che Liliana non avrebbe mancato di venire a informarsi dalla madre; perciò disse: «No, io non lo conoscevo. Ma lui sì: mi aveva visto in fotografia». Questo del resto poteva anche esser vero, Sante s'era portato dietro una fotografia dei genitori, e c'era anche lei, ma figuriamoci, quando era ancora una bambina.

«Come, in fotografia?» Ormai Liliana non cercava nemmeno più di nascondere la sua curiosità; e Mara dovette raccontarle per bene com'erano andate le cose. Dunque Sante aveva con sé una fotografia di lei: «Sai, quella che mi son fatta l'anno passato». L'aveva mostrata a Bube, e Bube se l'era tenuta. Una volta poi che Sante era venuto a casa, Mara gli aveva detto: «Rendimi la fotografia». Sante allora aveva dovuto confessarle di averla data a un amico. «Io mi sono arrabbiata, figurati... Non volevo che una mia foto fosse finita in tasca a un giovanotto.»

Liliana non fiatava. Finalmente disse:

«E allora?»

«E allora cosa?»

«Che ti ha detto quando ti ha visto?»

«Mi ha detto che ero come in fotografia. Anzi, meglio ancora che in fotografia. Ma io, figurati, l'ho trattato male; gli ho detto che non aveva il diritto di tenersi una mia foto, dal momento che non c'era nulla tra noi e nemmeno ci conoscevamo. E lui sai come mi ha risposto? "Signorina, da quando ho visto la sua foto, non ho fatto che pensare a lei". Poi mi ha dato la pezza in regalo, ma io non la volevo accettare.»

«Però l'hai accettata» disse pronta Liliana.

«Mica subito. Dopo cena, quando ci siamo riparlati. Lui mi ha detto che se non avessi accettato il suo regalo, gli avrei dato un dolore da morire... E allora, che dovevo fare? Ho accettato.»

«Secondo me hai fatto male.»

«E perché?»

«Perché ti sei legata.»

«Niente affatto. Io non ho detto mezza parola che glielo potesse lasciar credere.»

«Insomma, faresti bene a pensarci due volte, prima di

metterti con uno che in fin dei conti l'hai conosciuto soltanto oggi.»

«E chi ha intenzione di mettercisi? Io, figurati, non è mica il solo giovanotto che mi sta dietro. Ora però basta, è tardi, dormiamo» e le voltò la schiena.

Liliana non osò più dir nulla, ma la sentì cambiare posizione parecchie volte. "Mangiati il fegato, vai", pensava Mara, lasciandosi scivolare soddisfatta nel sonno.

II

Bube ricomparve un mese dopo. Era una mattina che facevano il pane: Mara aveva aiutato la madre a infornare, poi era tornata a casa. Ed ecco davanti alla porta, con la sua solita aria indecisa, c'era Bube.

«Buongiorno» disse. E subito dopo domandò del padre.

«È a Colle.»

Bube fece un gesto di disappunto:

«Avevo proprio bisogno di vederlo... Stasera torna?»

«Credo di sì.»

«È che io non posso aspettare fino a stasera.» E spiegò che era venuto in motocicletta con un amico, il quale aveva proseguito: «Siamo d'accordo che ripassa a prendermi dopo mangiato».

Entrarono in casa. Bube indossava lo stesso vestito blu dell'altra volta, però smacchiato e rassettato. Aveva anche qualcosa di diverso, nella faccia, nell'espressione...

«Perché si è tagliato i baffi?»

«Come? Ah, sì, è vero» e sorrise. «Erano un avanzo della vita alla macchia» aggiunse poi. «Tutti, alla macchia, c'eravamo fatti crescere i baffi... qualcuno anche la barba.»

«Lei sta meglio senza.»

«Eh» fece Bube, incerto.

Rimasero in silenzio. Poi Mara ebbe un'idea:

«Vado a mettermi la camicetta. Vedrà come mi sta bene.»

«Che camicetta?»

«Quella che mi son fatta con la pezza che mi ha regalato.» E corse in camera. In un momento si levò il vestito, indossò la gonna e la camicetta, e si legò i capelli con un nastro celeste.

Il giovane stava fumando. La guardò, ma non disse nulla.

«Come mi sta?»

«Bene» rispose Bube, asciutto.

Mara sedette su uno sgabello. Per l'appunto aveva anche fame, ma le seccava mangiare in presenza di lui. Cos'era venuto a fare, se se ne stava lì senza dire una parola?

Cercò di avviare lei la conversazione:

«A casa... ha trovato tutti bene?»

«Sì» rispose Bube. «Mia madre, magari, non tanto bene. È a causa di tutti gli spaventi che s'è presa. Quei vigliacchi l'hanno tenuta in carcere un mese, perché non voleva dire dov'ero io.»

«E... la sua fidanzata?» azzardò Mara.

«Io non ce l'ho mica la fidanzata» rispose serio il giovane.

«Non sarà magari fidanzato in casa... una ragazza però ce l'avrà anche lei. Tutti i giovanotti ce l'hanno.»

«Io... non ho avuto il tempo di pensare a certe cose» rispose Bube. «L'anno scorso di questi tempi ero già alla macchia.»

«Ma ora è un bel po' che è tornato a casa.»

«Sì, ma cosa crede? Il giorno lavoro, e la sera vado in sezione. Non ho mai un momento libero, nemmeno la domenica.»

«Oggi però se l'è presa una giornata di libertà.»

«Be', oggi... Era tanto che volevo venire a farle una visita» aggiunse improvvisamente. Si spaventò delle proprie parole: «Intendo dire che, trattandosi della sorella di Sante... Io non li dimentico, i compagni che sono morti» disse alzando il tono di voce. «Non sono come tanti, che a queste cose non ci pensano nemmeno più.»

Ma lei aveva smesso di ascoltarlo: aveva saputo quello che le premeva sapere, le bastava così. Era tutta trionfante, dentro di sé. Ora Liliana non avrebbe più potuto mettere in dubbio che quel giovanotto s'era innamorato di lei subito a prima vista...

«Mara! Ma dove ti sei cacciata?» Era la madre, che veniva a vedere che stava facendo la figliola.

Dopo uscirono per andare alla bottega. Più che altro era una scusa escogitata da Mara per farsi vedere insieme a quel giovanotto forestiero.

Ebbe fortuna: subito fuori della bottega, s'imbatté nella cugina.

«Dove vai?» le chiese.

«A casa» rispose Liliana. Se ne stava lì con aria seccata, fingendo di non accorgersi di Bube, che s'era fermato a due passi di distanza. «È vero che tuo padre è tornato a stare a Colle?»

«No» rispose Mara. «Va in su e in giù con la bicicletta.»

«Io avevo sentito dire che ci stava proprio fisso.»

«Non è vero niente» ribatté Mara con vivacità. Le era parso che ci fosse qualche allusione maligna sotto. Già una volta infatti il padre aveva abbandonato la famiglia per andare a starsene a Colle con un'altra donna.

«E che ci va a fare a Colle?» insisté Liliana.

«Lavora per conto dei comunisti» rispose Mara.

«Ma quello non è un lavoro.»

«Vedo che prende la paga, dunque è un lavoro.»

«Mica come quello che fa mio padre.»

«E perché? Il muratore, è forse un mestiere meglio degli altri?»

«Per lo meno, ai muratori il lavoro non gli manca mai. Tuo padre, invece, è stato a casa anche un anno di seguito. E poi, mio padre non è mica più muratore.»

«E cos'è, allora?»

«Capomastro» rispose Liliana. Mara non seppe come replicare, anche perché non conosceva bene il significato della parola. «Sai? Ora che deve cominciare un lavoro a Colle, si porterà dietro Mauro.»

«Mauro?» fece Mara ridendo. «Ha una bella voglia di lavorare, quello.»

«Voglia o non voglia, bisogna bene che cominci. Sai? Sua madre è venuta a raccomandarsi a mio padre, perché lo mettesse al lavoro.»

«E cos'è diventato tuo padre, per mettere gli altri al lavoro? Il padrone di una fabbrica?»

«Capomastro, non te l'ho detto che è capomastro? Lo sai o no chi sono i capimastri?»

«Certo che lo so» si affrettò a rispondere Mara.

«E allora perché ti meravigli se mette la gente al lavoro? Potrebbe assumere anche tuo padre» aggiunse dopo un po'. «Certo, bisognerebbe che smettesse di bere.»

«Mio padre non ha bisogno del tuo per trovar lavoro; lui il lavoro ce l'ha già, come te lo devo dire?»

«Quello della politica non è un lavoro» ripeté testarda la cugina. «Be', ora devo andare.»

«Dove? Aspetta un minuto.»

«No. Ho da fare in casa, e poi, vedo che sei in compagnia.»

«Già. Sono in compagnia. E questo ti dà fastidio, vero?»

Liliana diventò rossa:

«E perché dovrebbe darmi fastidio?»

«Come se non ti conoscessi, bella mia.»

«Non capisco quello che vuoi dire. Ciao, devo andare.»

Mara la trattenne prendendola per un braccio:

«Vorresti farmi credere che non te ne importa niente se ho un giovanotto che mi sta dietro... mentre te non t'ha mai guardato nessuno?»

«Per questo, cara, ti sbagli: io ne avrei potuti avere anche dieci, di giovanotti. Ma non sono mica come te, che si attacca al primo venuto.»

«Lui non è il primo venuto.»

«Ma se è la seconda volta che lo vedi! A ogni modo, come dice il proverbio? contenta te, contenti tutti. Ciao, cara; rallegramenti e auguri.»

«Ciao, smorfiosa.» Ma Liliana finse di non avere inteso e se ne andò impettita.

In tutto quel tempo Bube se n'era stato da una parte, e quando aveva sentito che parlavano di lui si era allontanato un altro po'. Mara cominciò a dirgliene di tutti i colori sul conto della cugina:

«Quella strega. Ha un anno più di me, e non c'è stato ancora un cane che l'abbia guardata. Per questo crepa d'invidia. Ha visto che faccia ha fatto quando ci ha incontrato?»

L'imbarazzo del giovanotto si accrebbe. Ma a interrompere Mara venne lo scampanio di mezzogiorno.

«Oh, com'è tardi; dobbiamo andare a casa.»

Bube si mise in agitazione:

«Vado a vedere se fanno servizio di trattoria» disse indicando la bottega.

Mara replicò che ormai avevano preparato anche per lui; e Bube, dopo aver fatto un po' di complimenti, si lasciò convincere.

Il desinare fu silenzioso. Bube era più impacciato che mai, e anche a Mara seccava di parlare in presenza della madre. Questa rivolse la parola a Bube una volta soltanto, per chiedergli se a Volterra si trovava il sale. Bube rispose di sì, e assicurò che si sarebbe incaricato di fargliene avere un pacchetto.

La madre da quel momento fu più gentile con lui, e dopo mangiato, vedendolo che sbadigliava, gli disse di andarsi a stendere sul letto.

Rimasta sola, Mara rigovernò, poi si mise seduta e prese a rosicchiarsi le unghie. Di solito, appena finito di rigovernare scappava fuori: le prime ore del pomeriggio, erano le sole in cui fosse libera. Ma ora che c'era Bube in casa, non aveva certo voglia di andar fuori.

Bube: non le piaceva troppo quel nome. "Lo chiamerò Arturo", e le venne da ridere, al ricordo di una sconcezza che diceva sempre Mauro a proposito del nome Arturo. "Gl'inventerò un nome. Lo chiamerò... Bruno. Bruno è un bel nome, e poi a lui gli sta bene, perché è bruno davvero. Invece ci sono di quelli che sono biondi, e si chiamano Bruno. A me per esempio se m'avessero chiamato Bruna, mi sarebbe stato male."

Era abituata a fantasticare, e a fare lunghi discorsi da sola. Nelle sere d'inverno, quando se ne stava rannicchiata sul palco sopra il focolare, quante cose le venivano in mente.

A volte pensava quanto era disgraziata, a essere nata in una famiglia come quella, col padre che era uno scansafatiche e si era fatto mettere anche in prigione. E con la madre, che voleva bene soltanto a Sante. E invidiava Liliana, che almeno era figlia unica, e le attenzioni dei genitori erano tutte per lei.

Ma, da un po' di tempo, non invidiava più né Liliana, né nessun'altra ragazza del paese. Le sembrava, per cominciare, di essere la più bella. Anche se i capelli le stavano ritti sulla testa a mazzetti, che non c'era verso di tenerli a posto. Semmai, si rammaricava di aver poche forme. Andava in continuazione da Liliana, che aveva uno specchio grande, dove ci si poteva vedere per intero: stava lì delle mezz'ore a spiare ansiosa se il petto le s'era fatto più pieno, se le erano venuti un po' più di fianchi. E, a seconda della risposta dello specchio, diventava gaia oppure triste. Camminando, dimenava il sedere, come aveva visto fare alle attrici, le rare domeniche che era andata al cinema a Colle. Se tornava dal campo con una fascina, era capace di allungare la strada, pur di passare per il paese: perché sapeva che un peso in bilico sulla testa fa più flessuosa la figura.

Di essere vestita male, le importava fino a un certo punto; ma avrebbe pagato chissà che cosa per avere un paio di scarpe coi tacchi alti. Un giorno che si provava quelle di Liliana, l'aveva vista la zia, ed era andata su tutte le furie. «Che gliele hai date a fare?» aveva gridato alla figliola. «Non lo sai che la roba sua ognuno se la deve tenere per sé?» «Ma io me l'ero messe solo un momento, per vedere come stavo» si era giustificata Mara. E la zia: «Tanto tu le scarpe coi tacchi alti non sei destinata a portarle. Tu non sei mica nelle condizioni di Liliana, che può aspirare anche a un capomastro, o a un fattore: tu, bisogna che ti contenti di un giornaliero. E ringrazia Dio se lo trovi, perché chi vuoi che s'imparenti con una famiglia come la tua?». «La mia famiglia non ha proprio niente di meno delle altre» aveva ribattuto lei. «Già, come se non si sapesse che tua madre quando era ragazza ha avuto un figlio da un uomo sposato! E che tuo padre rubava e l'hanno messo in prigione!» Ma lei non si era lasciata smontare: «M'importa assai di quello che hanno fatto mio padre e mia madre. I giovanotti mica guardano alla famiglia, guardano com'è una ragazza. E io, se proprio lo vuoi sapere, sono fatta cinquanta volte meglio della tua figliola». E se n'era andata con un'alzata di spalle.

Era sicura di sé, delle proprie risorse: aveva un'illimitata fiducia nella sua bellezza e nella sua furberia...

Ma quanto dormiva quello là. Aveva detto che il suo amico sarebbe ripassato nel pomeriggio presto, dunque non ci sarebbe stato più tempo di parlare! E invece, avevano ancora tante cose da dirsi! O meglio, era lui che avrebbe dovuto dire qualcosa...

"Bisogna che lo svegli." Bussò piano; non ebbe risposta. Rimase un momento incerta, poi spinse adagio la porta. La camera era immersa nella penombra, perché Bube aveva accostato gli scuri. A poco a poco, distinse meglio gli oggetti: le scarpe erano in terra, messe una vicino all'altra; la giacca appesa alla spalliera della seggiola. Si avvicinò al letto: Bube dormiva supino, con un braccio ripiegato, l'altro disteso. Era bello, con la massa oscura dei capelli, la fronte leggermente aggrottata, la bocca semiaperta. Ebbe voglia di baciarlo, più ancora, di stendersi accanto a lui e abbracciarlo stretto. Si era così intenerita, che gli occhi le s'erano velati: ormai non lo vedeva più che attraverso una nebbia...

Bube aprì gli occhi. Rimase così per qualche secondo; bruscamente balzò a sedere: «Che c'è?» disse. La guardava con gli occhi sbarrati; poi, riconoscendola e rendendosi conto dov'era, spianò la fronte e le sorrise.

Per un po' rimasero a guardarsi, e Mara si aspettava che egli l'attirasse a sé e la baciasse. Ma la faccia di lui si ricompose nell'espressione abituale: «Ho dormito molto? Dev'essere tardi» e si affrettò a guardare l'orologio. «Sono le tre e mezzo; il mio amico avrebbe dovuto essere già qui.»

Svelto scese dal letto, aprì gli scuri; si mise le scarpe, tirò fuori un pettine e si diede una ravviata davanti allo specchio. Sopra il cantonale c'era anche quella fotografia formato cartolina che Mara s'era fatta l'anno prima a Colle: una delle poche spesucce che aveva potuto permettersi coi soldi guadagnati alla coglitura delle olive. Bube la prese in mano; senza dir niente la rimise a posto, infilò la giacca e uscì dalla stanza. Mara, delusa, lo seguì in cucina.

«Doveva essere già qui» ripeté Bube. «Non gli sarà mica successo qualcosa?» Si affacciò sulla porta a guardare verso la strada: «Eppure gli ho spiegato bene dove doveva venirmi a riprendere» fece voltandosi un momento verso di lei «Non vorrei che avesse tirato di lungo» aggiunse di lì a un po'.

«Io non ho sentito passare nessuna moto» disse Mara.

Egli risalì i gradini e sedette sulla panca. Accese una sigaretta. Via via che il tempo passava, si faceva sempre più nervoso; si alzava, si rimetteva seduto; e a Mara le prese una stizza tale che non vedeva l'ora che se ne andasse.

«Oh, finalmente» disse Bube balzando in piedi. Si era inteso il rumore di una motocicletta; sparì per un poco, quindi si risentì vicinissimo. Bube era corso alla finestra: «Vengo subito» gridò. «Allora... arrivederci» fece rivolto a Mara.

Sulla porta, si voltò ancora indietro:

«Mi saluti suo padre. Gli dica che m'è dispiaciuto di non averlo trovato.»

Mara non rispose nulla. E fu soltanto la curiosità di vedere com'era l'amico di Bube che la fece andare alla finestra a guardarli partire.

Bube mantenne la promessa fatta alla madre. Pochi giorni dopo, infatti, si presentò Carlino col pacchetto del sale. Carlino era un sensale di Volterra, che capitava spesso a Monteguidi. Era un bell'uomo, alto, robusto, coi capelli castani ondulati, i baffi arricciati, e gli occhi chiari. Estate e inverno, indossava un vestito di fustagno, e in testa portava un cappello verde peloso, con una piuma di fagiano infilata nel nastro.

C'era la madre in casa, Carlino le consegnò il pacchetto, bevve il bicchiere di vino che gli era stato offerto; e in un momento in cui la donna gli voltava le spalle, tirò fuori una lettera ripiegata in due e la porse a Mara.

Mara scappò su nel granaio. Tremava per l'emozione mentre apriva la busta; e, nello stesso tempo, le veniva da ridere.

Lo scritto riempiva mezza facciata: «Cara Mara, per il latore della presente invio il sale a sua madre e a lei queste mie righe. Spero di avere occasione di tornare presto a rivedere lei e famiglia. Se non le porta incomodo, sarei contento di ricevere una sua foto. Saluti, Bube».

Dopo averci riflettuto un po', Mara andò alla bottega a comprare un foglio e una busta. Prese la penna e il calamaio nella credenza di cucina e scrisse la lettera sul cantonale in camera sua: «Caro Bube, grazie del gentile pensiero di avermi mandato a salutare. Io e famiglia stiamo bene, e così spero di lei e famiglia. Se vuole avere una mia foto, prima me ne faccia pervenire una di lei. Saluti, Mara».

Chiuse la lettera e andò alla ricerca di Carlino. Lo trovò davanti alla bottega, in mezzo a gente del paese. Come guardò dalla sua parte, gli fece un cenno. Egli mostrò di aver capito, ma rimase a chiacchierare coi paesani. Finalmente li lasciò, indirizzandosi verso la stradetta di fianco alla bottega. Mara dopo un po' gli andò dietro facendo finta di niente. Lo vide che orinava contro la siepe; aspettò che avesse fatto, poi svelta gli si avvicinò e gli diede la lettera.

Una settimana dopo, le arrivò un'altra lettera di Bube, tramite il solito messaggero, che stavolta non si arrischiò a venire in casa, ma le fece un leggero fischio dal cortile. Come lei uscì, egli s'incamminò girando l'angolo. Mara lo raggiunse, prese la lettera e fece per tornarsene indietro.

«Bube mi ha detto che aspetta una risposta.»

Mara corse in camera, aprì la busta, ma non c'era nessuna lettera, solo la fotografia di lui vestito da partigiano, col fazzoletto al collo e la rivoltella bene in vista sul fianco. Dietro ci aveva scritto: «A Mara, Bube». Mara la confrontò con la sua, non c'era paragone, quella di Bube era piccola e anche un po' sfuocata, mentre la sua era stata fatta nello studio di un fotografo, e inoltre lei era venuta benissimo, con l'incarnato lucido e i capelli ondulati. Le era stato perfino detto che in quella fotografia sembrava una Madonna.

Alla fine, si decise a privarsene; tanto, ne aveva un'altra copia. Ma non ci fece la dedica.

«Se deve continuare un pezzo, bisogna che ci mettiamo d'accordo» disse l'uomo. «Io un piacere a Bube glielo faccio volentieri... e anche a lei, signorina. Ma bisognerebbe trovare un posto dove vederci.»

Mara ci pensò un momento:

«Qui dietro casa» disse. «Sotto il forno, lì siamo al sicuro.»

«Allora, senta come si fa: io vengo il martedì: lei, verso quest'ora, stia attenta alla finestra. Se mi vede passare, vuol dire che vado ad aspettarla al forno.»

Il martedì seguente, infatti, fecero in quel modo. Si scambiarono le lettere. Ma l'uomo, ora che erano al riparo da sguardi indiscreti, non aveva più nessuna fretta di separarsi da lei.

«Ma aspetti un momento! Ha una settimana per leggere quella lettera. Ha tempo di impararla a memoria.»

Mara fece di nuovo l'atto di andar via; quello la trattenne per un braccio: «Perché scappa? Non la mangio mica». Mara rimase, soggiogata dal suo sguardo dolce, dalla sua voce carezzevole. «Volevo farle una domanda, signorina... È molto che lo conosce, Bube?»

«Saranno... due mesi.»

«E non ha avuto paura a mettersi con lui?» Rise piano: «Scommetto che in tutta Volterra non c'è una ragazza che avrebbe avuto il coraggio di mettersi con Bube».

Mara alzò le spalle:

«M'importa assai» disse. Lo guardò ironica: «Si può sapere perché mi fa questi discorsi?».

«Io voglio solo farle del bene, ragazza mia» e le sfiorò la guancia con una carezza.

«Tenga le mani a posto.»

«Lei fraintende le mie intenzioni... non lo sa che sono un uomo sposato? e che ho una figlia grande quasi quanto lei? E poi, non mi azzarderei mai a dar fastidio alla ragazza di Bube. Brrr» aggiunse facendo una smorfia di paura, quasi che il solo nome bastasse a spaventarlo.

Passò una settimana, ne passarono due, e Carlino non si era fatto più rivedere. Ed ecco, una mattina, sentì fischiettare. Lei era in sottana, si stava lavando in cucina. Si vestì in fretta, e corse al forno. Ma non c'era Carlino: c'era Bube. «Ah... sei tu.»

«Sì, sono con Carlino.»

«E perché non sei venuto in casa?»

«Volevo parlarti, prima.»

«Be', parla, allora.»

«Prima di tutto, volevo dirti che vado a stabilirmi a San Donato.»

«Dove?»

«A San Donato. Vicino Firenze.»

«E come mai?»

«Be', a Volterra... non mi ci trovavo più bene. Figurati che l'altra settimana il maresciallo pretendeva di mettermi in prigione... Poi, s'intende, c'è stata una protesta, e mi ha dovuto rilasciare.»

«E perché ti voleva mettere in prigione?»

«Per niente. Perché avevo picchiato un fascista» aggiunse improvvisamente. «Così, ho deciso di tornare a San Donato, dove i compagni mi aspettano.»

Mara s'insospettì:

«Non ti aspetta mica qualche ragazza?»

Bube fece una faccia sorpresa:

«Ma che dici? Io là non conosco nessuna ragazza... In paese proprio ci sono stato due giorni soltanto, dopo che arrivarono gli americani.»

«Uhm» fece Mara, poco persuasa.

«Carlino mi porta fino a Colle; di lì cercherò un mezzo per arrivare a Firenze, e poi, da Firenze a San Donato... Ma mi stai a sentire?»

«Non sono mica sorda» rispose Mara sgarbatamente.

«Ora, come si fa? Perché bisogna assolutamente che veda tuo padre. Dov'è, a Colle?» Mara fece segno di sì. «Andrò a cercarlo in sezione» concluse Bube.

Le venne un dubbio:

«Perché devi vedere mio padre?»

«Per dirgli di noi, no?»

« E che bisogno c'è? »

« Come, che bisogno c'è? Io le cose di nascosto mica le voglio fare. A casa mia l'ho già detto, e ora, bisogna dirlo anche ai tuoi. »

« Ma neanche per sogno » rispose Mara. Lei era abituata a come andavano le cose lì in paese, che i giovanotti facevano all'amore con le ragazze per anni, prima di fidanzarsi in casa. E poi, si ribellava all'idea che i suoi dovessero entrarci per qualcosa in una faccenda che riguardava lei sola.

« Vorresti seguitare così, a scriverci e a vederci di sotterfugio? »

« E che male c'è? »

« Io non voglio ingannare la tua famiglia » dichiarò Bube. « Sante era il mio migliore amico... sarebbe stato il primo a cui l'avrei detto, se fosse stato vivo. »

« Uff » si spazientì Mara. Fu sul punto di mandarlo al diavolo; di dirgli che le restituisse la fotografia, e le lettere, perché non aveva più nessuna intenzione di mettersi con lui.

« Senti, non c'è tempo da perdere: Carlino è là che aspetta, bisogna che vada. »

« E allora vai, corri » fece Mara ironica.

« Sì, è meglio » rispose lui senza capire. « Dunque... ti saluto. »

« Ciao. »

Egli rimase un attimo incerto:

« Ci vogliamo dare un bacio? Sai, si potrebbe stare anche del tempo senza vederci. »

Mara non rispose niente, e lui, senza abbracciarla, si sporse e le posò un momento la bocca sulle labbra. « Ciao » disse ancora.

"Ma guarda un po' che razza di modi" pensava Mara. "Fidanzati; ma è matto, quello."

L'aveva talmente indispettita il modo di fare di Bube, che scacciò la sua immagine e non pensò più a lui per tutto il giorno.

Il padre quella sera arrivò tardi: loro avevano già cenato e messo a letto Vinicio.

«Buonasera» disse allegro. Si rivolse a Mara: «Brava, figliola». Lei era così lontana dal pensiero di Bube che attribuì quelle parole al vino. «Datemi cena, donne.» Sedette sulla panca, si versò un mezzo bicchiere e lo bevve d'un fiato. Fregandosi le mani, guardava Mara che gli riempiva la scodella: «Allora, figliola, cosa mi dici? Sei contenta, no? Anch'io sono contento. Sì, sono contento» aggiunse alzando la voce e con un tono che voleva essere solenne «sono contento che mia figlia si sia fidanzata con un compagno e amico del povero Sante.»

"Ma guarda un po': quell'imbecille c'è andato davvero a parlargli." Ma non ebbe il tempo di ribattere, perché la madre la scostò con violenza:

«Che ha fatto tua figlia?»

«Come, non te l'ha detto? S'è fidanzata con Bube. Cioè, Bube è venuto a chiedere il mio permesso... e io gliel'ho dato, perché lo stimo un giovane onesto... perché è un compagno, e perché lui e Sante...»

«Lascia stare Sante. Sante, tu, non lo devi nemmeno nominare.» S'era puntata con le braccia sul tavolo e si sporgeva verso il marito fissandolo con odio. «Quella è figlia tua, può fidanzarsi anche col diavolo. Ma qui in casa non ce lo deve portare. Hai capito?» gridò rivolta alla figliola. «Portalo nei campi, portalo nei fossi, portalo dove ti pare! Ma qui in casa no, non ce lo voglio. Non voglio più vederlo, quella brutta faccia di delinquente!»

Mara fissava l'impiantito, poi alzò gli occhi per guardare la madre, che dopo la sfuriata s'era rimessa alle sue faccende. Ebbe voglia di dir qualcosa; ma non le riuscì. A un tratto corse in camera, si buttò sul letto, schiacciò la faccia contro il guanciale e scoppiò in singhiozzi.

III

Durante l'inverno, Bube si fece vivo con due o tre lettere, recapitate in vari modi (una la portò il padre da Colle). Poi, quando la posta ebbe ripreso a funzionare, cominciò a scriverle regolarmente una volta la settimana. Ma non erano vere lettere, come quelle che Mara immaginava dovessero scrivere gl'innamorati. E la contrariava il fatto che Bube parlasse di sposare.

Una volta venne anche a trovarla, durante il carnevale; ma si trattenne solo poche ore, e non fece che parlare di politica col padre. Lei in quel tempo aveva un altro giovanotto che le stava dietro, uno di campagna, conosciuto a una festa da ballo data in un granaio.

Così, Mara pensava molto poco a Bube. Le faceva piacere di poter vantare un innamorato forestiero davanti alle amiche, e soprattutto davanti alla cugina; ma non si struggeva certo dal desiderio di rivederlo. La fotografia, l'aveva buttata da una parte, e non la guardava mai. E si seccava quando il padre le chiedeva di Bube. La madre dopo la scenata di quella sera non ne aveva più parlato.

Un pomeriggio Mara era giù nella chiusa, quando arrivò di corsa il fratello a chiamarla.

«Mara! Vieni subito a casa! È arrivato Bube!» le gridò di lontano.

Ciò che Mara non poteva sopportare, era che il fidanzato costituisse un nuovo obbligo. Nemmeno gli rispose a Vinicio, e continuò a trafficare nell'orto.

«Ma sbrigati; che cosa aspetti?» Vinicio bruciava dall'impazienza, vedendo gl'indugi della sorella. «Io te l'ho fatta l'ambasciata» esclamò alla fine; «peggio per te se non vieni.» E tornò indietro di corsa.

Quando ebbe finito, Mara scese nel torrente a lavarsi i piedi. Se li asciugò al sole, poi si mise le scarpe. Erano il solo paio di scarpe leggere che avesse: la tela era macchiata e sdrucita, e le suole di gomma mandavano cattivo odore.

Fece la salita senza affrettarsi, e una volta arrivata nel cortile si fermò. Bube stava fumando: buttò via il mozzicone, e le andò incontro. Mara torse il viso, e ricevette il bacio sulla tempia.

«Come stai?» le domandò Bube; e subito dopo aggiunse: «Scommetto che non mi aspettavi».

«Non ti aspettavo no. Credevo che fossi morto.»

«Perché non ho più scritto?» Mara alzò le spalle. «Ho avuto un mucchio di lavoro» si giustificò Bube. «Si andava fuori col camion anche la domenica. Eh, abbiamo lavorato sodo... Ma un po' di soldi da parte ce l'abbiamo messi.» Cercò qualche altra cosa da dire; ma non la trovò. Mara dal canto suo taceva di proposito.

«Andiamo in casa?» disse finalmente Bube.

Entrarono in cucina, seguiti da Vinicio, che non levava gli occhi di dosso a Bube. Questi aveva il solito vestito blu, in condizioni anche peggiori della prima volta: Mara aveva subito notato una grossa macchia d'unto sulla giacca, e un'altra su un pantalone. Le risvolte dei calzoni erano sfilacciate, e dal dietro della giacca pendeva un pezzo di fodera lacerata. Alla fine non poté trattenersi dal dirgli:

«Sei vestito che sembri un pezzente.»

«Che?» Bube si accigliò. «Certo, il vestito è in cattivo stato... Ma nella valigia ho due tagli di stoffa. Ora a Volterra me li faccio cucire. Ho messo da parte quasi ventimila lire, cosa credi.»

«Allora potevi anche portarmi un regalo» disse pronta Mara.

«Ci ho pensato» rispose Bube. «Ma è che sono dovuto venire via all'improvviso...» La sua faccia assunse un'espressione preoccupata: «Non è mica venuto qualcuno a cercare di me?».

«Chi doveva venire a cercare di te?»

«Nessuno... Facevo così per dire.» Si mise a sedere sulla panca, e rimase a guardare fisso davanti a sé. Mara stava in piedi, appoggiata al muro.

«M'ero fermato a Colle per vedere tuo padre» disse improvvisamente Bube. «Ma era fuori... Avevo da parlargli di una faccenda che mi è capitata ieri.»

«E allora perché sei venuto qui, se dovevi parlare con mio padre? Non lo sai che a quest'ora lui non c'è mai?»

«Be', vuol dire che lo vedrò quando torna. Almeno fino a domattina mi posso anche trattenere... Sono di passaggio» disse dopo un po'. «Ho deciso di tornare a Volterra.»

«Ti sei trovato male anche a San Donato?» fece Mara ironica.

«Non è che mi ci sia trovato male... Anche la cooperativa andava bene, abbiamo guadagnato un bel po' di quattrini. Benché il maresciallo ci mettesse i bastoni tra le ruote» aggiunse dopo un momento. «Ma lo sai che è arrivato a sequestrarci il camion?»

«Tu coi marescialli si vede proprio che non ci vai d'accordo» disse Mara, e rise.

«Per forza non ci vado d'accordo, sono tutti fascisti. Questo magari voleva anche far credere di essere stato partigiano... Lui e il suo figliolo, già. Ma quando siamo andati a protestare per il sequestro del camion, cosa credi che abbiamo trovato appeso al muro? Il ritratto di re Vittorio... Ecco in che modo era partigiano il maresciallo Cècora.»

«Il maresciallo cieco?»

«No, Cècora; si chiama così. Be', perché ridi, adesso?»

«Rido perché avevo capito male... Un maresciallo cieco, certo, non potrebbe acchiappare i ladri» e ricominciò a ridere.

«Ora non acchiappa più nessuno, vai.» Si alzò, e si mise a camminare per la stanza: «Era un pezzo che ci provocava, quel delinquente... Quando per una cosa e quando per un'altra... Il mese scorso, te l'ho detto, era arrivato perfino a sequestrarci il camion. Ieri, poi, ci s'è messo di mezzo anche il prete... Ma mi stai a sentire?».

«Ti sto a sentire, sì.»

«Dunque, ieri era non so che festa in chiesa... l'Ascensione, mi pare. Io ero insieme a Ivan e Umberto, due compagni; e Umberto è passato a prendere la fidanzata; e con lei è venuta anche un'altra ragazza...»

«Ah» disse Mara, e da quel momento si fece attenta.

«Ora queste ragazze andavano alla messa, e noi si volevano accompagnare. Ma il prete è venuto a dirci che non potevamo entrare perché eravamo in calzoni corti.»

«Cosa?» fece Mara, e scoppiò a ridere.

«Cioè, io ero vestito come adesso, ma Ivan e Umberto erano in calzoncini... Però quella del prete era una scusa, non ci voleva far entrare perché eravamo partigiani. E difatti Umberto gliel'ha detto, quando venivano i fascisti col gagliardetto li facevate entrare, allora fate entrare anche noi col fazzoletto rosso. Ma lui, niente, non ne ha voluto sapere. E il maresciallo, che aveva visto dalla finestra, perché la caserma è proprio di fronte alla chiesa, è sceso giù a dargli manforte. Noi abbiamo provato a dirgliele le nostre ragioni... ma quando ci siamo accorti che era inutile, l'abbiamo stretto contro il muro, perché una prepotenza non la volevamo subire. E allora è accaduto il fatto.»

«Ma che cosa è accaduto? Racconti le cose in un modo che non ci si capisce niente.»

«Lui ha tirato fuori la rivoltella e s'è messo a sparare... E così, Umberto ci ha rimesso la vita. Ma lo abbiamo vendicato» si affrettò a soggiungere. «Prima abbiamo ammazzato il maresciallo, e poi anche il figliolo.» Si fermò un momento: «L'ho ammazzato io, quello. Era sbucato non so di dove e vedendo il padre cadavere s'era messo a gridare... Poi, quando s'è accorto che lo prendevo di mira, se l'è data a gambe. Ma io non me lo sono lasciato sfuggire. Gli sono corso dietro, e quando stavo per raggiungerlo, lui s'è infilato dentro una casa. Io l'ho inseguito su per le scale, e una volta in cima s'è dovuto fermare... e s'è voltato, perché ormai non aveva più scampo. Gli ho trapassato la testa al primo colpo. La pallottola gli è entrata di qui» si toccò la fronte «e gli è uscita dalla nuca. Eh» fece guardando Vinicio che seduto in terra seguiva affascinato il racconto «io non sbaglio mai un colpo. Non ho mai sbagliato un colpo con questa» gridò battendosi sul dietro dei calzoni. «E il prossimo sarà per quel delinquente del prete. S'era nascosto sotto l'altare, quel vigliacco... e allora, che vuoi, andarlo ad ammazzare in chiesa... Ma lì fuori della chiesa, dovevi vedere che scene. S'era radunata tutta la gente, e quella povera ragazza, la fidanzata di Umberto, che lo abbracciava, e piangeva, e gridava che non era vero... L'abbiamo dovuta portare via a forza.»

Si rimise seduto, e accese una sigaretta. «Per questo, capisci, volevo parlare con tuo padre.»

Sotto il forno c'era, al solito, il puzzo delle gabbie dei conigli e delle cassette dei piccioni; ma non fu per questo che Mara smise di cercare e venne via in fretta. Improvvisamente le era presa la paura che ci fosse nascosta qualche bestiaccia. Un ramarro, per esempio, o una salamandra, o peggio ancora una vipera: suo padre ce ne aveva ammazzata una, anni indietro.

Era ormai il crepuscolo. Giù nella vallata la pioppeta non si distingueva più bene, era solo una macchia chiara tra lo scuro dei campi. Al di là la vista spaziava su successive ondulazioni del terreno, quali nude, quali coperte di bosco; qualche lume brillava fioco. A quell'ora, Mara aveva sempre avuto l'abitudine di trattenersi fuori; solo quando era proprio notte, sentiva l'impulso a rientrare in casa.

Sul piazzale incontrò Mauro che spingeva a mano la bicicletta.

«Che ti è successo?»

«Ho bucato la ruota di dietro» rispose Mauro.

«E perché non l'hai accomodata?»

«Ma sì; mica metteva conto. Ci vedevo poco, e poi, non mi faceva voglia.»

«Io ero andata al forno a cercare la gatta; sai, va sempre a nascondersi lì sotto, quando è vicina a partorire. Mi sono messa a spostare le casse, ma non m'è riuscito mica di trovarla.»

«Bastava che la chiamassi, se c'era si faceva sentire.»

«E invece no. Sono curiose le gatte: quando devono fare i gattini, non ci vogliono nessuno intorno. E hanno anche ragione: perché glieli ammazzano quasi tutti, povere bestiole...»

«Per forza bisogna ammazzarglieli» disse Mauro. «Altrimenti non ci si salverebbe più dai gatti. Be', io vado a dire a queste donne che preparino cena: m'è venuta una fame tale a farmi la strada a piedi...»

Sentendo aprire la porta, il padre aveva smesso di parlare; ma poi, vedendo che era la figliola, ricominciò a dire:

«A Volterra, certo, sei più sicuro che qui. Domattina presto prendi la mia bicicletta, e te ne vai a Colle. E, nel pomeriggio, prosegui per Volterra.»

«A me m'era venuta anche un'altra idea» disse Bube. «Dato che mi si presenta l'occasione, vorrei portare Mara a conoscere la mia famiglia.»

«Mara? Be', sì, certo... Verrei magari anch'io, farebbe piacere anche a me conoscere la tua famiglia... Ma questo per l'appunto è un momento che non mi posso assentare. Domani ho una riunione qui, e domani l'altro a Cavallano... Sai, c'è da organizzare la lotta dei mezzadri, e bisogna farlo ora, prima della mietitura. Perché, o i padroni scendono a patti, oppure non si miete.» E lì si mise a parlare della lotta dei mezzadri; interrompendosi solo quando sentì scalpicciare fuori della porta e, stavolta, era davvero la moglie.

«Allora siamo intesi, a lei non si dice niente.»

La donna salutò appena Bube, e si mise subito alle sue faccende. Mezz'ora dopo, erano a tavola. Mangiarono la minestra di cavolo, poi il padre consigliò a Bube di fare come lui la zuppa nel vino.

«Qui, caro mio, bisogna che ti contenti. Minestra di cavolo e pane zuppato nel vino... È così il mangiare dei poveri. Io a mio figlio gliel'avevo insegnato fin da quando era piccolo: questa è la razione del borghese, e questa è la razione dell'operaio. Il borghese, carne e polli e ogni ben di Dio; e l'operaio una minestra, un piatto di verdura... Allora siamo intesi» disse saltando di palo in frasca com'era sua abitudine quando cominciava a risentire gli effetti del vino: «Domattina prendi la bicicletta, poi, me la lasci in sezione. E il pomeriggio, ve ne andate a Volterra. Mamma, domani Mara va con Bube a Volterra... La porta a conoscere la sua famiglia.»

La madre non disse niente; non sembrò nemmeno che avesse sentito.

«Io te l'affido volentieri la mia figliola» ricominciò il padre, e non si capiva se gliel'affidava volentieri per andare a Volterra, o come moglie, per tutta la vita. «Te l'affido volentieri perché sei un ragazzo onesto, e perché sei un compagno. Dio...!» bestemmiò. «Tu fossi stato di quegli altri, non te l'avrei data, nemmeno se avessi avuto la villa della contessa. Io non sono mai stato di quelli che si fanno delle idee sulle figliole. Come per esempio quello stupido del mio fratello. Io non ho mai detto: speriamo che la mia figliola trovi un marito così o un marito cosà... No e poi no, Madonna...! La mia figliola deve sposare uno come me, un operaio. Io, ti dico la verità: anche nel Partito, non ci vorrei altro che gli operai. Lo so, alcuni compagni dicono che il Partito ha bisogno di elementi intellettuali. Ma a me non la dànno a bere quelli che hanno le mani pulite, che si vede lontano un chilometro che non hanno mai preso un badile in mano... Dicono di essere con noi perché in questo momento hanno paura. Ma potergli entrare nella coscienza, si vedrebbe quello che sono.» Prese per un braccio Bube: «Lo sai come diceva Marx? Dittatura del proletariato, diceva... E dunque chi non è un operaio non ha diritto di nulla. Gli operai devono comandare, e i borghesi, più se ne mette al muro e meglio è. E senza pietà, questa volta: c'è qualcuno anche qui in paese che bisogna saldarglielo il conto. Vigliacchi che prima erano sempre in camicia nera... eh, me li ricordo, non dubitare. M'hanno fatto sputar sangue per vent'anni. Loro sempre al lavoro, e io niente... E un altro è Carlino, il tuo compaesano... Quello è uno che ha picchiato, altro che storie. Quando è ricomparso, io l'ho affrontato e gliel'ho detto in faccia cosa pensavo di lui. E lui sai cosa mi ha risposto? Che era del comitato. E m'ha fatto vedere un foglio... Questi sono gli sbagli, ti rendi conto, compagno? Non si dovevano rilasciare fogli a nessuno. S'era detto sempre, quando viene il momento, si sradica una volta per sempre la malerba. Ma sì, è bastato che venisse la moglie a piangere, oppure i figlioli... Come se uno, perché ha moglie e figlioli, gli si dovessero perdonare vent'anni di delinquenza! Io glielo dico sempre ai compagni: siamo stati a perder tempo con le chiacchiere, e invece, quello era il momento di agire. Ma io lo proposi: prendiamo quei tre o quattro, portiamoli nel bosco, una bella scarica nella schiena, e via. Ma sai com'è nei paesi, questo è cugino di quello, quest'altro è cognato di quell'altro...».

I suoi discorsi si facevano sempre più incoerenti, finché alla fine si addormentò. La madre era già andata a letto con Vinicio, e Mara stava finendo di rigovernare.

«Sarà bene andare a letto anche noi, perché domattina dobbiamo alzarci presto» disse Bube.

A Mara l'idea di andare a Colle e a Volterra non dispiaceva affatto; per lei, che aveva girato così poco, rappresentava una piacevole novità. Ma la irritava che Bube disponesse le cose senza nemmeno chiederle il parere; perciò rispose:

«Te, caro mio, a Colle ci vai da solo. E a Volterra anche.»

«Ma come?» fece Bube sorpreso. «Non avevamo deciso...»

«Chi, avevamo deciso? Te e mio padre, avete deciso; ma io, bello mio, non sono mica la tua serva. E perciò figurati se vengo a Volterra.»

«Ma volevo farti conoscere la mia famiglia.»

«Sai che bel piacere.»

«Volevo anche comprarti un regalo... subito domattina a Colle.»

«Potevi avermelo comprato oggi. Non ci sei stato anche stamani, a Colle?»

«Ma avevo fretta di arrivare... E poi non lo sapevo quello che ti piaceva.»

Bruscamente Mara cambiò idea:

«Me lo compri un paio di scarpe?»

«Un paio di scarpe? Certo. Io... ho un bel po' di soldi, sicché, chiedimi pure quello che vuoi...»

«Un paio di scarpe coi tacchi alti.»

«Coi tacchi alti, si capisce. Ma allora, lo vedi, bisogna che vieni anche tu, perché come si fa a comprare un paio di scarpe senza misurarsele?»

Di lì a poco andarono tutti a dormire. Bube era stato messo, al solito, nel letto di Mara, e lei s'era portato un pagliericcio in cucina. Il padre infatti aveva detto che non era il caso che andasse da Liliana, perché in paese non si risapesse che c'era Bube.

Una volta coricata, con una vecchia coperta buttata addosso, Mara si mise a riflettere. A Colle ci sarebbe andata senz'altro, per via delle scarpe. Chissà che faccia avrebbe fatto Liliana vedendola coi tacchi alti! Ma a Volterra, no, non ci sarebbe andata: non voleva dar questa soddisfazione a Bube. "Se non mi vuole riaccompagnare in bicicletta, tornerò a piedi; l'ho fatta tante volte a piedi." Il padre era stato subito d'accordo che lei andasse a Volterra con Bube. La madre, invece, non aveva detto nulla... E a un tratto Mara pensò: "Non ha detto nulla perché non gliene importa che me ne vada. Non solo non gliene importa, ma è contenta se me ne vado, e anzi, vorrebbe che non tornassi più".

E fu in quel momento che decise che sarebbe andata con Bube anche a Volterra.

PARTE SECONDA

I

La finestra di cucina era senza imposte, e così, Mara si svegliò col primo sole. Sul soffitto annerito fiammeggiava una striscia rettangolare; da fuori venivano i versi dei polli. A un tratto il pensiero che quella non sarebbe stata una giornata coma le altre, la colpì con forza; buttò via la coperta e balzò in piedi.

Aprì i vetri e le persiane. La casa di fronte gettava una lunga ombra leggera sulla terra battuta del piazzale; porte e finestre erano chiuse. Mara versò l'acqua nel catino, e si sfilò il vestito dalla testa. Per fare in fretta, non s'era sganciata l'abbottonatura sui fianchi; il vestito non passava, tirò con forza: sentì uno strappo. Ma le importava assai: tanto si sarebbe messa la gonna a pieghe e la camicetta gialla.

Si stava asciugando quando la porta di camera si aprì e comparve Bube. «Oh scusa scusa» disse ritraendosi. «Credevo che fossi già vestita.»

«Sono in sottana» rispose Mara. «Be', vieni pure... Non c'è mica nulla di male se mi vedi in sottana.» Bube si decise a entrare, ma guardava da un'altra parte. «Se vuoi lavarti, l'acqua è nella mezzina. Oh... guarda bello.» La pancia della mezzina mandava infatti dei lampeggiamenti. La striscia di fuoco era invece scomparsa dal soffitto, dopo che lei aveva aperto le persiane.

Mentre Bube si lavava, Mara andò in camera, si vestì, si pettinò e legò i capelli con un nastro rosa. Gliene sfuggì però un ciuffo, drizzandosi proprio sopra la fronte, come una cresta; Mara provò a pettinarsi e a legarli un'altra volta, ma fu peggio che mai. Anche Bube, del resto, aveva i capelli come lei, lisci e irti, e per quanto li pettinasse non gli stavano mai a posto. "Ci siamo accoppiati bene", pensò Mara ridendo. Finalmente mise insieme la roba che le sarebbe servita per il viaggio: due fazzoletti, un paio di mutande, il portamonete con pochi spiccioli dentro, il pettine, lo spazzolino, il dentifricio, cinque o sei nastri: solo di quelli aveva abbondanza, ma erano tutti scoloriti. Fece un fagottino, e aprì la valigia di Bube per mettercelo.

« Bube. Bubino. »

Egli si affacciò sulla porta, un po' sorpreso e contrariato di essere chiamato in quel modo.

« È tutta qui la tua roba? »

« Sì; perché? »

« Perché allora sei anche te povero in canna » disse Mara, e rise.

« Eh, sì, sono un po' a terra come corredo » ammise Bube.

Anche la valigia era in cattive condizioni: sgraffiata e ammaccata, e con la maniglia fissata ai ganci per mezzo di uno spago. Mara glielo fece notare; Bube, seccato, brontolò che era bene non perdere altro tempo. « Sarà meglio che svegli tuo padre. »

« E perché? »

« Dobbiamo salutarlo, no? »

« Che bisogno c'è? Piuttosto... » ma non terminò la frase.

Piuttosto voleva salutare la madre. Poco prima l'aveva sentita scendere e andar fuori. Lei era sempre molto mattiniera.

La trovò dietro casa che stendeva il bucato sul filo tirato fra un gancio infisso nel muro e un palo piantato nel campo.

« Mamma, allora io parto. » La madre non sembrò nemmeno avere inteso. «Starò fuori... quattro o cinque giorni.»

La madre finì di stendere i panni che aveva in braccio. La guardò:

«Se non gliene importa niente a tuo padre di mandarti via con quello lì...»

«Vado a conoscere la sua famiglia» si giustificò Mara. La madre alzò le spalle. Si chinò sulla cesta e prese un'altra bracciata di panni.

«Vuoi che ti aiuti?» disse Mara.

«No no, vai. Vai!» gridò quasi.

Mara rimase lì un altro minuto, senza saper che fare; alla fine disse: «Allora ciao mamma. Arrivederci». Le andò vicino e la baciò. La madre si lasciò baciare, ma non restituì il bacio e non le disse una parola di saluto.

Bube era già pronto, con la valigia e la bicicletta. Mara montò in canna.

«Te pensa solo a tener ferma la valigia sul manubrio» le disse Bube. «No, non così, mettila di traverso.»

Montò anche lui in sella, e diede il primo colpo di pedale: la bicicletta ondeggiò, ma fu pronto a rimetterla in equilibrio con una pedalata energica. Imboccarono il vicolo, furono sulla strada; c'era soltanto una persona, un uomo, ma lontano; loro del resto dovevano prendere dalla parte opposta. Così, tutto era andato per il meglio: nessuno li aveva visti.

La strada cominciò a scendere, e la bicicletta acquistò velocità. Alla prima curva Mara mandò un grido di spavento, ma la voce seria di Bube la rassicurò alle spalle:

«Basta che non mi muovi il manubrio, non c'è pericolo di cadere.»

La seconda curva, comunque, la affrontò con maggiore prudenza: la discesa era già finita, e davanti a loro si parava un rettilineo, tra un campo polveroso e un prato che era invece verdissimo, perché vi serpeggiavano dei rigagnoli.

«Fa un po' fresco, eh?» disse Mara voltandosi a guardarlo.

Bube aveva la solita espressione seria; assentì leggermente.

«Attento, c'è un'automobile» disse Mara, che era tornata a guardare avanti.

«L'ho vista, non dubitare.»

L'automobile scendeva fra i castagni; sbucò quindi sul rettilineo, alzando la polvere. Mentre passava, Mara gridò gioiosamente: «Salve» e si affrettò a voltare il viso.

«Lo conoscevi?» fece dopo un po' Bube.

«No» rispose Mara.

«E allora perché l'hai salutato?»

«Così per fare.»

Quella corsa in bicicletta le metteva una gran voglia di parlare e di ridere. Nel suo animo non c'era più traccia del dispiacere di poco prima, quando la madre s'era mostrata indifferente alla sua partenza.

Cominciò la salita fra i castagni. Mara alzando il braccio riuscì a strappare una foglia. «Stai ferma» la ammonì Bube. «Se fai un movimento brusco, rischiamo di cadere.»

Alla prima curva, dovette rizzarsi sui pedali. Ansimava. «Sei stanco?» gli chiese Mara. A fatica Bube riuscì a rispondere di no. «Vuoi che scenda?» Stavolta lui nemmeno ce la fece a parlare, ma pigiò ancora di più sui pedali. Mara si voltò a guardarlo: aveva il viso contratto, l'occhio velato; sudava; si vedeva che ci s'era messo con tutto l'impegno per figurare davanti alla fidanzata. «Sei un campione» gli disse; e lui fece una smorfia, che voleva essere un sorriso.

Finalmente furono in cima. La bicicletta continuò ad andare a passo d'uomo, perché Bube, esausto, aveva smesso di pedalare.

«Povero il mio Bubino» disse affettuosamente Mara. Ora il paesaggio era diverso: brullo, pietroso, senza un albero; con cespi di ginestra fioriti. Ancora una leggera salita, tutta diritta, e si aprì la vista della Valdelsa. Mara mandò un'esclamazione di gioia.

Il sole era ancora basso sull'orizzonte e un po' annebbiato. Si vedeva solo la sommità delle colline di fronte, perché la base era cancellata dalla nebbia che indugiava nel fondovalle. Un luccicore sinuoso indicava il corso del fiume.

«Siamo vicini!» gridò Mara eccitatissima. Era andata molte altre volte a Colle, in bicicletta e anche a piedi; ma stavolta la gita aveva il sapore di un'avventura.

Sorpassarono un barroccio, poi due contadine che camminavano una dietro l'altra sul bordo erboso, con una cesta in capo e le scarpe in mano; poi tre uomini, che camminavano in mezzo alla strada parlando forte. «Sai che oggi c'è mercato a Colle?» disse Mara. E anche questo la rendeva allegra.

Il falsopiano stava per finire. Colle era nascosta dietro il ciglio: se ne scorgevano solo poche case, e una porta merlata, verso cui puntava diritta la strada. Ma loro presero a sinistra, per un viale di platani, che s'incassò sempre più profondamente tra una forra e un fosso di scarico, di là dal quale si levava il bastione delle case, con le finestre piccole, i panni tesi, un'aria vecchia e tetra. Descrivendo un'ampia giravolta, il viale sbucò infine nella parte bassa del paese, fra tettoie, capannoni, piccole ciminiere; e macerie, anche, su cui cresceva un'erbaccia polverosa. Il selciato sconnesso e i passanti sempre più numerosi costringevano Bube ad andare piano e a scampanellare in continuazione.

Scesero in piazza, con gran sollievo di Mara, che cominciava a sentirsi indolenzita. «Io vado a lasciare la bicicletta in sezione; tu aspettami qui con la valigia.»

Bube stette un bel po' a tornare, ma lei non si annoiò certo: lo spettacolo di tutta quella gente, gente di campagna per lo più, che veniva a fare il mercato, era sufficiente a distrarla. Un uomo la urtò, un altro che camminava rivoltato indietro, inciampò nella valigia; uscì in un'imprecazione, ma vedendo Mara sorrise: «Per poco non cascavo, bellezza» e lei gradì il complimento.

Arrivò Bube: «La sezione era sempre chiuša, la biciclętta l'ho dovuta lasciare al posteggio». La prese sottobraccio: «Andiamo a far colazione».

In quel caffè, il migliore di Colle, Mara c'era entrata una volta o due soltanto. I tavolini erano di ferro, coi tondi di marmo; il banco, di legno scolpito. «Ti vuoi sedere?» le domandò Bube. «O si consuma in piedi?» Mara ci pensò un momento: «È meglio in piedi» disse. A farla decidere era stata la specchiera annerita dietro il banco.

«Allora che prendi? Un cappuccino? Due cappuccini» disse con tono autoritário. «Serviti, intanto» fece indicando le briosce e le paste disposte nei vassoi di cartone sotto il vetro. Mara provò a far scorrere la lastra, ma spingeva in senso contrario; Bube le venne in aiuto. «Prendi quello che vuoi.» Mara ebbe paura a prendere una pasta, temeva di sporcarsi; si contentò di una brioscia. C'era parecchia gente, e lei stava in soggezione, ma anche questo in certo qual modo era piacevole: le faceva venir voglia di ridere; e poi essendo insieme a Bube non correva rischio di sfigurare, lui sapeva come comportarsi. Era andato alla cassa a pagare e a lasciare la valigia; tornò con lo scontrino, lo posò sul banco, ci mise sopra una moneta. «Grazie signore» fece il cameriere posando a sua volta le tazze fumanti.

«Bube.»

«Che c'è?»

«Sei un tesoro.»

«Parla piano, ti sentono.»

«E che male c'è?» Ma lo sapeva anche lei che non bisogna farsi sentire quando si dicono delle frasi amorose. Il fatto è che la sua non era una vera frase amorosa: piuttosto una espressione di contentezza.

Uscirono sotto i portici. «E ora che si fa?» disse Bube.

«Dobbiamo andare al mercato.»

«Per che fare?»

«Prima di tutto per vedere; e poi, non mi avevi promesso di comprarmi le scarpe?»

«Ah, ma mica al mercato; in un negozio. Al mercato vendono solo la roba andante.»

Mara in vita sua aveva fatto sempre le compere al mercato e perciò rimase meravigliata; a vedere, comunque, volle andarci lo stesso.

Il mercato era in una piazzetta quadrangolare limitata da due file di casucce, da un campo di macerie e dalla facciata di un palazzo, coi buchi al posto delle finestre. Bube era un po' riluttante ad addentrarsi fra i banchetti, in mezzo alla folla dei compratori e dei curiosi; ma lei lo prese sottobraccio dicendogli: «Mi piace tanto il mercato».

«Questo è poca roba» disse Bube; «a Volterra è dieci volte meglio.»

«Com'è Volterra? Più grande di Colle?»

«Certo. Molto più grande. Volterra è una città.»

S'erano fermati davanti a un banco di tessuti, e il venditore, un giovanotto alto e bruno, con la camicia a scacchi rossi e blu, gridava raucamente prendendo in mano una pezza, gualcendo la stoffa, mettendola sotto il naso delle persone e poi buttandola da una parte per passare a un altro articolo.

«Favorisca, bella signora, dia un'occhiata qui, per piacere; si avvicini anche lei, bella signorina, mi faccia la cortesia. Questa è roba di prima qualità, roba di prima della guerra; tocchi qui, per favore, la strapazzi pure quanto vuole e mi dia del bugiardo se prende una sola piega...» Mara teneva in mano la stoffa, fingendo di esaminarla; ma Bube le diede uno strattone: «Andiamocene».

«Perché?» fece Mara, seguendolo malvolentieri, mentre alle loro spalle seguitava a levarsi la voce del venditore.

«Non mi piace che uno si prenda confidenza con te.»

«Perché m'ha chiamato bella signorina? Ma lo dice a tutte: bella signora, bella signorina...» e si mise a ridere. «Lo dicono magari a certe brutte...» e di nuovo rise. «Che per caso sei geloso?»

«No... ma non mi piace il modo di fare che hanno.»

«Se dài peso a una parola... sai quante me ne dicono dietro i giovanotti.»

«Fai che ne sento uno, e poi vedi come gliene levo la voglia.»

«E in che modo?» lo stuzzicò lei. «Quello lì hai visto com'era grande e grosso? Aveva certi muscoli...» Gli strinse il braccio: «Tu, povero Bubino, non ce la potresti mica fare».

«E invece, di me hanno paura tutti.»

«Io no» rispose Mara; ma vedendo che egli si scuriva ancora di più: «Su, scherzavo; possibile che tu non sappia stare allo scherzo?».

«Io non scherzo. Non ho mai scherzato, io» aggiunse alzando la voce.

«Eh, lo so... E invece, faresti meglio a prenderle meno sul tragico le cose. Sennò, lo vedi che guai ti capitano?»

«Di che guai stai parlando?»

«Di quel maresciallo... e del suo figliolo.»

«Oh, ma quella è una faccenda che l'aggiustiamo subito. Ci pensa il Partito, ad aggiustarla.»

«Sì, ma intanto t'è toccato scappare.»

Bube si offese della parola:

«Non sono scappato affatto... Ho girato tutto il giorno per il paese... abbiamo portato il nostro compagno nella Casa del Popolo, gli s'è fatta la camera ardente... e i carabinieri se ne stavano rintanati in caserma, e avevano una paura...»

Uscirono dalla calca e tornarono nella piazza principale. I migliori negozi erano lì, sotto i portici.

«Ora per prima cosa si pensa alle tue scarpe» dichiarò Bube.

Sui tre piani di vetro erano in mostra scarpe di tutte le qualità. Ma lo sguardo di Mara fu subito attratto da una con la pelle a macchie gialle e brune.

«Guarda, Bubino! Ti piacerebbe un paio di scarpe così?»

«Devono piacere a te, non a me» rispose Bube serio.

«Ma anche un pochino a te, no? Non sei contento di vedermi elegante?»

«A me piaci così come sei.»

«Con questi capelli?» civettò Mara. «Sembrano stecchi» e rise.

Bube le guardò i capelli e, quasi ci facesse caso per la prima volta:

«Effettivamente li hai un po'... come i miei. Su, entriamo» disse impaziente.

La commessa era bruna, con un grembiule nero lucido e attillato e la bocca dipinta a cuore.

«Vorrei un paio di scarpe coi tacchi alti» disse Mara.

«Come le desidera?»

«Come quelle che sono fuori.»

«Quali? Ce ne sono tante in vetrina» rispose la commessa.

Uscirono, e Mara indicò la scarpa che le era piaciuta.

«Ah, quelle di pelle di serpente» disse la commessa. «Di pelle di serpente?» fece Mara stupita. E fu lì lì per dirle che ci rinunciava, ma la commessa era già entrata e aveva tirato giù una scatola.

Provando un po' di vergogna, Mara si levò le sue scarpacce sdrucite e puzzolenti, e si provò quelle belle scarpe lucide, coi tacchi alti e sottili.

«Ci stai bene?» le domandò Bube.

«Certo che ci sto bene.»

«Allora le prendo. Quanto costano?»

«Milleduecento» rispose la commessa. Bube pagò senza batter ciglio. «Se le lascia in piedi?» domandò la commessa.

«Sì» rispose Mara, e fece per uscire, ma quella la richiamò per consegnarle la scatola in cui aveva messo le scarpe vecchie.

«Speriamo che non sia un serpente velenoso» disse Mara, e rise. «Ma tu, dovevi lasciarmi pagare a me; più di mille non gliene avrei date.»

«Sei matta? Al mercato, puoi tirare sul prezzo; ma mica in un negozio.»

I tacchi alti facevano un rumore secco sull'impiantito a mattonelle. Mara un po' si guardava le punte lucide, un po' sbirciava nelle vetrine per vedersi passare. Era tutta un'altra figura che una faceva coi tacchi alti. Intanto, era più alta: mentre prima arrivava poco più su della spalla di Bube, ora gli arrivava all'orecchio. E poi, benché camminando non le riuscisse di specchiarsi bene, era sicura che le forme del corpo venivano messe in risalto.

«Oh, ma bisogna portare la bicicletta in sezione» esclamò Bube. «Altrimenti finisce che me ne dimentico.»

«Vai» disse Mara.

«E tu?»

«Io girello per qui.»

Bube restò un momento incerto:

«Ma non ti allontanare, sennò rischiamo di perderci.»

«Non aver paura.»

«Faccio in un momento» disse ancora Bube.

Mara risalì il portico. Si fermò davanti a una vetrina.

«Guarda chi c'è.» Si voltò: era Mauro, in tenuta da lavoro, con uno schizzo di calcina in fronte e la camicia che gli usciva dai calzoni. «Che ci fai a Colle?»

«Niente. Sono insieme al mio fidanzato.»

«Allora è vero che sei fidanzata.»

«Certo che è vero» rispose Mara impermalita.

Mauro la osservava:

«Come ti sei fatta elegante... anche le scarpe coi tacchi alti...»

«Ti piacciono?» disse Mara lusingata. «Sono un regalo del mio fidanzato.»

«È ricco il tuo fidanzato?»

«Be', ricco no; ma insomma, guadagna bene. E sai, basta che gli chieda una cosa, me la regala subito.»

« E tu che gli dài in cambio? Io, se avessi la fidanzata, e mi chiedesse un regalo, le direi: subito bambina mia, prima però voglio qualcosa io. »

« Che cosa? »

« Vai là che hai capito. Be', io bisogna che me ne vada. Accidenti al lavoro » aggiunse con tono sconsolato.

Mara riprese a girellare. Le sembrava che gli uomini la guardassero con insistenza e ammirazione. A un tratto si accorse di essere seguita. Si fermò davanti a una vetrina. Si fermò anche il giovanotto. "Uff!", pensò Mara. Che la guardassero, le faceva piacere, ma che le venissero dietro, le seccava e le faceva quasi paura.

Respirò sollevata vedendo Bube; e si affrettò ad andargli incontro.

I tacchi alti cominciavano a stancarla: e poi faceva caldo, e non c'era più niente da vedere. Sedettero su una panchina di cemento nel giardinetto in mezzo alla piazza.

« Che ore sono? »

« Le undici e mezzo » rispose Bube.

« Uff, che noia. Non vedo l'ora di essere a mezzogiorno. »

« E perché? »

« Per andare a mangiare. »

« Hai già fame? »

« No, fame no... Ma non vedo l'ora di essere in trattoria. »

« Si va in quella dove ho mangiato ieri » dichiarò Bube.

« Insomma, qui è una noia, facciamo qualcosa » disse Mara dopo cinque minuti.

« Ma se hai detto che t'eri stancata a camminare. Aspetta, m'è venuta un'idea: andiamo al caffè. »

Al caffè stentarono a trovare un tavolino libero, perché era arrivata allora la corriera di Firenze, e parecchi viaggiatori s'erano piazzati lì, con le valige e i fagotti.

Presero una bibita. Mara veramente avrebbe voluto anche una pasta, ma Bube disse che in quel modo si sarebbe guastata l'appetito. «Tanto fra un'oretta si va a mangiare.»

«Perché così tardi?» protestò Mara. «Non s'era detto a mezzogiorno?»

«In trattoria mica ci si può presentare tanto presto... si farebbe una cattiva figura.»

Bevendo la sua bibita, Mara si guardava intorno incuriosita.

«Bubino, guarda quello là che pancione.»

«Parla piano, ti potrebbe sentire.»

«Guarda quella vecchia col cappellino. Non ti sembra... una cornacchia?»

«Eh, sì» ammise Bube.

«Guarda quel prete che tonaca frittellosa. Voltati: ce l'hai proprio dietro.»

Bube si voltò a guardare il prete, e subito fu preso da una grande agitazione:

«Quello lo conosco. Speriamo che non mi veda, sennò...» e tornò a dargli un'occhiata di straforo. «Te sbrigati a bere, che così ce ne andiamo.»

«E perché? Se siamo venuti appena adesso.»

«Te l'ho detto, non voglio che quel prete mi veda.»

«Ma per quale ragione.»

«Perché... mi conosce. Era il prete della mia parrocchia: da ragazzo, gli ho fatto anche da chierichetto.»

Mara si mise a ridere:

«Dovevi esser bellino, vestito da chierichetto.»

Bube s'irritò:

«C'è poco da ridere... quando siamo piccoli non si sa mica quello che si fa. A me mi ci mandavano, e io ci andavo. Mica lo sapevo, allora, chi sono i preti.» Rimase soprappensiero: «E poi, era un tipo che ci sapeva fare, con noi ragazzi. Ci attirava con le caramelle, coi regalini... ci faceva giocare dietro la canonica... alle volte si rimboccava la tonaca e si metteva anche lui a tirar calci al pallone.

Sai, un prete in questo modo, simpatico, alla mano. Dicevano anche che prendeva le sbornie».

«Oh, per questo il nostro di Monteguidi è sempre ubriaco. Sai come gli ha detto l'altro giorno a mio padre? Noi due per le idee non andiamo d'accordo; ma per il vino...»

«Quello però non prendeva solo le sbornie» disse Bube. «Era anche... uno sporcaccione.»

«Sono tutti sporcaccioni, i preti» fece Mara convinta.

«E per di più era un fascista.»

«Allora, se era un fascista, anche se ti vede non ti viene certo a cercare.»

«Ma sai, con la cosa che mi ha conosciuto ragazzo... Guarda che cosa fa» disse di lì a un momento.

«Niente fa. Guarda le donne» e si mise a ridere. «Davvero, c'è quella ragazza alla cassa, non le leva un momento gli occhi di dosso. Dovrebbe vergognarsi: oltre tutto, è anche vecchio.»

Quando fu mezzogiorno e mezzo Bube disse:

«Be', ora si può anche andare a mangiare.»

La trattoria era in un seminterrato. Scesi i primi gradini, Bube si fermò: nella sala lunga e stretta non si vedeva infatti un tavolo libero.

«Che si fa?» disse incerto, e Mara stava già per rimproverarlo di non essere voluto venire prima, quando il cameriere li invitò a entrare: «Prego, si accomodino». Obbedirono, e quello li precedette nel corridoio tra le due file di tavoli. «Possono sedere lì» disse indicando un tavolo con un solo occupante: un giovanotto in maniche di camicia che stava mangiando gli spaghetti.

Il giovanotto alzò la testa; fece una faccia stupita; si affrettò a inghiottire: «Oh, ciao, Bube» disse alzandosi.

«Memmo!» esclamò Bube. «Che cosa fai a Colle?»

«Sono venuto... per lavoro» rispose il giovanotto; e guardava Mara.

«Ti presento la mia fidanzata» disse Bube.

«Ah... piacere, signorina.» Mara non rispose nulla.

«Non volevi andare alla toeletta?» le disse Bube. «È quella porta lì.»

La toeletta era un bugigattolo che prendeva luce da una finestrella alta. Mara aveva richiuso la porta, ma non le riuscì di tirare la stanghetta. "E ora?" Ma aveva troppo bisogno di far la pipì, così si accucciò, sperando che non venisse nessuno.

Adesso che i suoi occhi si erano abituati a quella mezza oscurità, in una rientranza distinse un minuscolo lavandino. Il rubinetto era legato strettamente con uno spago; ma un po' d'acqua gocciava lo stesso. Sopra una mensola di vetro, era poggiato un grosso pettine a cui mancavano la maggior parte dei denti. Mara si guardò nello specchio: era in uno stato da far pietà, coi ciuffi quali ritti, quali schiacciati.

«Non uscivi più» la rimproverò Bube.

«Mi son dovuta pettinare» si giustificò lei. «Con questi stecchi...» e rise. Passato il primo momento, l'amico di Bube non le metteva più soggezione, benché si vedesse che era di condizione sociale superiore alla loro. Era anche un bel giovane, coi capelli soffici e ondulati, il viso rotondo e un po' paffuto, la corporatura robusta.

«Ho aspettato te per ordinare» disse Bube. «Cameriere» chiamò con voce autoritaria.

«Vengo subito» rispose il cameriere.

«Ci vuole un po' di pazienza» disse il giovanotto sorridendo. «Io sono qui da tre quarti d'ora, e ho avuto appena il primo...»

Bube tamburellava con le dita sul tavolo, con aria assorta. Si riscosse:

«Insomma cameriere vieni o non vieni? Sennò ce ne andiamo in un altro locale.»

«Non posso mica farmi in quattro» ribatté il cameriere, che stava servendo al tavolo vicino. Tuttavia di lì a poco venne a prendere le ordinazioni. «Lei signore per secondo che cosa le faccio preparare?»

«Una cotoletta» rispose il giovane.

«C'è la carta?» domandò Bube.

«Ma chissà dov'è andata a finire» disse il cameriere dando un'occhiata intorno. «Tanto glielo dico io: le tagliatelle sono terminate; ci sono rimasti spaghetti, o pastina in brodo...»

«Tu che prendi?»

«Io, spaghetti» rispose Mara. «Ne voglio una scodella così.»

«Due spaghetti.»

«Vino?» domandò il cameriere.

«Vino, rosso. Aspetta: avete acqua minerale?» Completata l'ordinazione, si rivolse all'amico:

«E allora, Memmo, cosa mi dici? Che c'è di nuovo a Volterra?»

«Le solite cose» rispose Memmo.

«Segretario della sezione è sempre Baba? E Lidori che fa? E Bomboniera?» Mara cominciò a ridere. «Perché ridi?» fece Bube brusco.

«Che cognomi buffi ci avete a Volterra.»

«Non sono mica cognomi. Sono soprannomi» rispose Bube serio.

«E ora... torni a Volterra definitivamente?» gli chiese dopo un po' Memmo.

«Be'... dipende. Non lo so ancora.»

«A San Donato non ci torni di certo» interloquì Mara.

«E perché?»

«Perché ti metterebbero in gattabuia» e si mise a ridere.

Bube ebbe un gesto noncurante:

«Ne ho passate ben altre, al tempo dei nazifascisti... Tu non far caso a quello che dice lei» aggiunse rivolto a Memmo.

Mara aveva in animo di punzecchiarlo ancora, ma arrivarono gli spaghetti, e la cotoletta. Il cameriere ora non aveva più tanto da fare, e dopo che ebbe portato la formaggera si trattenne al loro tavolo. Si rivolgeva però più che altro a Memmo, come se lo considerasse un cliente di maggior riguardo:

«Non c'è sugo nemmeno per noi, quando è mercato: quello ti chiama di qua, quell'altro ti chiama di là...»

«Già, mi ricordo anche l'altro sabato...»

«Ah, ecco» esclamò il cameriere. «Mi sembrava, infatti, che non fosse una faccia nuova... Anche lei l'ho già visto, o mi sbaglio?»

«Io c'ero ieri» rispose Bube.

«Difatti mi sembrava.» Tornò a rivolgersi a Memmo: «Il signore è per caso un viaggiatore di commercio?».

«No» rispose Memmo.

«Sa, le avevo visto la borsa» spiegò il cameriere. E aggiunse: «Prima questo locale era molto frequentato dai viaggiatori di commercio. Ora, invece, bisogna contentarsi dei clienti che capitano. Contadini per la maggior parte» disse chinandosi verso Memmo, come se gli facesse una gran confidenza. «Ora son loro ad avere il maneggio di questi» e fece l'atto di spicciolare il denaro. Si raddrizzò: «Per dopo, che cosa gli faccio preparare?» chiese a Bube.

Bube inghiottì in fretta:

«Che cosa c'è? Ma roba pronta, perché ho poco tempo.»

«Una cotoletta come al signore?»

«Ti va la cotoletta?» le domandò Bube. «Due cotolette.»

«Si può sapere che fretta hai?» gli disse Mara dopo che il cameriere se ne fu andato. «Tanto, fino a stasera, la corriera non ce l'abbiamo.»

«Non mi va di aspettare tutto questo tempo» dichiarò Bube. «Adesso ce ne andiamo sulla strada di Volterra a vedere se si trova un imbarco.»

«E io invece voglio rimanere a Colle.»

Bube si alterò:

«Te farai come dico io.»

«Povero scemo.»

Bube si arrabbiò proprio:

«Ringrazia la sorte che siamo in un pubblico locale... Altrimenti ti avrei dato uno schiaffo.»

«Sì, e io sarei stata lì a prenderlo» replicò Mara, e gli fece uno sberleffo.

«Non è mica una cattiva idea» disse a un certo punto Memmo «andarcene sulla strada di Volterra. Se non altro, troveremo un posto dove fare una dormita. Io è da stamani alle cinque che sono in piedi.»

Il locale si stava vuotando. Mangiarono le cotolette; poi Bube, per fare il grande, le chiese se voleva il formaggio.

«Ma sì, sono piena; non mi c'entra più niente.»

«Nemmeno la frutta?» insisté Bube.

«La frutta, ce l'ho a casa, voglio proprio venire a mangiarla in trattoria.»

«Il conto, cameriere» disse forte Bube. «Aspetta: e se ci facessimo portare il caffè?»

Memmo scosse la testa:

«Quello, sarà meglio andarlo a prender fuori.»

Tornarono nel solito caffè. Il prete era sempre lì, col capo reclinato su una spalla. Aveva il colletto sbottonato, e stringeva nel pugno un fazzoletto. Si riscosse un momento mentre loro entravano, aprì gli occhi, li richiuse. La testa gli riprese a ciondolare.

«Ma guarda» fece Memmo piano «il prete Ciolfi.»

«Io l'avevo già veduto» rispose Bube. «Dev'essere arrivato con la corriera di Firenze.»

«Uhm» borbottò Memmo. «Farebbe meglio a tornarsene indietro. Non tira aria per lui a Volterra. Ne hanno picchiati parecchi, in questi giorni. Li aspettano all'arrivo della corriera... Io non lo capisco: sono proprio degl'incoscienti. Ora che la guerra è finita, se ne tornano a Volterra come se niente fosse...» Guardò ancora il prete: «Certo che è ridotto male assai».

«Magro per la verità è sempre stato magro» osservò Bube.

«Ma ora è macilento addirittura. E poi lo vedi che brutto colore. Dev'essere malato.»

Presero il caffè, poi Bube andò a ritirare la valigia. Ma dalla cassa dovevano averla portata in qualche altro posto: Bube scomparve dietro a un cameriere.

«E così, si fa volterrana anche lei» disse Memmo.

«Io? No davvero.»

«Ma dal momento che è fidanzata con Bube... Certo siete ancora troppo giovani per pensare a sposare. Lei quanti anni ha, scusi?»

«Sedici» rispose Mara.

«Mi pareva, infatti.»

"Potevo dirgli diciotto", pensò Mara indispettita. Non le andava che quello lì la trattasse come una ragazzina.

«Lei c'è già stata a Volterra?»

«No davvero» rispose Mara pronta. «A Volterra ci vanno solo quelli che hanno i parenti matti o carcerati» e si mise a ridere.

Memmo rimase zitto.

II

Svegliandosi, Mara stentò a raccapezzarsi: forse perché a-
veva sognato. Il fogliame alto dei pioppi era percorso da
un fremito continuo; e quel fruscio avrebbe potuto anche
farle credere di essere nella sua chiusa, vicino al torrente.
Bube, che aveva dormito con la testa appoggiata al suo
grembo, era scomparso.

Si sollevò a sedere: Memmo era anche lui seduto e la
stava guardando. "Mi guarda le gambe", pensò Mara, e si
affrettò a tirar giù la gonnella. Non fu il pudore e spingerla
a coprirsi, ma il gusto di fargli dispetto.

Poi, sempre attenta a non mostrare le gambe, si alzò;
si scosse la gonnella, si levò un filo d'erba rimasto appiccicato.

«Ha dormito?» le domandò Memmo.

«Perché, lei no?»

«Mi davano noia le formiche.» Rise sforzatamente:
«Mi salivano su per una gamba...».

Bube era spuntato dal folto degli alberelli. «Son passate
macchine?» domandò a Memmo.

«Ma sì. Non è passato un cane. Vedrai che fino alle sette si resta qui.»

«Andiamocene sul fiume, allora. Almeno si prende un
po' di sole.»

Nascosero la roba nel folto, e passando per un viottolo
fangoso attraversarono l'albereta.

Il greto era largo, ma quasi asciutto.

«Perché non ti sei messe le altre scarpe?» la rimproverò Bube. «Guarda come te le sei infangate.»

Mara si batté in fronte:

«Ma non ce le ho mica più.» Si mise a ridere: «Le ho dimenticate al caffè».

«Ah; e ci ridi anche?»

«Tanto erano vecchie e rotte.»

«Ma ora, t'avrebbero fatto comodo.»

«Ora, guarda in che modo faccio» si levò le scarpe e a piedi nudi si avviò per il greto motoso. Era mota secca però, che non attaccava. In un tratto un velo d'acqua scorreva sui ciottoli; Bube allora si scalzò anche lui. Memmo invece lo attraversò camminando sui tacchi. Il rigagnolo vero e proprio non era più largo di un paio di metri: lo superarono con un salto.

Ora si trovavano in una specie di banco di ghiaia, con al centro alcuni massi levigati e venati di bianco. «Vedi?» fece Bube soddisfatto. «Adesso ci possiamo anche prendere il sole, come se fossimo al mare.» E si levò la camicia e la maglietta.

«Già, ma io come faccio?» disse Mara ridendo. «Non posso mica rimaner nuda.» E aggiunse piano: «Se non ci fosse quello lì, potrei anche farlo».

Bube la guardò; sembrò turbato; ma si ricompose subito:

«Te il sole lo pigli in viso e sulle braccia: ecco come fai.»

Ma lei insistette:

«Perché ti sei tirato dietro quello lì? Ora si potrebbe fare il comodo nostro.»

«Se me lo sono tirato dietro, vuol dire che ho le mie ragioni... Memmo è del comitato di liberazione. Voglio parlagli della faccenda di San Donato.»

«Di' la verità: tu fai mostra che sia una cosa da niente; e invece, sotto sotto, hai una bella paura.»

«Macché paura.»

«E allora, perché ne vuoi parlare a quello?»

«Mah, così. Per un consiglio.»

«E va bene, parlagli e poi mandalo al diavolo. Vuoi che te lo dica? M'è proprio antipatico.»

«Parla piano, ti potrebbe sentire.»

«Meglio, se mi sente.»

«Ascolta, Mara...» ma lei aveva visto un granchio muoversi di sbieco sulla ghiaia: «Bubino, guarda! Prendilo prima che si rintani».

«E che dovrei prenderlo a fare?»

«Di' la verità: non hai coraggio.»

Ma queste del coraggio erano allusioni che lui non poteva sopportare:

«Ho fatto delle cose io che se non avessi avuto coraggio.. Io, per tua regola, del coraggio ne ho da vendere.»

«Però hai paura a prendere in mano un granchio.»

«Non dire stupidaggini.»

«E allora prendilo.»

«Io faccio quello che mi pare.» Si voltò minaccioso verso di lei: «Ricordati bene... di noi due, sono io che comando... e te devi obbedire».

Mara gli rise in faccia.

«Guarda che le prendi.»

«Ma a chi credi di far paura con coteste braccine?» lo canzonò Mara.

A un tratto Bube si battè sul rigonfio della tasca di dietro:

«È con questa che faccio paura, io.»

Memmo che senza parere aveva seguito la scena gli si avvicinò:

«Bada che è pericoloso a portarti dietro la rivoltella. Se ti pescano, son capaci di farti fare un mese di carcere. E sai, specie quelli che sono stati partigiani, li tengono d'occhio.»

Bube non rispose. Era soprappensiero. Dopo un po' fece:

«Senti, Memmo... a Volterra, c'è sempre il solito maresciallo?»

«Sì» rispose Memmo. «Noi s'è reclamato parecchie volte, ma non c'è riuscito di farlo mandar via. Perché? Sei in pensiero per quella volta di...»

«Non è per quello che sono in pensiero. È per una faccenda che mi è capitata a San Donato.»

E cominciò a raccontare.

Mara s'era seduta sul rialto, coi piedi nell'acqua. Mentre Bube faceva il racconto, lei guardava fissa Memmo, per vedere come la prendeva. Quando Bube riferì la risposta che avevano dato al prete: i fascisti col gagliardetto li facevate entrare, allora fate entrare anche noi col fazzoletto rosso, Memmo approvò: «Gli avete risposto a dovere». Ma appena sentì che c'erano stati dei morti, cambiò faccia.

Bube rifaceva il racconto quasi con le stesse parole con cui lo aveva fatto a lei: «...e quando è arrivato in cima s'è voltato perché ormai non aveva più scampo. Io così ho avuto tutto il tempo di mirare e al primo colpo gli ho trapassato la testa. La pallottola gli è entrata di qui, e gli è uscita dalla nuca».

Memmo rimase un bel po' zitto. Finalmente disse:

«È una faccenda... piuttosto bruttina. Naturalmente andrebbe tutto bene se si fosse noi a comandare; ma la questione è che comandano sempre loro. Gli inglesi e gli americani.»

«Secondo te, cosa dovrei fare?»

«Stare nascosto per un po' di tempo mi sembra la cosa migliore. Ora a Volterra sentirai anche quello che ti dicono Baba, Lidori... E, dammi retta: non raccontare il fatto a nessuno... nemmeno ai tuoi. In questi casi, a meno persone si dice, e meglio è.» E concluse con una frase che a Mara sembrò strana: «E, soprattutto, non dire che ne hai parlato con me. Nemmeno a Baba e a Lidori».

Memmo era tornato sulla strada, ma in mezzo al greto era venuto un barroccio a caricare la ghiaia. Mara commentò:

«Proprio non ci riesce di rimaner soli.» Lo guardò: «Ma mi pare che a te, mica ti preme tanto».

«Che cosa?»

«Di rimaner solo con me.» Stavano seduti con le spalle appoggiate a un masso; lei infilò il braccio sotto il suo: «Se non ti piaccio, perché ti sei fidanzato con me?».

«Ma che stupidaggini dici? Certo che mi piaci.»

«Allora guardami.» Egli obbedì. «E ora dammi un bacio.»

«Sei matta? Ci sono quegli uomini...»

«Ma non stanno mica a guardare noi!» esclamò Mara spazientita. Ritirò il braccio: «Del resto, fai come credi; non voglio certo starti a pregare». Si alzò: «E anzi, sai cosa ti dico? Che me ne torno anch'io sulla strada».

Saltò dall'altra parte del rigagnolo, e si avviò per il greto. Bube le andò dietro, ma poi si dovette fermare a rimettersi i calzini e le scarpe. «Aspettami» le disse, ma lei nemmeno si voltò.

Memmo era già salito sulla strada. Mara rimase nel praticello sottostante: prima con delle foglie, poi con uno stecco, cercò di togliersi la mota dalle scarpe. Ma era sempre fresca, e non veniva via.

Bube la trovò intenta in questa occupazione:

«Guarda come ti sei conciata.»

«Per forza, con tutto quel fango. Ohè, dico, ci sei voluto andare te sul fiume.»

«Ma se non avevi dimenticato quell'altro paio... Ora ti presenti a casa mia con le scarpe in queste condizioni.»

«E a te che te ne importa?»

«Non voglio fare una cattiva figura per causa tua.»

«Sentimi bene: sei stato tu a volermi portare a Volterra; io, non avevo bisogno di scappare. E perciò non farmi tante storie, sennò ti pianto e me ne torno a casa mia.»

Bube non replicò nulla. Fumò una sigaretta, poi disse:

«Andiamo sulla strada». Prima, però, aprì la valigia e ci mise dentro la rivoltella.

«Te che ore fai?» domandò a Memmo.

«Le sette e dieci.»

«E come mai non si vede ancora la corriera? Sono stufo di aspettare» disse poi.

«Stai calmo poverino» lo canzonò Mara.

«Sono sei mesi che manco da casa; avrò voglia d'arrivare, no?»

«Eccola» disse Memmo.

La corriera era infatti comparsa in fondo alla strada. Quando fu più vicina, si vide che accanto all'autista c'erano delle persone in piedi.

«Ora non troveremo nemmeno da sedere» brontolò Bube.

«La colpa è tua» disse Mara «che hai insistito per venire qui; se fossimo montati a Colle il posto l'avremmo trovato.»

«Io speravo in un imbarco» ebbe ancora il tempo di dire Bube. Alzò il braccio. Ma la corriera aveva già rallentato per conto suo. Prima che fosse ferma, una donna si sporse tutta dal finestrino e si mise a gridare: «Bube! Bube! Meno male che ci sei te! C'è il prete Ciolfi!».

Mara e Bube erano saliti davanti, dove le cinque o sei persone in piedi si affrettarono a far loro posto. Bube aveva appena sistemato la valigia che una donna, la stessa che lo aveva chiamato dal finestrino, gli afferrò le mani dicendo: «Ci volevi proprio te, Bube. Ora c'è chi lo concia per le feste, il prete» e si guardò intorno compiaciuta. Ma gli altri viaggiatori non la guardavano, ed evitavano di guardarsi tra loro.

«Puoi andare» disse il fattorino all'autista. La corriera ripartì. «Voi dovete fare il biglietto?»

«Sì» rispose Bube. «Quant'è?»

«Due, novanta lire.»

Bube tirò fuori un foglio da mille. Il fattorino gli stava contando il resto, quando a un tratto la donna ricominciò a parlare forte:

«Ora appena si arriva a Volterra ti si concia per le feste. Ci pensa Bube a conciarti per le feste.»

«Buona, buona» disse il fattorino finendo di contare.

Improvvisamente la donna urlò: «Schifoso di un prete... Delinquente vigliacco». E come eccitata dalle proprie parole si alzò e fece per slanciarsi nel corridoio. Ma il fattorino fu pronto a trattenerla.

«Vigliacco» gridava la donna fuori di sé. «Ce l'hai sulla coscienza te tutti quei morti... Sono stati i tuoi compagni, sì... Un figliolo le hanno ammazzato alla mia sorella. Lo conoscevate tutti, Baldini Silvano, un ragazzo di diciannove anni... È per colpa tua, vigliacco» e tentò nuovamente di slanciarsi, ma il fattorino glielo impedì:

«Intendiamoci, sposa: qui in corriera, non voglio storie.»

«Delinquente» gridò ancora la donna.

«E ora basta, intesi?» le intimò il fattorino. «Basta anche di gridare. Lei è un suo parente?» fece rivolto a Bube.

«No» rispose Bube.

«Insomma glielo dica anche lei di star tranquilla. Altrimenti faccio fermare e la scendo.» E, senza rivolgersi a nessuno in particolare: «Una volta scesi, facciano quello che vogliono; ma qui in corriera, se succede qualcosa, ci vado di mezzo io».

«Via signora, si calmi» disse Bube alla donna. Questa lo guardò, gli occhi le si accesero; e tornò a stringergli le mani tra le sue.

Così Bube era costretto a viaggiare in una posizione parecchio scomoda, curvo sulla donna, che non gli lasciava le mani e lo guardava fisso con aria avida e implorante. A Mara, le veniva da ridere. Avrebbe avuto voglia di dirgli: "Che conquista hai fatto Bubino". La donna infatti era grassa e scarmigliata, con le guance accese e lucide: ispirava repulsione solo a guardarla.

Giù in fondo era cominciata una discussione. Mara distinse la voce di Memmo: «Insomma il torto è suo che è tornato».

Ora anche la donna diceva qualcosa piano a Bube: piano, ma in tono concitato, continuando a guardarlo con occhi lucenti e febbrili. "Dev'essere matta", pensò Mara. A un tratto la donna smise di parlare; e cominciò a piangere. Piangeva silenziosamente, facendo delle smorfie come se avesse male da qualche parte.

Bube cercava di consolarla:

«Eh, signora, abbiamo avuto tutti le nostre perdite... Il fratello della mia fidanzata era partigiano con me: l'hanno ammazzato i tedeschi.»

La donna smise di fare smorfie; guardò Mara; le sorrise. "Ora prende le mani anche a me", pensò Mara.

Invece la donna si volse al ragazzo che le sedeva accanto: «Alzati» gli disse «fai venire la signorina.»

E così Mara si ritrovò seduta vicino alla donna. Perché non si prendesse confidenze anche con lei, si mise a guardare fuori del finestrino. Un'aria fitta e oscura gravava ormai sulla campagna. Poi, ai pendii coltivati, successe il bosco: arrivava giù fino al margine della strada, con le masse oscure dei cespugli isolati. Sempre fiancheggiata dalla boscaglia, la strada cominciò a salire. La corriera andava a passo d'uomo. L'argine si elevò, le forme tozze degli alberelli sfilavano una dopo l'altra sullo sfondo di un cielo che ancora conservava una parvenza di luce.

«Dio, come va piano» disse la donna con voce tranquilla. Si rivolse al ragazzo: «Hai sonno, eh?» e gli batté una manata sulla coscia nuda.

«Lo faccia rimettere a sedere» disse Mara.

«Ma no, che le pare? Tanto ormai c'è poco ad arrivare.»

La salita era terminata: sulla sinistra comparve una miriade di luci. La corriera si lanciò a tutta corsa per la discesa, e le luci si misero a ballare nel vetro del finestrino.

«È Volterra?» domandò Mara accennando alle luci.

«È Volterra, si... Chissà se c'è la mia sorella ad aspettarci» aggiunse come parlando tra sé. «Perché anche lui mica è figliolo mio; io figlioli non ne ho. Ma lui e quello più grande, Silvano, sono stati per me come figlioli...» la voce le si incrinò. «Come figlioli, e Silvano me l'hanno assassinato!»

A un tratto si rimise a parlare forte:

«Se ne accorgerà il prete che accoglienza gli riserba Volterra.» Si voltò indietro: «Cosa credevi? Che lassù comandassero sempre quei delinquenti dei tuoi compagni? Ora perdio comanda il popolo».

«Io non ho fatto male a nessuno» disse una voce nel silenzio generale.

«Ah, non hai fatto male a nessuno? Dicono tutti come lui, io del male non ne ho fatto a nessuno. Stai a vedere che il male ce lo siamo fatto da noi. Quei ragazzi» urlò «chi l'ha ammazzati quei ragazzi. Rispondi ora, assassino.»

«Non sono un assassino» gridò il prete. «Io...» ma giù in fondo successe un trambusto e non s'intese più la sua voce.

«Ma se ci andavi a braccetto insieme, con quelli che hanno ammazzato i nostri ragazzi! Anche il figliolo della mia sorella» singhiozzò «la mia sorella ora è una disgraziata, per colpa vostra, per colpa tua, brutto schifoso di un prete!» Mara guardava sorpresa la donna che s'era coperta la faccia con le mani ed era tutta scossa dai singhiozzi: «Il bimbo della mia sorella!» mugolava. «Aveva diciannove anni, aveva...»

«Bube, vieni un momento qua.» Era la voce di Memmo.

«Pensaci te a lei» disse Bube a Mara.

La donna aveva smesso di singhiozzare, ma teneva sempre la testa china e la faccia nascosta. Mara le posò una mano sulla spalla. Non lo fece per convenienza, ma perché improvvisamente aveva provato pietà per quel grosso torso piegato in avanti, per quella testa china e nascosta. Sentendosi toccare, la donna ebbe un sussulto, ma rimase in quella posizione.

Allora Mara le disse: «Bisogna farsi coraggio». La donna alzò la testa, si volse verso di lei: la faccia le si spianò quasi in un sorriso. Poi dovette ricordarsi che a Mara avevano ammazzato un fratello: «Poverina anche te. Povera la tua famiglia. Ragazzi, quando in una famiglia succede una disgrazia così... che muore un figlio giovanotto...».

Aveva la faccia rossa e bagnata, con un filo di capelli appiccicato alla guancia. Ma a Mara non faceva più senso, le era venuto anzi l'impulso di abbracciarla e di accarezzarla.

«Via, si asciughi gli occhi» disse con dolcezza; e la donna obbedì, continuando a guardarla e a sorridere.

Improvvisamente Mara fu investita da una luce violenta. Guardò fuori: era un lampione, ne sopraggiunse un altro, infisso in un muro; poi l'autobus imboccò una strada fiancheggiata da una fila di casette contigue, con le finestre piccole, e pentole e vasi coi fiori sui davanzali. «San Lazzero» si udì la voce del fattorino «chi scende a San Lazzero?» Ma già tre o quattro persone si erano preparate per scendere.

Bube era tornato; le disse:

«Anche noi si dovrebbe scender qui.»

«E allora perché non scendiamo?»

«Devo sbrigare una faccenda, prima.»

Dietro di lui era comparso Memmo:

«Dobbiamo portare in prigione il prete.» Parlando, si rivolgeva anche alla donna: «Ce ne incarichiamo io e Bube. Perché è meglio che non succedano incidenti... Qui comandano sempre gli inglesi e gli americani, e non bisogna dar loro il pretesto di intervenire. Ha capito, signora? Noi comprendiamo il suo grande dolore e il suo giusto risentimento; ma, ripeto, il CLN vuole evitare incidenti per impedire intromissioni da parte del governo militare alleato».

La donna lo guardava con una faccia inespressiva. Probabilmente non aveva capito nulla di quello che Memmo le aveva detto.

L'autobus s'era fermato; i viaggiatori erano scesi; lo sportello fu richiuṣo. Ma subito dopo qualcuno da fuori lo riaprì con violenza; e un giovane pallido e magro, un ragazzo quasi, saltò sul predellino. Bube, pronto, si slanciò contro di lui:

«Te che vuoi? Scendi.»

«Fammi vedere chi c'è.»

«Scendi, ti dico.»

Ma il giovane aveva già visto quello che gl'interessava vedere; perché si voltò indietro annunciando trionfante:

«Ohi, ragazzi, c'è il prete Ciolfi!»

Bube ne approfittò per dargli una spinta; quello perse l'equilibrio e per non cadere all'indietro fu costretto a saltar giù. Bube si sporse ad afferrare la maniglia dello sportello per tirarlo a sé, ma glielo impedirono. Mara, che s'era alzata in piedi per veder meglio, scorse quattro o cinque giovani giù nella strada.

«Facci salire.»

«No, fai scendere il prete» disse un altro, e tutti risero.

«Oh, ma è Bube.»

«Sono Bube, sì; e voi non v'immischiate in faccende che non vi riguardano. Me ne incarico io del prete.» Quelli mollarono lo sportello e Bube lo tirò a sé richiudendolo con forza. L'autobus ripartì.

«Allora siamo intesi» disse Bube a Mara «io mi devo occupare del prete; tu scendi, e aspettami.»

«E la valigia?» fece Mara contrariata.

«La valigia, bisogna che ci pensi tu.» E se ne andò verso il fondo.

L'autobus passò sotto un arco. «Eccoci a Volterra» disse la donna. Stava infilando un golf al ragazzo; poi si mise in testa un fazzoletto, annodandolo sotto il mento. «Si metta anche lei qualcosa in testa, signorina; a Volterra fa fresco, la sera.» Quindi la salutò e la ringraziò della compagnia.

Si misero in fila per scendere; avanti il ragazzo, poi la donna, poi Mara. Un uomo le disse alle spalle: «Scenda pure signorina, ci penso io alla valigia».

Si fermarono in una piazza alberata. C'era un bel po' di gente ad attendere l'arrivo della corriera. La donna, prima di scendere, si voltò a dirle un'altra volta: «Arrivederla signorina». Mara scese subito dopo, poi fu la volta dell'uomo con la valigia: «Gliela metto qui da una parte, perché se succede qualche confusione...».

«Tante grazie» rispose Mara.

Davanti la corriera s'era già vuotata; di dietro, invece, scendeva ancora gente; scese Memmo; scese Bube; quando per ultimo comparve il prete, si levò una salva di fischi.

A un tratto si udì una gran risata. A Mara venne voglia di correre a vedere; ma la corriera stava facendo marcia indietro per entrare nell'autorimessa, e lei dovette scansare precipitosamente la valigia.

Quando la corriera fu passata, vide che di gente ce n'era rimasta poca. Due giovani tornavano indietro torcendosi dalle risate; Mara, non resistendo alla curiosità, li fermò:

«Ma cos'è successo? perché ridete?»

«Per via del cappello» rispose uno. Si rivolse al compagno: «Ma dire che non tirava un soffio d'aria...» ricominciò a ridere «e appena il prete s'è incamminato, un colpo di vento e via! gli è volato il cappello...».

«Io gli ci ho dato un calcio tale che devo averglielo sfondato» disse l'altro.

«E io allora? M'è capitato proprio tra i piedi, e giù! una gran pedata...»

«Ma poi glielo avete ridato?» domandò Mara.

«Macché ridato! È finito in fondo allo scarico.»

Ora che s'erano calmati, facevano maggiore attenzione alla ragazza.

«Ma lei non è di Volterra, signorina?» domandò quello che aveva parlato per primo.

«No» rispose Mara.

«E... aspetta qualcuno?»

«Il mio fidanzato.»

«Doveva venire a prenderla alla corriera?»

«No, era in corriera con me. Ma voi lo conoscerete anche. Bube.»

«Bube?» fece il giovanotto sorpreso. «Certo che lo conosciamo; è amico nostro, Bube. Però io non sapevo che fosse fidanzato. Tu lo sapevi?»

«No» rispose l'altro. «Ma poi è da tanto che non s'era più visto. Sta in un paese vicino Firenze... vero?»

«Sì» rispose Mara. «A San Donato.»

«E lei è di San Donato?» domandò il primo giovanotto.

«No» rispose Mara.

«E allora di dove?»

«Di Monteguidi... vicino Colle.»

«Ah: senti. E... mi dica un po' signorina: sono tutte come lei le ragazze di Monteguidi?»

«Che intende dire?»

«Carine come lei?»

Mara alzò le spalle, ma intimamente era soddisfatta del complimento.

«Perché sennò la fidanzata me la vado a trovare anch'io a Monteguidi» disse il giovanotto. E, insistendo nello scherzo: «Lei per caso non ha una sorella... o una cugina?».

Mara si mise a ridere:

«Una cugina ce l'ho, ma brutta come il peccato.»

«Un'amica, allora... Se mi dice il nome e l'indirizzo...»

«Via, la faccia finita. Mi dica, piuttosto: sono lontane le carceri?»

«No. Sono proprio qui sopra.»

«E allora Bube come mai sta tanto a tornare?»

«Eccolo, Bube» disse quell'altro.

Era infatti lui, ma pallido, trafelato, come se avesse fatto una corsa. I due lo salutarono con calore, stringendogli la mano e battendogli colpi sulla spalla. Bube invece si limitò a dire: «Ciao» e subito dopo si rivolse a Mara: «Andiamo».

Prese la valigia e prese lei per il gomito. Ma più che tenerla sottobraccio la spingeva.

«Si può sapere che fretta hai?» disse Mara cercando di svincolare il braccio. Oltre tutto sulla ghiaia del giardinetto ad andare svelta rischiava di prendersi una storta.

A un tratto Bube la lasciò; e voltandosi verso i due: «L'ha avuta la lezione che meritava, il prete.» E sollevò il pugno, mostrando le nocche sbucciate e sanguinanti.

Di là in camera, avevano già spento la luce, e non si sentiva più nessun rumore. Lei s'era già spogliata, s'era tolta la camicetta, la gonna e le mutande; s'era anche sfilata il reggipetto; ma indugiava a coricarsi. Ripensava al battibecco avuto con Bube, che pretendeva di farla dormire con la madre e la sorella. "Ci dorma lui con le sue donne." Il letto era a una piazza e mezzo, sicché sai che bel piacere dormirci in tre. E le federe dei guanciali avevano una macchia scura nel mezzo, chissà quant'era che non le cambiavano. Ma soprattutto aveva ripugnanza per le persone. La madre di Bube era calva e sdentata, e la sorella pelosa e piena di nei.

Che razza di famiglia. E che razza di casa. Due stanze soltanto, infilate una dentro l'altra: la cucina e la camera. Il gabinetto era per le scale: un bugigattolo puzzolente, che serviva anche per la famiglia del piano di sopra. Sia in cucina che in camera, i mattoni degl'impiantiti erano mezzi rotti, le pareti sporche e macchiate d'umidità, i soffitti scrostati. In confronto, pensava Mara con soddisfazione, casa sua era una reggia addirittura.

Mara era stata abituata dalla madre alla pulizia e alla precisione, e perciò aveva notato subito lo sporco e il disordine che c'erano in casa di Bube. Glielo aveva anche detto, un momento che le donne non sentivano: «Abiti proprio in un tugurio». Bube naturalmente s'era risentito: «Io sono di povera famiglia; ma non me ne vergogno mica... Anzi, se lo vuoi sapere, me ne tengo». Ma che c'entrava esser poveri. È che erano sudici, altro che storie. In camera c'era puzzo di pipì, e lì in cucina, tanfo di rigovernatura.

Questo non gliel'aveva detto, ma quando Bube aveva preteso che andasse a dormire in camera, s'era ribellata; e poco le importava che sentissero anche la madre e la sorella: «Io sono abituata a dormire sola, e con delle persone estranee specialmente, non mi riuscirebbe davvero di dormirci». E lui, offeso: «Non sono mica persone estranee: sono mia madre e mia sorella». «E che vuol dire? Se un'ora fa nemmeno le conoscevo.» Bube aveva alzato la voce (chissà: in presenza della madre e della sorella voleva far vedere che era lui a comandare), ma lei gli aveva tenuto bravamente testa: «Insomma, o mi fai dormire sola in cucina, oppure piglio e me ne vado all'albergo». «Te invece fai quello che dico io.» «No bello.» «Mara, guarda che le prendi.» «Ma chi ti credi di essere? Perché hai picchiato un prete, pretenderesti di picchiare anche me. Bella forza picchiare un vecchio» aveva aggiunto con disprezzo. «E vi ci siete messi in cinquanta.» «Niente affatto: gli altri stavano a guardare, ho picchiato io solo.» «Ma appena sono arrivati i carabinieri, ve la siete data a gambe! Tu per primo.» «Niente affatto.» «Ma se l'hai detto tu! Vero?» fece rivolta alla sorella. Quella era rimasta zitta, doveva essere proprio un'idiota, in tutta la sera non aveva aperto bocca che per dire stupidaggini. «Insomma sono io l'uomo... e te devi obbedire» aveva concluso Bube. Lei s'era messa a ridere: «E io sono la donna... e perciò voglio averla io l'ultima parola. E poi non sei gentile, scusa: io te l'ho ceduto il mio letto quando sei venuto a casa mia; perché non vuoi ricambiarmi il favore?» «Io facevo perché stessi più comoda» aveva borbottato Bube; e s'era messo a fumare, truce in volto, ma ormai rassegnato a cedere.

Di lì a poco la madre se n'era andata a dormire; e la sorella non aveva tardato a seguirla.

«Bubino per piacere te ne vai di là anche te? Perché io ho sonno e voglio andare a letto.»

«E vacci.»

«Ma bisogna che mi spogli, no? Non posso mica spogliarmi davanti a te.»

«E va bene, vado.» Sulla porta s'era voltato, puntandole contro il dito: «È perché non t'ho voluto fare una scenata davanti a mia madre e mia sorella... sennò mi obbedivi, e di corsa».

Povero Bubino. Voleva sempre dare a intendere che cedeva spontaneamente. Ma ormai lei lo aveva capito che tipo era. Non le faceva paura, con le sue minacce.

Raccattò il reggipetto, che era caduto, e lo appese alla sedia, dove aveva ammucchiato la roba. A piedi nudi attraversò la stanza, girò l'interruttore; tastoni ritrovò la branda. S'infilò sotto il lenzuolo. Ma non era propriamente buio: ché anzi la luce di fuori filtrava dalla finestra priva d'imposte: riverberandosi sul soffitto, in due losanghe sfuocate. Ma meglio così: perché restare completamente al buio in quella casa sconosciuta, le avrebbe fatto impressione...

Certo, non ci sarebbe rimasta molto. "Ci rimarrò fino a lunedì; e poi mi faccio dare i soldi per la corriera e me ne torno a casa." L'indomani era domenica, i negozi erano chiusi, e lei pensava invece di farsi regalare qualche altra cosa. Un reggipetto, per esempio. Ma sì, un reggipetto era roba da poco, Bube avrebbe potuto benissimo farle un altro bel regalo, tipo le scarpe. Una borsetta, magari... Ecco un'altra cosa che non aveva mai posseduto; non solo: ma non ce l'aveva nemmeno Liliana. "Creperà di rabbia se mi vede arrivare con la borsetta." Certo, una borsetta costava cara, ma tanto Bube era pieno di soldi, e poi, bisognava riconoscerlo, non era per nulla avaro. Anzi, faceva il grande. E Mara pensò che faceva il grande proprio perché era sempre stato poverissimo. Era accaduto lo stesso a uno del suo paese, un disgraziato che, figuriamoci, non aveva nemmeno casa, dormiva in una stalla; arrivati gli americani, s'era messo a fare il mercato nero, e aveva guadagnato un bel po' di soldi, e ora, spendeva e spandeva, pagava da bere a tutti... come se fosse un signore. E un altro caso c'era stato, quando lei era bambina: di un tale che aveva ricevuto un'eredità, e l'aveva sperperata in pochissimo tempo. Tra l'altro, s'era comprata una macchina fotografica, e faceva fotografie a tutti: quando non poteva fotografare le persone, fotografava i cani, i maiali, gli asini... Era stato lui a fare quella fotografia che poi Sante s'era portato alla macchia... e sulla quale lei aveva imbastito tutta una storia alla cugina.

Però, com'era strano. Lei aveva detto una bugia che, in seguito s'era avverata. Perché Bube s'era veramente innamorato di lei... e avevano finito col fidanzarsi...

Ma che caldo faceva. Le venne addirittura l'idea di levarsi la sottana e la maglia e rimanere nuda. Fosse stata nel suo letto, l'avrebbe fatto. Ma li, sebbene le lenzuola fossero di bucato, soltanto a pensare che le aveva toccate la sorella di Bube...

Si rigirava, senza riuscire a trovare la posizione adatta per dormire. Il pagliericcio era duro, e con certi spunzoni... Forse non le aveva fatto pro la cena, aveva mangiato contro stomaco, specie dopo che aveva trovato un capello nella minestra. "Sarà stato un capello o un pelo?" Aveva certi peli lunghi la sorella di Bube: uno le usciva da un grosso neo sopra il labbro, e col respiro si muoveva, andava in su e in giù...

Più che altro non le riusciva dormire perché si sentiva a disagio e inquieta. Cercò di concentrarsi su pensieri piacevoli. Sul pensiero del proprio corpo. Dianzi, stando in sottana, si era tirata i seni fuori, e li aveva considerati a lungo.

E non c'è dubbio, erano proprio graziosi, piccoli ma sodi, e rosei, con qualche peletto soltanto intorno ai capezzoli. Mentre Liliana, per esempio, li aveva scuri, macchiati, e con certi peli neri...

Le tornò in mente la madre quando allattava Vinicio. Lei era una bimbetta di sei o sette anni, e di queste cose era già curiosa. Ma un giorno che la madre si era accorta d'essere spiata, le aveva dato uno schiaffo. Perché la madre era così, gelosa della propria intimità, e mai che Mara l'avesse vista una volta spogliata. Il padre invece non ci badava, magari girava per casa in mutande... E anche questo era un motivo di litigi fra i genitori.

Ma aveva ragione la madre. In una famiglia dove si va a finire se genitori e figlioli si spogliano gli uni in presenza degli altri... se magari dormono nello stesso letto? E anche questa, che Bube dormisse con la madre e la sorella, era una cosa che non le garbava per niente. Ma non aveva un amico, da cui andarsene a dormire?

Ricacciò il pensiero di queste cose. Pensò alle scarpe che le aveva regalato Bube; alla borsetta che le avrebbe regalato... Le tornò in mente quello che le aveva detto Mauro quando l'aveva vista tutta elegante: i regali alla fidanzata glieli farei anch'io, ma vorrei qualcosa in cambio... Ridacchiò. Non c'era pericolo che Bube le chiedesse qualcosa in cambio. Erano rimasti soli anche abbastanza a lungo, lì su quell'isolotto in mezzo al fiume; e lui, non le aveva fatto una mezza carezza, né aveva cercato di baciarla. "Liliana potrà dire tutto quello che vuole, ma non che non è un giovane serio." Eppure il fatto che fosse un giovane così serio, non dissipava la sua inquietudine; anzi, chissà come mai, la accresceva...

"No, io proprio non me la sento di continuare. Domattina glielo dico. Gli dico: Guarda, ci ho ripensato e ho deciso di rompere il fidanzamento. Mi faccio rendere la fotografia e le lettere, e me ne rivado, domani stesso. Della borsetta, pazienza, ne farò a meno. Le scarpe, s'intende, me le tengo, oltre tutto quelle altre le ho perdute."

Non appena ebbe preso questa decisione, si sentì più leggera; la sottana, il lenzuolo smisero di infastidirla; e poco dopo si addormentò.

«Bube. Svegliati Bube.»

Mara guardava il chiarore sul soffitto. Non capiva, non si raccapezzava... A un tratto si sentì gelare dallo spavento. La porta cigolò: si apriva lentamente: uno spicchio d'impiantito s'illuminò. «Svegliati Bube» ripeté la voce.

«Chi è?» gridò Mara balzando a sedere sul letto. Era atterrita all'idea che fosse un matto scappato dal manicomio.

Invece di rispondere, l'intruso girò l'interruttore: «Ah» disse. «Credevo che ci dormisse Bube.»

«Ma lei chi è, scusi?»

«Io sono Lidori, un amico di Bube.»

Mara si ricordò di aver sentito fare quel nome da Bube a Memmo: «Ah, ho capito» disse. «Ma che spavento mi ha fatto prendere!» e rise, sollevata.

Anche il giovanotto sorrise:

«Eh, lo capisco che non è un'ora adatta per venire nelle case. Ma ho bisogno di parlare con Bube, subito. Dov'è? Di là?» fece indicando la camera.

«Sì. Ma ora dorme.»

«E allora bisogna che lo svegli. È meglio che sia io a svegliarlo piuttosto che i carabinieri; non le pare?» e Mara lo vide aprir la porta e scivolare dentro. Prima di Bube, dovette svegliarsi la sorella, che mandò un piccolo grido di spavento. Poi li sentì parlottare; ma non riusciva a capire le parole.

Dopo qualche minuto, Lidori tornò in cucina. Tirò fuori la scatola del tabacco e le cartine, e con calma prese a farsi una sigaretta. Era alto, magro, robusto, con un gran naso aquilino; e un intrico di venuzze a fior di pelle sugli zigomi e sulle narici.

«Ma cos'è successo?» gli domandò Mara.

«È successo che i carabinieri lo stanno cercando; e perciò bisogna che fili via, e subito.»

«Per il fatto del prete?»

«Per il fatto di San Donato.»

Entrò Bube, vestito:

«Questa, vedi, è Mara, la mia fidanzata.»

«Sì, l'avevo capito» rispose Lidori. «Dunque, in presenza delle donne non ho voluto dirlo: ma la faccenda è seria; tu gliene hai parlato?» Bube fece cenno di no. «Bravo, è meglio che non sappiano nulla. Ma te, come mai non ti sei subito fatto vivo con noi, appena sei arrivato a Volterra?»

«Pensavo di parlarvene domattina.»

«Domattina, sarebbe stato troppo tardi. Se i carabinieri di Colle erano avvertiti, la comunicazione devono averla ricevuta anche quassù. Una cosa non riesco a capire: se quelli erano venuti alla partenza della corriera, com'è che non t'hanno beccato?»

«I carabinieri erano venuti alla partenza della corriera?»

«Così almeno ci hanno telefonato i compagni di Colle.»

Bube guardò Mara:

«Allora è stata una fortuna che ce ne siamo andati...» S'interruppe, perché era entrata la sorella, anche lei vestita, ma a piedi nudi.

«Dunque, Lidori, cosa è successo?»

«Ma niente, Elvira, niente. Solo bisogna che Bube si nasconda.»

«E perché?»

«Be'... lo sai che il maresciallo ce l'ha con lui. E siccome abbiamo sentito dir qualcosa... Insomma, se venissero, è meglio che non si faccia trovare.»

«Forse è per via della picchiatura al prete» suggerì Bube.

«Ma come? I carabinieri ora si mettono ad arrestare quelli che picchiano i fascisti? Ma allora dovrebbero arrestarci tutti; l'altro giorno, quando fu picchiato Amilcare, c'era la piazza piena... C'ero anch'io» aggiunse con soddisfazione.

«Andiamo, via» disse Lidori «non c'è mica da perdere altro tempo.»

«E dove mi porteresti?» domandò Bube.

«S'è pensato con Baba che il posto migliore è quel capanno dove siete stati nascosti prima di andare nei partigiani.»

Bube aveva tirato fuori una sigaretta, accendendola al mozzicone di Lidori; aspirò il fumo tre o quattro volte di seguito; a un tratto disse:

«Io resto qui.»

«Ma sei ammattito? Lo sai o no che hai un mandato di cattura sulle spalle?»

«Non voglio che se la rifacciano con mia madre e con mia sorella. Non voglio che succeda come l'altra volta, che le portarono in carcere perché non trovarono me.»

«Ma su questo punto puoi star tranquillo; non siamo mica più al tempo dei repubblichini. Al caso, ci si pensa noi, se avessero l'intenzione di commettere qualche angheria...»

«Sai che ti dico?» fece Bube toccandosi dietro, dove spiccava di nuovo il rigonfio della rivoltella. «Io li aspetto in casa; e come si azzardano a venir su per le scale...»

«Tu invece verrai via con me, e subito. È l'ordine del Partito.»

Bube restò un momento incerto; poi disse:

«Be', se è l'ordine del Partito, allora non discuto più. Ma non che mi facciano paura i carabinieri... Nemmeno i tedeschi mi facevano paura, figurati un po'.»

E si mise a sistemar la roba nello zaino, aiutato dalla sorella.

A un tratto Mara pensò che lei sarebbe dovuta rimanere sola; disse: «Bube, io domattina me ne torno a casa. Dammi i soldi per il viaggio».

«Domani è domenica, la corriera non fa servizio... Partirai lunedì.»

«Cosa?» La prospettiva di passare un altro giorno e un'altra notte in quella casa, con quelle due donne, era troppo brutta...

«Allora vengo con te.» Le parole le erano uscite di bocca quasi senza volerlo; ma un momento dopo era risoluta a imporre la sua decisione.

«Sei matta? Si tratta di andare in un capanno in campagna... non è mica un posto per te.»

«E io vengo lo stesso.»

«Sì, e come fai a camminare, con coteste scarpe?»

Intervenne Lidori:

«Certo, se non fosse per via delle scarpe... non l'ha mica pensata male, la signorina. È meglio che i carabinieri non la trovino qui.»

«Delle scarpe non vi dovete preoccupare; al caso, cammino scalza. Su, uscite, che mi voglio vestire.» Bube rientrò in camera; Lidori scese a dare un'occhiata giù in istrada. Mara veramente avrebbe voluto che uscisse anche la sorella; ma quella se ne stava lì con la sua solita aria imbambolata; così, dovette vestirsi davanti a lei. Il fagottino della roba era sulla credenza, lo aveva sfatto per prenderci un fazzoletto; lo rifece, e lo ficcò nello zaino.

Gli addii furono rapidi. Bube baciò la sorella sulle guance:

«Non stare in pena per me; pensa a mamma, piuttosto.»

«Se venissero i carabinieri, dite che Bube è ripartito» consigliò Lidori «e che non sapete dov'è andato.»

In fondo alle scale, si fermarono; Lidori scrutò fuori, poi guardò l'orologio: «È l'una» disse; «alle due, dovremmo essere nel capanno.»

III

Il finestrino si era aperto durante la notte, e uno straccio di ragnatela si muoveva nell'aria fresca del mattino. Mara cercò di tirare a sé la coperta, poi si voltò sull'altro fianco; e vide la schiena di Lidori. La scena della notte le tornò alla mente con chiarezza: Bube aveva subito detto che per lui andava benissimo dormire sull'impiantito; lei e Lidori, allora, s'erano stesi sul letto.

Per forse un minuto Mara rimase fissa nel pensiero che si trovava lì, in quel capanno, in compagnia di Bube e di un estraneo; anzi, proprio quell'estraneo dormiva insieme a lei sul letto. "Se lo sapessero!"; e pensava a sua madre, alla madre di Liliana, a Liliana; ma già il sonno la riafferrava e la tirava giù.

Quando si svegliò di nuovo, la ragnatela fluttuava in un raggio di sole, e tutto lì in quel bugigattolo era chiaro e ben visibile. Il soffitto rugoso incombeva su di lei; le pareti erano ugualmente senza intonaco, con appena un po' di calce secca nelle commessure delle pietre.

« Bube. Sei sveglio? »

« Sì » rispose la voce di Bube.

« E Lidori dov'è? »

« L'ho sentito andar via. » Si tirò su, senza guardare dalla parte del letto. « Ahi... » fece « sono tutto indolenzito. » Bube aveva dormito su due balle stese in terra, con lo zaino per guanciale.

« La colpa è tua, perché non ci sei venuto tu a dormire sul letto? »

«Non sarebbe stato bene» rispose Bube continuando a non guardarla.

«Allora non è stato bene nemmeno che abbia dormito con Lidori.»

«Che c'entra. Lidori non ti è niente; e poi è anziano.»

«Mica tanto anziano. È ancora un giovanotto, invece.»

Bube aveva acceso una sigaretta e s'era messo sulla porta. Scalza com'era, Mara gli andò accanto e gli mise una mano sulla spalla.

«Non mi dài nemmeno un bacio?» Bube la guardò: «Tutte le mattine, quando ci si sveglia, devi darmi un bacio.»

Bube si curvò a baciarla, ma anche questa volta Mara non ebbe il tempo di avvertire il calore delle labbra che egli si tirò indietro.

«Perché stai scalza? Ti fa male, puoi prenderti un raffreddore.»

«Oh, ma io ci sono abituata a stare scalza. L'estate, sto sempre scalza. Sono una contadina, io; con chi credevi di esserti fidanzato?» Egli abbozzò una protesta, ma lei insisté: «Sono andata al campo fin da quando ero piccola. Ma mi piace più la contadina della serva. Un anno m'hanno mandato a servizio da una famiglia di Colle; ma ci sono rimasta poco. Non mi piace venir comandata» concluse sorridendo.

«Oh, ecco Lidori» disse Bube, con un'intonazione di sollievo, come se si sentisse a disagio stando solo con lei.

Mara, stizzita, rientrò nella stanza. Aprì lo zaino, e tirò fuori la sua roba.

«Salve» disse Lidori entrando. «Vi ho portato la colazione» e posò sul letto un intero pane e un fagotto che si aprì lasciando vedere alcune grosse fette di prosciutto e due uova. «Avanti: servitevi.» Affettando il pane, continuava a parlare: «Mi fa male il capo... Stanotte non ho dormito per niente».

«Bugiardo» disse Mara. «Russavi che era una bellezza.» La sera prima a un certo punto Lidori si era messo a darle del tu, e lei naturalmente aveva fatto altrettanto.

«Io, russare? Tu te lo sei sognato, vedi.»

«Ma se m'hai anche svegliato, da quanto russavi forte.»

«Te m'hai svegliato, da quanti calci tiravi. Disgraziato chi ti piglierà per moglie» aggiunse strizzando l'occhio a Bube.

«Be', ora bisogna che vi lasci, ragazzi.» Di colpo era tornato serio: «Devo andare a vedere come si mettono le cose».

«Passa da casa mia, mi raccomando.»

«Stai tranquillo. E te, non farti vedere in giro.» Si mise la giacca sulle spalle e uscì. «Per mezzogiorno, l'una al massimo, conto di essere di ritorno.» Dopo pochi passi si voltò, e di nuovo aveva una faccia allegra: «E... fate i bravi ragazzi; intesi?».

Lo guardarono scendere giù nella strada. Di lì, fece ancora un segno di saluto col braccio. «È un amico, Lidori» disse Bube. «È simpatico» ammise Mara.

Mangiarono seduti sullo scalino fuori della porta. Il vento scorreva leggermente per il pendio, curvando il grano basso e rado. Di là dalla strada, c'era un terreno pianeggiante diviso in tanti rettangoli dai filari di viti che si succedevano a intervalli regolari; e in quei rettangoli l'occhio esperto di Mara distinse subito le varie coltivazioni: qua erba medica, là zucche, o rape, o fagioli e pomodori. Poi c'era il torrente, coperto da una fitta macchia, sopra cui si levavano grossi alberi isolati. Di là dal torrente si estendevano altri campi, ma non c'erano case: le case erano in cima ai poggi brulli e non molto alti che circoscrivevano la vista.

«È quella l'Era?» domandò a bocca piena.

«No, quella è... Non lo so come si chiama. È un'affluente dell'Era.»

«Che vuol dire affluente?»

«Che va a finire nell'Era. Oh, ma siete ignoranti forte dalle vostre parti.»

«Basta che siate sapienti voi» lo schernì Mara. Ingoiò l'ultimo pezzo di pane e si alzò: «Andiamo?» disse tendendogli la mano.

«Dove?»

«Al torrente. All'affluente» e si mise a ridere. «A lavarci il musino.»

«Oh, sì, ne sento proprio il bisogno di darmi una lavata.» Rientrarono a prendere la roba: il sapone, gli spazzolini, il dentifricio: involtarono tutto nell'asciugamano. Bube lo diede a tenere a lei: «Dimenticavo una cosa».

Mara lo vide che si affannava intorno allo zaino. La rivoltella gli scintillò nelle mani; se la mise nella tasca di dietro. E Mara sentì come un malessere dentro... Ma fu un attimo: e mentre scendevano quasi correndo per il viottolo, non c'era che un sentimento in lei, il piacere di trovarsi in campagna, libera di fare quello che voleva, e l'eccitazione di esser sola col fidanzato.

Il torrente era come una strada incassata tra due argini alti, sopra cui cresceva rigogliosa la macchia; che in qualche tratto stendeva i suoi rami nel mezzo, fino quasi a coprire la vista del cielo. Il rivolo d'acqua bastava appena a inumidire la terra giallastra. Un po' più su c'era una cascatella, e fu lì che si lavarono.

Bube si sbrigò in un minuto e risalì nel campo, perché lei potesse fare il suo comodo.

«Bubino. Non guardi mica, eh? Perché sono nuda.»

Era nuda fino alla cintola, infatti: si lavò il petto e le spalle, quindi si tirò su la maglia di cotone e la sottana, e tornò a infilarsi il reggipetto e la camicetta, che aveva appeso a un ramo.

Bube era sdraiato ai piedi di un gigantesco ciliegio al cui tronco era abbarbicata una vite, che arrivata all'altezza dei rami ricadeva all'indietro.

«Bubino, questo ciliegio e questa vite... a che cosa ti fanno pensare?» Egli non capì, e lei: «A me, a due innamorati. Lui è il giovanotto, e lei, la ragazza».

«Lui chi?»

«Lui il ciliegio. Vedi, lei vorrebbe abbracciarlo, e lui la respinge.»

Bube aveva afferrato l'idea:

«Si potrebbe dire anche il contrario: lui la abbraccia, e lei gli sfugge.»

«No, è come dico io. Sono come io e te» aggiunse improvvisamente. «Tu mi respingi sempre, Bubino.»

«Dici così per via di ieri? Ma c'erano quelli a caricare la ghiaia...»

«Ora però non c'è nessuno. Perché non mi abbracci?»

Bube la guardò, incerto:

«Ora sto fumando.»

«Vedi, una scusa la trovi sempre.»

Egli si alzò, poi tornò a mettersi seduto. Mara gli andò più accosto. «Fammi un favore: agganciami il reggipetto.» E gli voltò la schiena.

Sentì le dita di lui strisciarle sulla pelle in cerca dei ganci.

«Ahi! mi fai il solletico» disse ridendo. «Scusami» rispose lui, serio. «Proprio non sei buono a niente, Bubino: nemmeno ad agganciare un reggipetto.» «È che non mi riesce di capire...» Ci s'era messo con tutto l'impegno; alla fine ci riuscì.

«Ecco fatto» disse. Ritirò una mano, ma con l'altra indugiava a toccarla. «Come sei calda» disse.

Era turbato; lei se ne avvide subito, appena si girò a guardarlo.

«Bube» disse in un soffio, e gli si avvicinò col viso, chiudendo gli occhi.

A un tratto egli le prese la faccia tra le mani; e poi la baciò, con impeto, e rimase a lungo con le labbra schiacciate contro le sue. Si scostò un momento, e la baciò una seconda volta, e una terza.

Dopo, rimasero senza parlare e senza nemmeno guardarsi. Anche lei era turbata, perché erano stati i suoi primi veri baci. I loro sguardi s'incontrarono, ella fece per dir qualcosa, ma si limitò a scuotere il capo e abbassò gli occhi.

«Che cosa...?» balbettò lui.

Ma lei non aveva la forza di parlare. Posò una mano sulla sua: se la sentì stringere. Poi si sentì abbracciare. Allora appoggiò la testa sulla spalla di lui.

E così rimasero a lungo, ed erano tutt'e due turbati, turbati e felici come si può essere una sola volta nella vita: perché anche per lui era la prima volta. Ma questo Mara lo aveva capito già da molto tempo...

Li riscosse il passaggio di gente sulla strada. Erano tre contadini vestiti con l'abito nero della festa; e subito dopo fu la volta di due donne, che parlavano forte, tanto che si sentivano distintamente le parole:

«... ma cosa ci puoi fare contro il male? Quando il male entra in una casa, povera famiglia.»

«È proprio così: c'è rimedio contro tutto, ma contro il male non c'è rimedio. Ma sì, dottori, medicine! tutti denari buttati via...»

«Bisogna andarsene, qui ci vedono dalla strada» disse Bube. «Ora quando sono passate quelle donne ce ne andiamo lassù» e indicò la striscia di bosco che orlava la sommità del poggio di fronte.

Egli s'incamminò lungo il filare; e lei dietro, sulla terra zappata di fresco, dove i piedi affondavano piacevolmente. Prima di attraversare la strada, Bube scrutò a destra e a sinistra. Le due donne erano ormai lontane, e dall'altro capo della strada non era sbucato nessuno. In fretta salirono per il viottolo, che finiva al capanno; sopra, dovettero andare in mezzo al grano. Il terreno era tutto crepato; poi si fece anche sassoso; ed ecco, si trovarono davanti al bosco. Coi suoi tronchi sottili e fitti, si ergeva di fronte a loro come un muro; ma andando lungo la proda, trovarono una radura coperta da un'erba folta e tenera.

Si rimisero seduti, nella stessa posizione di prima: lui con le gambe stese, lei rannicchiate; ma l'incanto era rotto, e non era facile riformarlo, per quanto lo desiderassero. Né l'uno né l'altra si decideva a fare un gesto. Bube, innervosito, finì con l'accendersi una sigaretta; Mara strappò un filo d'erba e cominciò a mangiucchiarlo.

Non riuscivano a parlare. Il ricordo di quello che era accaduto li paralizzava. Oh, che confusione aveva nella testa lei! I pensieri le tumultuavano dentro, ma non erano veri pensieri: informi, indefiniti, si succedevano senza tregua, stordendola.

Poi Bube, con un gesto sbadato, lasciò cadere la cenere calda sul ginocchio di Mara. «Oh, scusami» disse; lei per tutta risposta lo guardò. Si baciarono. Fu un bacio rapido, ma dopo essersi staccati continuavano a guardarsi: lei non provava più imbarazzo, e ora avrebbe potuto fare qualsiasi cosa; ma voleva che fosse lui a cominciare. Ed egli la afferrò per le braccia; e la spingeva giù; la spingeva e insieme la sorreggeva: finché lei si trovò supina. Allora chiuse gli occhi, invitandolo al bacio.

Egli la baciò parecchie volte: ogni volta premendo più forte le labbra su quelle di lei. Le schiacciava il viso; e lei sentiva sotto la nuca il duro della terra e la sporgenza aguzza d'un sassolino, ma anche il dolore si mescolava alla dolcezza del bacio fondendosi in un'unica sensazione di voluttà. Soffocava, anche; le pareva che il cuore le scoppiasse: finché lo respinse, ma per riabbracciarlo subito dopo e stringersi tutta a lui. Ora erano coricati di fianco; e di nuovo lei sentiva male, a un braccio, a un orecchio; ma tutto si fondeva nella voluttà. «Oh... amore» disse alla fine, tornando a riversarsi supina; e certo, se lui avesse voluto prenderla, avrebbe potuto farlo, perché lei era come senza forze.

S'erano seduti sulla proda. Ai loro piedi, un'ape svolazzava intorno a un cespo di minuscoli fiori azzurri.

«Lo sai che ho un alveare?» disse Mara.

«Sì, ho visto l'arnia vicino al forno.»

«Quando sono in giro per i campi e vedo un'ape, mi domando sempre: "Sarà una delle mie?". Una volta, un'ape, ho cercato di seguirla. Sul serio: le sarò stata dietro un'ora almeno. Volevo vedere dove andava. Ma quando si fu rimpinzata volò via alta e non la vidi più.»

«Questa qui non è certo tua.»

«Eh, no» ammise Mara ridendo. «Non può essere venuta così lontano. Quanto sarà lontano di qui il mio paese?»

«Mah. Un trenta chilometri.»

«Dimmi: tu ci credi al destino?»

«Che intendi dire?»

«Al destino che ci ha fatto incontrare.»

«Sono state... le circostanze» disse Bube. Cercò di spiegarsi meglio: «Io è per un caso che non sono andato coi partigiani qui di Volterra... e sono finito invece dov'era tuo fratello... Perché, se non avessi incontrato Sante, non avrei conosciuto nemmeno te».

«E invece noi due ci si doveva incontrare per forza». Lo guardava: «E pensare che siamo così diversi. Voglio dire, tu sei bruno e io bionda... e anche gli occhi, tu li hai neri, mentre io li ho gialli... Come ho fatto a piacerti con questi occhi gialli?».

«Prima di tutto, non sono gialli... semmai verdi. E poi, vuoi che te lo dica? Sono stati proprio gli occhi che mi hanno fatto innamorare.»

«Dimmelo un'altra volta.»

«Che cosa?»

«Che sono stati i miei occhi a farti innamorare.»

«Perché te lo devo dire un'altra volta?» Aveva paura che lei lo canzonasse. «Le cose, mica c'è bisogno di ripeterle.»

«Oh, Bubino, perché non vuoi farmi contenta? Non

lo sai che gl'innamorati le cose se le ridicono centomila volte? »

«Quali cose? »

«Ti voglio bene, ti amo, sei tutta la mia vita, sei come un sogno per me. Ma giusto, queste cose mica me le hai ancora dette. Dimmele, su. Dimmi: ti voglio bene. Anzi, no, prima dimmi: ti amo.» Bube stava zitto. «Ma allora Bubino non è vero che mi ami.»

«Ma sì che è vero.»

«E allora dimmelo.»

«Ti amo» fece lui spazientito.

«Oh, no, Bubino, non così. Me lo devi dire col cuore. Ecco, così come te lo dico io: Ti amo...» Ma non lo disse col cuore, piuttosto con malizia e civetteria.

«L'hai detto come l'ho detto io.»

«No. Io l'ho detto col cuore. Senti come l'ho detto: Ti amo... ti amo, Bube, caro... ti amo, ti amo...» La sua voce si era fatta tenera; ma lei fingeva di essere commossa; in realtà le veniva da ridere, e anche provava soddisfazione, al pensiero di come le riusciva bene recitare la parte dell'innamorata. «Ora devi dirmelo te, tante volte quante te l'ho detto io.»

«Ora non mi viene» disse Bube cupo.

«Oh Bubino che dolore m'hai dato.»

«Senti, Mara...» ma non disse altro. Tirò fuori una sigaretta.

«Ecco come fa: si mette a fumare e alla sua Mara non ci pensa più. Ciao, Bubino: io ti lascio; addio.»

«Dove vai?»

«Via, perché sei cattivo. Via per sempre, sai? E così tu rimarrai solo, cattivo Bubino...»

Bruscamente egli disse:

«Smettila di far storie... Vieni qua.»

Lei si fermò, ma senza tornare indietro. Bube si alzò e la raggiunse:

«Dove avevi intenzione di andare?»

A un tratto lei si voltò e scoppiò in una risata:

«Giù al capanno. Perché mi è venuta fame, una fame da lupi! Devi essere stato tu» aggiunse languidamente «che mi hai fatto venir fame... Mi hai baciato tanto...»

Egli si turbò subito, l'abbracciò, si curvò su di lei; le cercava la bocca, ma lei gli sfuggiva.

«No, Bubino, no; ora no; ora basta» diceva in tono abbandonato, e lui sentiva crescere il desiderio. La strinse; lei si dibatteva; a un tratto esclamò: «Guarda Lidori». Egli si affrettò a lasciarla.

«Non è vero, non c'è nessuno, ma io ho una gran fame e me ne vado a mangiare» e così dicendo si mise a correre giù per la discesa. Bube dopo un po' la seguì.

C'erano rimaste due fette di prosciutto; Mara spezzò il pane e cominciò a mangiare. Mangiava davvero come un'affamata, dando un morso al prosciutto e uno al pane; e intanto guardava Bube con tenerezza e ironia. Egli s'era ricomposto, faceva le cose con la calma abituale. Scocciò un uovo picchiandolo contro la ringhiera del letto, e lo bevve rovesciando la testa all'indietro. Si pulì la bocca col dorso della mano e buttò via il guscio. Diede quindi un'occhiata giù nella strada:

«È curioso che Lidori non sia ancora venuto... Aveva detto che all'una al massimo sarebbe stato qui.»

«E adesso che ore sono?»

«Ieri sera mi dimenticai di caricare l'orologio... Ma dev'essere tardi. Saranno forse anche le due.»

Quando ebbe finito di mangiare, Mara disse:

«Ora Bubino voglio dormire un po' perché sono stanca. Non far rumore, ti prego.»

Egli fumò una sigaretta seduto sullo scalino, poi si alzò; e rimase fermo a guardarla, rannicchiata sul letto. Di nuovo il desiderio lo invase, con la stessa intensità di prima, quando lei lo aveva eccitato con la sua ritrosia. Cautamente, senza far rumore, si stese al suo fianco. Gli sembrava, dalla regolarità del respiro, che dormisse... ma ecco, lei lo guardava, con gli occhi spalancati.

«Mara» mormorò, e cominciò ad accarezzarle il fianco. «Mara, tesoro...» Lei continuava a guardarlo, con un'aria meravigliata che ne accresceva il fascino... Rimase a fissarla incantato, poi le schiacciò il viso con un lunghissimo bacio.

«Perché m'hai svegliato?» disse lei.

Egli la guardava, continuando ad accarezzarle il fianco, poi scese più giù...

«Che fai?» disse lei, ma non in tono di rimprovero, anzi. Mara non'era eccitata, voleva solo provare il potere che aveva su di lui; e quando egli ebbe perso del tutto la testa, lo frenò: «No, Bube, no... Non bisogna farlo... Non siamo ancora sposati».

Bastò questa ripulsa perché egli tornasse in sé. «È vero... non bisogna farlo» disse. Si staccò da lei; si alzò dal letto; andò a sedere al sole.

Lei lo raggiunse:

«Sei in collera con me?» disse prendendogli la mano.

«No, Mara, no. Io... scusami di prima, ma avevo perso la testa. Hai ragione tu, non bisogna...» Arrossì e non fu buono di continuare.

«Bube caro» disse lei appoggiandogli la testa sulla spalla.

E di nuovo conobbero le dolcezze dell'amore tenero e affettuoso.

L'aria nitida era spazzata da folate di vento. E, con le folate, arrivavano scrosci di musica da ballo.

Mara si riscosse:

«Da dove viene, questa musica?»

«Da Iano, immagino» rispose Bube. «È un paese là dietro» e indicò i poggi di fronte già profondamente corrugati dall'ombra.

«Peccato che non ci si possa andare» disse Mara dopo un momento.

«Dove?»

«A questa festa da ballo.»

«Io tanto non potrei ballare... non sono buono» confessò Bube arrossendo.

«Oh, ma t'insegnerei io.»

«Temo di esser poco bravo per queste cose» disse ancora Bube.

«È facile, invece... Anch'io, prima, non sapevo... ho imparato quest'inverno. Prima, c'era la guerra, e non se ne facevano feste da ballo. Quest'anno, invece, abbiamo ballato tre volte: l'ultimo dell'anno, per l'Epifania e l'ultimo giorno di carnevale... E io ho imparato subito la prima volta. È divertente ballare, sai? Di' un po': ora che siamo fidanzati, non me lo proibisci mica di andare qualche volta a ballare? Perché lì a Monteguidi non ci sono altri svaghi...» Bube non diceva nulla, ma aveva l'aria contrariata. Allora Mara gli disse: «Come sarebbe bello ballare io e te! Tutti direbbero: che bella coppia! Perché siamo una bella coppia, non ti pare? Io bionda e te bruno... e anche come altezza siamo giusti, perché io non sono tanto piccola e te non sei tanto alto... A volte si vedono di quelle coppie che lei, magari, è piccina piccina e lui, invece, uno spilungone. Oppure che sono alti uguali, e anche quello, mica sta bene». Gli accarezzò la testa: «I capelli li abbiamo brutti tutti e due, sembrano stecchi...» si prese un ciuffo dei suoi: «Ma è meglio così, non ti pare? Altrimenti, se io li avessi belli e te no, saresti invidioso; oppure all'inverso...» e si mise a ridere. Ma subito dopo un pensiero molesto dovette attraversarle la mente: «Dimmi la verità, Bube: credi che dovrai rimanere molto tempo nascosto?».

«Eh» fece Bube, incerto. «Per l'appunto anche questo fatto di Lidori che non è tornato... Non vorrei che fosse successo qualcosa.»

«Ma quanto tempo, dimmi? Un mese? O di più ancora?»

«Eh... chi lo sa. I compagni, certo, cercheranno di mettere a posto la faccenda...»

«Ho capito» fece Mara tristemente. «Tu non ci speri più che la cosa si possa accomodare con facilità. Pazienza» disse con un sospiro. «Purché vada a finir bene... Oh, Bubino, scusa se te lo dico: ma c'era proprio bisogno che ti cacciassi in questo guaio? Che te ne importava di quel prete e di quel maresciallo? Non potevi lasciarli perdere?» Egli non rispose nulla e lei continuò: «Ora ce ne potremmo andare in giro tranquilli... potremmo andarcene a spasso insieme, o a ballare...».

«Be', vedrai che le cose si aggiustano» la rassicurò Bube; ma il tono non era convinto. E come se volesse farsi perdonare che per colpa sua erano costretti a star nascosti: «Per quella borsetta che ho promesso di regalarti... vuol dire che ti darò i soldi e te la comprerai da te».

«Oh, grazie, Bubino.» Gliel'aveva chiesta la mattina, mentre stavano seduti sulla proda; gliel'aveva chiesta così, perché c'era capitato il discorso; ma non che le importasse molto. Ora poi, che le erano venuti i pensieri, non gliene importava più affatto.

Bube aveva già messo mano al portafoglio:

«Quanto credi che ti ci vorrà? Duemila lire? Tremila?» e faceva l'atto di darle tre biglietti azzurri.

"Mette mano al portafogli con la stessa facilità con cui mette mano alla rivoltella", pensò Mara sgomenta. «Ma ti pare?» gli disse. «Riponili nel portafoglio, ora non saprei nemmeno dove metterli. Ma poi, se devi stare tanto tempo lontano, ne avrai bisogno tu... non te ne devi privare per darli a me. Mi hai già comprato le scarpe, è anche troppo. Sai che ti dico? i soldi li spendi con troppa facilità... ti comporti proprio come un ragazzo. Ma se davvero hai intenzione di prender moglie, bisogna che diventi una persona seria.»

Bube stette zitto. Ma era diventato nervoso; tirò fuori il pacchetto delle sigarette, sfilò l'ultima; accartocciò il pacchetto vuoto e lo scagliò via.

«Sei rimasto senza sigarette? Allora questa serbala per dopo» e fece l'atto di levargliela.

Egli reagì:

«No, la voglio fumar subito.» L'accese e si mise a fare una tirata dietro l'altra.

«Sei arrabbiato perché non hai più da fumare... o per quello che t'ho detto? Ma è vero che in certe cose sei sempre un ragazzo... un ragazzo sventato» e lo accarezzò sulla guancia.

Egli ebbe un moto d'insofferenza:

«Non sono un ragazzo... Credi che abbia avuto una vita facile? A undici anni, mi toccava già andare al lavoro.»

«Eppure in certe cose sei sempre un ragazzo. Altrimenti non ti ci saresti messo, in questo guaio... Ma non fare quella faccia! Io lo dico per il tuo bene. E poi Bubino io voglio essere sincera con te... e non nasconderti mai nulla di quello che penso. E tu devi fare lo stesso con me. È proprio questo il bello di volersi bene» aggiunse dopo un momento: «Che c'è una persona alla quale si può dire tutto... Io, vedi, non mi sono mai potuta confidare con nessuno... se avevo qualche dispiacere, dovevo tenermelo per me. Neanche con mia madre, ho mai avuto confidenza. Con le amiche, poi, dicevo sempre il contrario di quello che pensavo... E se mi sentivo infelice, allora sì che mi facevo vedere allegra. Perché sono tanto orgogliosa, sai? e non volevo essere compatita da nessuno... volevo anzi che tutti mi invidiassero. Mentre con te... i primi tempi, veramente, non ero sincera nemmeno con te... Ora invece provo il bisogno di dirti tutto, ma proprio tutto, sai, Bubino? E tu, lo stesso, devi sempre confidarti con me. Oh, ma tu non mi stai nemmeno a sentire!».

«Ma sì che ti sto a sentire.»

«Lo vogliamo fare questo patto?»

«Che patto?»

«Di dirci sempre tutto... di non nasconderci mai niente.»

«Ma sì, facciamolo.»

«E allora dimmi che hai in questo momento.»

Bube la guardò:

«Sto in pensiero, ecco che ho. Mi domando che cosa è successo a Lidori.»

«Credi proprio che gli sia successo qualcosa?»

«Per forza: sennò era tornato.»

Per un po' rimasero in silenzio. Poi lei gli disse:

«Appoggia la testa qui sulla mia spalla.» Egli la guardò sorpreso, ma finì con l'obbedire. «Ecco: così.» Gli baciò i capelli. «Stiamocene così, senza parlare. Non ci stai bene così?» Gli accarezzava i capelli: «Io vorrei star sempre così...». Egli cercava di abbracciarla: «No, stai fermo». Egli si rimise quieto. «Ecco, così; rimaniamo così. Non parlare.»

E se lo tenne con la testa stretta contro la spalla, accarezzandogli lievemente i capelli; e dentro si sentiva struggere, e non sapeva nemmeno lei se era un piacere o una pena.

Il sole era calato dietro una grande nube oscura acquattata di là dalle colline; e il paesaggio era improvvisamente scolorito, e l'aria stessa sembrava divenuta smorta.

Mara si riscosse:

«Come passa presto il tempo» sospirò. «Ma che hai? ti sei addormentato?» e le venne da ridere.

Egli si riscosse:

«Sì, quasi quasi... mi addormentavo. Ci stavo così bene» aggiunse guardandola con tenerezza.

«Bube.»

«Mara.»

Erano tutt'e due commossi.

«Io ti amo, Mara.»

«Anch'io ti amo, Bube.»

Una volta sulla strada, Mara si mise le scarpe; poi lo prese a braccetto. Camminavano in silenzio. Il paesaggio intorno non cambiava: sempre gli stessi appezzamenti coltivati dalla parte del torrente, e il declivio brullo dall'altra.

« A Volterra come si chiama la strada dove vanno a passeggio i fidanzati? » domandò Mara.

« Il Corso » rispose Bube.

« È una strada grande? »

« No, tutt'altro... Volterra è una città vecchia, le strade sembrano tutte vicoletti. Di questa stagione però si può andare sul viale... quello è bello, largo... ci sono gli alberi, le panchine... »

« Sai che ho una gran voglia di bere? Tutto quel prosciutto, m'ha fatto venir sete. »

« E io ho voglia di fumare. Facciamo una cosa: arriviamo al ponte sull'Era: lì c'è una bottega dove vendono anche le sigarette... »

Il ponte era vicino, ma loro persero tempo per strada, perché Mara volle che Bube montasse su una pianta a coglierle le ciliege. Bube veramente aveva scrupolo a farlo, ma lei lo convinse dicendo che i contadini non ci guardano, alle ciliege.

« Fosse l'uva, allora sì, perché ci fanno il vino; ma della frutta, non sanno che farsene. »

La campagna era ormai livida. Quando si rimisero in cammino, già qualche lume punteggiava l'oscurità.

« Ecco, è lì la bottega » disse Bube indicando un gruppo di case. Tirò fuori due fogli da cento: « Prendimi sigarette *Nazionali*... e se non sono in vendita, compra le americane. E tu, beviti una gassosa. »

« No, io voglio una bibita come quella che abbiamo preso a Colle. »

« Un'amarena, allora. »

Non c'era nessuno nella bottega. « Padrone » disse forte Mara.

Dalla porta dietro il banco sbucò una donna asciugandosi le mani al grembiule.

«Che cosa vuole?»

«Sigarette. *Nazionali.*»

«Non ci sono fino a domani.»

«Allora... americane.»

La donna aprì il cassetto e porse a Mara un pacchetto di americane. «Centosettanta» disse.

Mara aveva già adocchiato la bottiglia dell'amarena sullo scaffale, ma ebbe paura che costasse più delle trenta lire che le restavano. «Potrei avere un bicchier d'acqua?»

La donna si chinò, sciacquò un bicchiere di vetro grosso.

«Si accomodi» disse. E, mentre Mara beveva: «Ma lei da dove viene? Non l'avevo mai vista».

«Sono di fuori» rispose pronta Mara; e perché la donna non le facesse altre domande, salutò e uscì.

Bube saltò giù dalla spalletta e le venne incontro.

«Le hai trovate le sigarette?»

«Sì. Ma americane.»

«Quanto hai speso?»

«Centosettanta lire. Amarena compresa» mentì Mara.

Egli si accese subito una sigaretta: la punta infuocata brillò vividamente, e dalla bocca gli uscì un gran getto di fumo bianco. «Andiamo» disse.

«No, stiamo un po' qui.» Si mise seduta sulla spalletta. «Come si chiama quel paese?»

«Non è mica un paese: sono tre o quattro case.»

«E come mai c'è una bottega? È anche grande; più della nostra di Monteguidi.»

«Sai, serve tutti questi poderi. Per i contadini di qui, sarebbe troppo scomodo andare a Volterra.»

Non si sentivano rumori; ma alcune finestre erano illuminate. Mara si divertì a contarle: una, due, tre, quattro, cinque. Le ricontò poco dopo, ed erano quattro soltanto.

«Che ore saranno?» domandò a Bube.

« E chi lo sa? »

« Possibile che vadano già a dormire? »

« Eh, sai, in campagna sono abituati ad andare a letto presto. »

« Guarda, Bubino: s'è spenta un'altra luce. »

« Anche noi, sarà meglio andare. Se Lidori è venuto e non ci trova... »

« Ma lo avremmo visto passare. »

« Be', può essere passato anche da un'altra parte. »

Camminando Mara si voltò a guardare indietro parecchie volte, finché la strada fece una curva, e le luci scomparvero. Pochi minuti dopo, salivano su per il viottolo. Dal capanno si staccò una forma scura: ma non era Lidori.

Tirava vento, ma non faceva per niente freddo. Nuvole bianche passavano basse e veloci sulla sua testa, annerendo il disco della luna.

Lontano si vedevano dei lumi, isolati e a gruppi. Il loro scintillio tremolava, tremolava senza posa; e Mara si sentiva sola e sperduta.

"Ma quando torna Bube?" Bube era andato ad accompagnare il cugino; il cugino era un ragazzo e forse aveva paura a fare la strada da solo. « Lo accompagno fino al ponte » aveva detto Bube; ma se lo avesse accompagnato solo fino al ponte, sarebbe già tornato. « Te intanto mangia qualcosa » le aveva anche detto Bube; ma sì, lei non sentiva fame, non le andava né il prosciutto avanzato dal giorno, né la carne portata da Arnaldo. E poi non ci si vedeva, non era possibile nemmeno trovar la roba.

"Dio mio, che cosa succederà, adesso?" pensava Mara sentendo crescere la pena che aveva dentro. Cercava di farsi un'idea di quello che sarebbe potuto succedere, ma non ci si raccapezzava: la politica, non era una cosa da donne. Lidori era stato fermato dai carabinieri mentre usciva dalla casa di Bube; qualcuno aveva visto, ed era corso a riferire in sezione; i compagni allora avevano preso una macchina ed erano andati a Pisa; e a Pisa s'erano arrabbiati moltissimo per l'imprudenza di Lidori... Questo era ciò che aveva riferito Arnaldo; e aveva ripetuto la raccomandazione che stessero nascosti, che per carità non si facessero vedere in giro...

Ma perché, se dopo tutto il maresciallo di San Donato era un fascista? Forse che i fascisti comandavano di nuovo? No, i fascisti non comandavano più, ma era lo stesso un guaio quello che Bube aveva combinato, ammazzando il maresciallo e il suo figliolo.

Mara rinunciò a capirci qualcosa. Intuiva solo che era una faccenda grave, una faccenda che chissà per quanto tempo li avrebbe costretti a star nascosti o a star divisi... Perché a quanto le pareva di aver capito da una frase di Arnaldo, Bube sarebbe dovuto andar lontano, per evitare il pericolo di essere arrestato.

Finalmente scorse un'ombra che saliva per il viottolo.

«Sei tu?»

«Sì» rispose la voce di Bube.

«Ma dove sei andato, che non tornavi più?»

«Qui al ponte dell'Era» rispose Bube. E aggiunse: «S'è perso un po' di tempo alla bottega. Ho dato i soldi ad Arnaldo perché bevesse una gassosa... e poi gliene ho fatte comprare due anche per noi. Almeno abbiamo da bere mentre si mangia»

«Io non ho fame» disse Mara.

«Ma qualcosa devi mangiare.» Entrò nel capanno, e accese tre o quattro cerini per trovar la roba; tornò col pane, il prosciutto e la carta dov'era involtata la carne. «Che cosa vuoi: prosciutto o carne?»

«Voglio pane solo» rispose Mara. Ed era vero: non le faceva voglia di nulla, solo del pane. Masticando adagio, ne mangiò un pezzo, quindi si alzò e disse. «Io vado a buttarmi sul letto».

«Fumo una sigaretta, e poi vengo anch'io.»

Lo sentì che si sdraiava accanto a lei e si accomodava sotto la coperta.

«Bube.»

«Che c'è?»

«Non mi dài nemmeno un bacio?» Lui s'era coricato supino, lei invece s'era messa su un fianco, voltata verso di lui e con le gambe rannicchiate. Con un ginocchio, gli toccava l'anca.

Lo sentì girarsi, sfiorarla appena con le labbra, e rimettersi supino.

«Bube.»

«È tardi, Mara... Cerca di dormire.»

«Che cosa ti ha detto *veramente* quel ragazzo?»

«Lo hai sentito, no? C'eri anche tu quando ha raccontato di Lidori, di Baba...»

«Ma dopo, quando lo hai accompagnato.»

«Niente, mi ha detto. Che volevi che mi dicesse?»

«Non sarete mica stati zitti durante tutta la strada.»

«Si è parlato... della cosa.»

«Ricordati che devi dirmi la verità. Me lo hai promesso, che non mi avresti mai nascosto nulla.»

«Lì a Pisa... vogliono che mi allontani per un po'. Forse verranno a prendermi domani con una macchina.»

«E dove ti porteranno?»

«Mah, non so... forse mi faranno andare all'estero.»

«All'estero?» disse Mara sgomenta.

«Sì, ma solo per un po' di tempo... tanto, dicono, ci sarà presto un'amnistia, e così, potrò riprendere a circolare. Su, non pensarci, e dormi.»

«Ma allora, se vengono a prenderti domani... questa è l'ultima sera che stiamo insieme.» Bube non disse niente. «Non vuoi abbracciarmi?»

Ma lui stava inerte e duro, come se non avesse sentito.

«Bube.»

«Che vuoi?»

«Perché non mi abbracci? Potremmo dormire abbracciati...»

Bube non rispose. «Se non mi vuoi abbracciare, significa che hai qualcosa.»

«Niente ho. Voglio dormire.»

«No, tu hai qualcosa... qualcosa contro di me.»

«Perché dici questo?»

«E allora abbracciami. Possibile che tu non abbia più voglia di abbracciarmi?»

«Ma che dici? Ne ho anche troppa, di voglia...» Stette un momento in silenzio, poi disse: «Visto che dovrò andare lontano... e che dovremo stare divisi chissà per quanto tempo... puoi riprenderti la parola. Voglio dire, non sei più in obbligo di considerarti fidanzata con me. Ti ridò la tua libertà.»

«Allora è vero che non mi vuoi più bene.»

Lo sentì che si sollevava su un fianco:

«Ma non capisci che è perché ti voglio bene che ti dico così? Io ti voglio bene, Mara... e vorrei farti felice... ma se questo non è possibile, allora, è meglio che non pensi più a me. Potrai trovare un altro, che ti farà felice».

Più che dalle parole, lei fu colpita dal tono della voce: così serio, così triste. Rimase zitta, trattenendo il respiro... Le pareva di non poter più parlare, né muoversi...

«Mara, dormi?» domandò lui dopo molto tempo.

Lei aveva quasi perduto la coscienza; ebbe un soprassalto; e subito dopo lo abbracciò stretto. «Bube» gli disse «Bube, amore mio.» E gl'impresse le labbra sulla guancia, disperata.

Lui non diceva nulla, e nemmeno la baciava, ma si stringeva a lei con tutta la forza, come se solo così gli fosse possibile sopportare la propria pena.

«Oh, Bubino, quanto siamo disgraziati!» singhiozzò Mara.

IV

La calotta boscosa che copriva la sommità del poggio era solo l'estrema appendice di una grande macchia digradante verso l'Era: come Mara scoprì la mattina dopo, quando Bube s'internò per un viottolo, uscendo, alla fine, in un'ampia radura, da cui la vista spaziava sulla vallata. Simili a radici sporgenti fuori del terreno, le propaggini boscose scendevano verso la piana coltivata, in mezzo a cui s'intravedeva il letto sassoso del fiume.

«Vedi che stamani non ho avuto paura a venire con te in mezzo al bosco?» gli disse Mara ridendo. «Tanto ormai, dopo quello che è successo stanotte...»

«Ma ora sarà meglio tornare indietro. Potrebbe venir qualcuno...»

«Meglio, se viene e non ci trova. Così se ne torna via. Antipatici» aggiunse dopo un momento. «Vengono a disturbarci, mentre si sta così bene soli... Vero che ci stai bene solo con me?»

«Sì» rispose Bube. Era serio e commosso. «Purtroppo, chissà quanto dovremo star lontani...»

«Zitto» gli disse amorosamente Mara. «Non parlarne. E poi, io spero ancora che non sia necessario. Ci ho pensato stanotte, e m'è venuta un'idea.»

«Quale?»

«Che ti potresti nascondere a casa mia. Voglio dire, non proprio in casa, nella chiusa che abbiamo vicino al torrente... In una capannina di frasche dove stava nascosto

Sante quando era anche lui renitente alla leva.»

«Ma non è più la stessa cosa» disse Bube sconsolato. «Allora ce n'erano tanti nascosti... mica potevano ricercarci tutti. Mentre ora ci sono soltanto io... No, è impossibile» aggiunse come parlando tra sé. «Bisogna che vada vìa, lontano.»

«Però oggi non devi partire. Anche se ti vengono a prendere, non devi partire... Partirai domani. Perché io voglio stare con te un altro giorno... e un'altra notte...»

Egli la abbracciò con impeto, ma lei non l'assecondò. Non era questo che voleva: era sazia di baci.

«Bube.»

«Di'.»

«Devo domandarti una cosa. Tu gli vuoi bene ai tuoi?»

«Che discorsi. Certo che gli voglio bene.»

«Sì, l'avevo capito» disse Mara, ed era come delusa. «Ma vuoi più bene a loro o a me?»

«Che c'entra. Il bene che voglio a mia madre e a mia sorella... è un'altra cosa. Non è mica l'amore.»

«E a tuo padre, gli volevi bene?»

«Mio padre, che vuoi, non l'ho nemmeno conosciuto. È morto che avevo tre anni. Pensa che guaio è stato per la mia famiglia... Non so come ha fatto mia madre a tirarci su. Andava a lavare» aggiunse di lì a un momento. «Si sfiniva, a forza di far bucati. E poi c'è chi si meraviglia se ho le idee che ho. Ma come? La società deve permettere che una povera donna si sfianchi dalla fatica solo perché ha avuto la disgrazia di rimaner vedova?»

«Non parliamo di queste cose, ora» disse Mara, dimenticando che era stata lei la prima. «Parliamo di me e di te.»

«E invece ne voglio parlare. Credi che non lo sappia quello che certa gente pensa di me? Anche Memmo, che pure è comunista anche lui. Mi ha fatto una rabbia tale, l'altro giorno... Aveva quasi l'aria di dire che se è successo quel fatto a San Donato, la colpa è stata mia. Fa presto a parlare, Memmo» aggiunse dopo un momento. «Lui, la miseria, non l'ha mai conosciuta. È figlio di gente che ha i soldi. Ha studiato, ha preso il diploma... Ma come volevi che mia madre potesse farmi studiare? Se a malapena riusciva a guadagnare un pezzo di pane per sfamarci. Io non ho mai avuto un giocattolo, mai un regalo... i dolci, in casa mia, non sono mai usati... Se qualche volta uno mi regalava una cioccolata, o una caramella, mi pareva di toccare il cielo con un dito...» Tacque, e si mise a strappare le foglie da un rametto che aveva divelto.

«A che pensi?» gli chiese Mara dopo un po'.

Bube rispose con un gesto di fastidio.

«No, tu pensavi a qualcosa. Sai, io lo vedo subito quando hai un pensiero... Te lo leggo negli occhi.»

«Per forza pensavo... si pensa sempre a qualcosa.»

«Allora dimmi a cosa.»

«Ma niente...» A un tratto disse: «Pensavo al prete Ciolfi».

E non aggiunse altro.

«Perché lo hai picchiato?»

Bube la guardò sorpreso:

«Perché era un fascista, no?»

«Sì, ma prima t'eri messo d'accordo con Memmo di accompagnarlo alle carceri... in modo da evitare che lo picchiassero.»

«È vero, ma...» La guardò: «E poi, come dovevo fare? Mi avrebbe giudicato un vigliacco, se l'avessi lasciato picchiare alle donne».

«Come, alle donne?»

«Furono le donne ad aggredirlo... quella che era in corriera e alcune altre... erano corse avanti, e ci aspettarono sulla rampa di Castello. E per di più, andò anche a inciampare.»

«Chi? Raccontami per bene.»

Bube, si vedeva, era restio, come se il ricordo di quella

scena gli disse fastidio; tuttavia disse:

«Dalla rampa di Castello, si sale all'ingresso del carcere... perciò eravamo quasi arrivati, e non era successo niente. Poi, lì, ci trovammo le donne. Forse si sarebbero limitate a urlargli che era un delinquente... ma lui s'impaurì... e allora, si vede, non guardò più dove metteva i piedi e inciampò in uno scalino. E così, quelle ebbero modo di dargli addosso. Io, ripeto, se non altro per il ricordo di quando ero ragazzo... Perché, lo riconosco, a me aveva fatto del bene.»

«E allora non dovevi picchiarlo» dichiarò Mara.

«Ma io non volevo! Hai visto, no? anche quando la corriera si fermò a San Lazzero... che quelli intendevano salire e io gliel'ho impedito...»

«E così dovevi fare anche dopo.»

«Sì, ma vedi... a volte uno si trova in una situazione che non può agire diversamente. Prendi quello che è successo a San Donato...»

«Anche lì, hai fatto male» disse Mara recisa.

«Ma come? Dovevo lasciare che il mio compagno rimanesse invendicato? Perché il primo a sparare è stato lui: quel delinquente del maresciallo...»

«Ma il maresciallo l'avevate ammazzato; perché, allora, hai voluto ammazzare anche il figliolo?»

Bube la guardò smarrito:

«Sai, in quei momenti lì... uno mica ci riflette sulle cose. Però da te non me l'aspettavo» esclamò irato. «Che m'abbia dato contro Memmo, lo posso anche capire: perché lui dice di essere dei nostri, ma mica è vero. Lui non ha sofferto. Lui non l'ha conosciuta, la miseria! Ma tu, sì; tuo padre, l'hanno perseguitato; e tuo fratello, l'hanno assassinato, questi vigliacchi!»

Era scattato in piedi, e ora tremava tutto; gli occhi gli s'erano intorbidati; sembrava che cercasse qualcosa o qualcuno su cui sfogare la propria ira.

«Io li ammazzo tutti, hai capito? Tutti!»

«Oh, Bubino, non voglio che tu dica così!»

«E io lo dico, invece; lo dico e lo farò, anche...»

«Allora significa che non mi vuoi bene. Che non te ne importa niente di me...»

Più tardi, quando ebbero fatto la pace, Mara gli disse:

«Tu Bubino non mi potrai mai nascondere niente. Perché io lo capisco quello che pensi... è come se ti fossi dentro al cuoricino.»

«Ma io non ti nascondo niente.»

«E allora perché non me lo dici quello che hai dentro al cuoricino?» Gli posò l'orecchio sul petto: «Toc toc toc» fece. Si rialzò ridendo: «Ecco quello che dice il cuoricino: toc toc toc! E lo sai che vuol dire toc toc toc?». Ritornò seria: «Vuol dire... io amo tanto la mia Mara... e non intendo darle più dispiaceri... e perciò non farò più quelle cose... altrimenti mi toccherà andare via lontano... e io invece voglio stare sempre con lei!».

«Sì, Mara, è così: è proprio quello che penso» disse Bube commosso.

«Allora me lo prometti?»

«Che cosa?»

«Che non farai più... quelle cose.»

«Te lo prometto» disse Bube.

Lei gli diede un bacio in premio.

Dopo, parlarono del futuro. Quando fosse venuta l'amnistia, lui sarebbe tornato, e subito si sarebbero sposati...

«E dove andremo a stare?»

«Mah... nel posto dove troverò un lavoro» disse Bube. «Io però preferirei andar via da Volterra.»

«Sì, è meglio andare in un posto nuovo» approvò lei. «In un posto dove non ci conosca nessuno. Perché io e te si sta bene soli, vero, tesoro? E di tutta l'altra gente non ce ne importa nulla. Però, non rimarremo sempre soli... Avremo un bambino... Tu che cosa preferisci, un bambino o una bambina?»

«Non sono mica cose che si possano volere noi» osservò Bube.

«E io invece sono sicura che se vorrò una bambina, avrò una bambina... Ma io preferisco un maschio: un maschietto che ti somigli.»

«E io una bambina: una bambina che ti somigli.»

«Oh, Bubino, come sarà bello! Pensa, una casina tutta per noi... e io la terrò sempre in ordine, perché sono brava, sai? a fare le faccende... E ti preparerò della buona roba da mangiare... perché sono brava anche in quello, cosa credi? Oh, Bubino, io ti voglio rendere felice, tanto felice!»

«Ma anche tu devi essere felice.»

«Io sarò felice se riuscirò a rendere felice te.»

«E io...» cominciò Bube, e avrebbe voluto dire qualcosa anche lui, ma s'impappinò e non gli riuscì di concludere la frase.

Mara si mise a ridere:

«Oh, Bubino, sono più brava io a fare i discorsi! Ma l'ho capito lo stesso cosa volevi dire. E allora, ascoltami: quando saremo sposati, non saremo più due, ma una persona sola. Saremo felici insieme... e se avremo qualche dolore, lo avremo insieme. Per esempio, se ti farà male un dente, anch'io sentirò male a un dente... Oh, Bubino, ma tu ti annoi coi miei discorsi. E hai ragione, sai... Dice tante sciocchezze la tua Mara... Ma non gliene devi volere. Perché sono sciocca, è vero, ma in compenso ti voglio tanto bene... mi sembra di non poterlo contenere il bene che ti voglio.»

Poi parlarono di quello che era successo la notte. Che notte lunga era stata! Si addormentavano, si svegliavano, tornavano ad addormentarsi...

«Bube, davvero posso star tranquilla?»

«Ma sì.»

«Eppure... ci siamo amati.»

«Sì... ma non è successo nulla.»

«Oh, Bubino, ma perché diventi rosso! Ormai è come se fossimo marito e moglie...»

Lo vennero a prendere alle due del pomeriggio. Avevano appena finito di mangiare. Bube chiuse in fretta lo zaino, lo afferrò per le cinghie e scese per il viottolo. Mara gli corse dietro, seguita da Arnaldo. Al volante c'era un giovanotto col berretto, mentre un uomo di mezza età e di media statura, piuttosto grosso, col cappello calato sugli occhi, camminava in su e in giù sul bordo della strada. Vedendo Bube, gli disse: «Andiamo, presto» e Bube salì in macchina senza nemmeno pensare a salutarla. Si diedero un bacio attraverso lo sportello. «Stai tranquilla; non ti preoccupare» ebbe appena il tempo di dirle Bube. E l'uomo grosso: «Tu aspetta qui, non muoverti... La macchina ti verrà a prendere e ti riporterà a casa». Montò accanto all'autista; le rivolse ancora la parola: «E se ti dovessero interrogare, tu non sai nulla e non hai visto nessuno».

La macchina partì; e a lei rimase in mente l'espressione impotente e rassegnata che aveva Bube... Era stordita. Tornò nel capanno. «Ci vorranno due ore almeno prima che la macchina sia di ritorno» le disse Arnaldo «è meglio che ti butti sul letto, sto di guardia io.»

Lei si buttò sul letto, ma non le riuscì di dormire; o forse si addormentò anche un poco, ma non se ne accorse. Poi si mise sullo scalino con Arnaldo; e gli fece una quantità di domande, su Bube, sulla famiglia di Bube. E il ragazzo rispondeva a tono, come se invece di avere quindici anni ne avesse venti o venticinque.

La macchina ricomparve.

«Allora addio, Arnaldo; e grazie di tutto.» «Addio, Mara» disse Arnaldo. Improvvisamente la abbracciò e le stampò con foga due baci sulle guance. E a Mara le venne da piangere.

PARTE TERZA

I

Mara era tornata a casa volentieri. La madre, cosa insolita, era stata piena di premure con lei: «Sarai stanca, Marina» le aveva detto subito dopo averla abbracciata e baciata «ora ti scaldo una tazza di brodo». Lei era andata in camera sua e poi, senza un motivo preciso, era salita in camera dei genitori; dopo essere stata in casa di Bube, e dopo aver passato due giorni in quel capanno, casa sua le appariva spaziosa e piena di comodità. Poi la madre l'aveva chiamata a bere il brodo; e poi era venuto di corsa Vinicio a dirle che la gatta aveva fatto quattro gattini.

Andarono insieme a vederli. La gatta era stata sistemata in una cesta, e Mara a fatica riuscì a distinguere le quattro bestiole che si arrampicavano sul dorso della madre, la quale se ne stava buona e quieta. «Sai? Uno è grigio e gli altri tre sono neri.» «Sì? Allora noi terremo quello grigio» disse Mara. Accarezzava i loro corpicini con tenerezza. Improvvisamente Vinicio era scoppiato a piangere: «Non voglio che li ammazzino! Non voglio che li ammazzino!» gridava. «Smetti, sciocco, chi vuoi che li ammazzi?» «Babbo li vuol buttare nel pozzo nero!» Mara allora lo aveva consolato dicendo che si sarebbero informati se qualche famiglia aveva bisogno di un gatto; uno, certamente, lo avrebbe voluto la zia... Poi gli aveva dato un bacio e lo aveva condotto fuori.

Il padre aveva lasciato detto che non sarebbe tornato; e anche questo, chissà perché, fece piacere a Mara. Mentre

127

cenavano, la madre le domandò se in casa di Bube era stata accolta bene. «Oh, sì, certo» rispose Mara. «Ma non dovevi starci una settimana?» insisté la madre. «Oh, ma avevo detto così per dire» si affrettò a rispondere Mara. «Che vuoi che ci facessi a Volterra.» E, per sviare il discorso: «Ti piacciono le mie scarpe? Me le ha regalate Bube».

«Le avete comprate a Volterra?»

«No, a Colle.»

«Sono belle davvero. Ma devi tenerne di conto, altrimenti ti si sciupano subito. Le devi serbare per quando vai a Colle.» E, come se si accorgesse per la prima volta che la sua figliola era ormai una ragazza: «Ma se vuoi far figura, devi stare pettinata».

«È che i miei capelli non vogliono saperne di stare a posto. Sembrano stecchi» e rise, imbarazzata.

«Storie. È perché non li curi. Li devi lavare spesso e spazzolare forte... Anch'io li avevo come te, ma io ero ambiziosa, non sarei mai andata in giro coi capelli in quelle condizioni.»

«Ma tu li avevi morbidi, mamma, si vede anche da quella fotografia con babbo...»

«È che ne avevo cura» ripeté la madre.

Poi Mara rigovernò, e la madre via via le asciugava. Continuarono a parlare. Si vedeva che la madre era contenta che lei fosse tornata.

Così Mara si sentiva quasi felice, mentre a letto aspettava di addormentarsi. "Dove sarà Bube?" si chiese, ma si affrettò a scacciare quel pensiero. Era stanca, e allungava qua e là le gambe, gustando la morbidezza del materasso.

Dormiva sempre quando la madre le entrò in camera e spalancò la finestra: «Alzati, Mara, c'è da andare alla villa a ritirare il bucato». E Mara si alzò, con la malinconica consapevolezza che per lei ricominciava la solita vita.

La villa era a un chilometro dal paese, su un cocuzzolo di fianco alla strada provinciale: ci si accedeva per un viale di cipressi che saliva ripido a zig-zag. Mentre tornava via con la cesta di panni in capo, la fermò il fattore, per chiederle se il padre era in paese; ma era una scusa per attaccare discorso e rivolgerle dei complimenti. In passato, non le sarebbero dispiaciuti; ora la irritarono, troncò il discorso a mezzo e continuò la strada.

La madre era già al lavatoio: insaponarono le lenzuola, e le pressarono dentro la conca. Poi la madre tornò a casa, non senza averle raccomandato di sorvegliare il bucato. «Ma sì, lo so da me» rispose Mara con rabbia. Al diavolo il bucato! Cosa gliene importava delle lenzuola della contessa?

Nel pomeriggio girellò per il paese; vide Liliana, la chiamò. Liliana stava sulle sue, e non mancò di scoccarle qualche frecciata maligna. Mara non reagì, era semplicemente sconfortata. Pensare che il giorno prima era insieme al suo amore; e ora era sola, o le toccava subire la compagnia di persone che le erano indifferenti, peggio, le erano odiose... "Sarà questione di pochi mesi", le aveva detto Bube. Pochi mesi? Ma se lei non ce la faceva ad arrivare in fondo alla giornata! Erano le quattro del pomeriggio, e Mara avrebbe sbattuto la testa nel muro, per la disperazione di non saper che fare.

Tornò in casa, si mise ad aggiustare la bretellina del reggipetto; ma lasciò a mezzo il lavoro. Non aveva scopo quello che stava facendo. Uscì di nuovo, rientrò in casa; il tempo non le passava mai.

Arrivò il padre in bicicletta. Si abbracciarono; poi il padre con una scusa, si appartò con lei: voleva sapere di Bube. Mara gli raccontò brevemente quello che era accaduto: non disse, però, che erano rimasti soli durante la notte.

«Ma dove l'hanno portato?» chiese il padre.

«All'estero; Bube almeno mi ha detto così, che l'avrebbero fatto espatriare.»

«Ho capito» rispose il padre. Ci pensò un poco e poi disse:

«Sicuramente lo mandano in Russia».

«In Russia?» fece Mara sgomenta.

«In Russia, sì; e là stai tranquilla che è al sicuro. Eh, al Partito lo sanno come fare.» Era soddisfatto che Bube fosse sfuggito alle grinfie dei carabinieri: «Gliel'abbiamo fatta sotto il naso» disse, come se fosse anche merito suo.

Dopo cena capitarono la madre di Liliana e una parente di Mauro. E lì, vennero fuori i soliti discorsi tra donne, sulla tale, che il marito la picchiava, sulla tal'altra, che doveva farsi un'operazione, e su quell'altra ancora, che da tre mesi non aveva più lasciato il letto. A un certo punto la zia si rivolse a lei: «Beata te, Mara, che sei giovane e non hai pensieri. Eh, glielo dico sempre alla mia Liliana: goditela la gioventù, perché quando avrai marito ti cominceranno i pensieri e non avrai più un giorno di pace». A Mara questa saggezza spicciola delle persone anziane era sempre parsa insulsa e manierata: ora poi le faceva rabbia addirittura. Ma come? I pensieri cominciavano solo quando una prendeva marito? Ma lei i pensieri ce li aveva ora; e magari si fosse potuta sposare con Bube! Le sarebbero importate assai le preoccupazioni della vita, cos'erano mai di fronte a quell'unico bene, di stare insieme alla persona amata?

Si affrettò a finir di rigovernare e se ne andò a letto. Ma anche in camera le arrivava il fastidioso chiacchiericcio di quelle streghe. "Bube, Bube mio." Oh, con che furore di desiderio ripensava ai suoi abbracci, ai suoi baci!

Si rovesciò bocconi, affondando la faccia nel guanciale. Non ricordava il momento in cui era stata completamente sua: tutto era accaduto così rapidamente, e Mara, lì per lì, nemmeno se n'era accorta. No, erano gli abbracci, le strette forsennate, che ricordava; e i baci. I baci, soprattutto, quei baci lunghi, appassionati, in cui le sembrava che egli le suggesse l'anima. Quei baci che la lasciavano senza forza e senza fiato, spossata e soddisfatta...

Le donne se n'erano andate; dalla fessura della porta non passava più luce; tutto era silenzio, in casa e fuori. Ma lei rimase a lungo sveglia, supina e immobile, fissa nel pensiero doloroso del suo amore perduto.

Diventò insensibile: quando il padre, di lì a due giorni, si sbarazzò dei gattini nel pozzo nero, non solo non provò dispiacere, ma quasi ne fu contenta. A Vinicio avevano detto che i gattini erano stati dati a una famiglia di Colle; ma lei, siccome il ragazzo la importunava con le domande, gli rivelò brutalmente la verità: «Stupido, credevi davvero che babbo li avesse portati a Colle? Li ha buttati nel pozzo nero, invece». Il ragazzo ebbe una crisi di disperazione; e lei lo lasciò disteso sull'impiantito di cucina, che urlava come un forsennato.

La domenica uscì con Annita. Come di consueto, andarono a spasso sull'unica strada del paese. Mara sfoggiava le sue scarpe coi tacchi alti, ma questo non le dava nessun piacere. Aveva occhi solo per le coppie: cosa c'era di più bello che andare a spasso tenendosi abbracciati?

Lo disse ad Annita, ma l'amica rispose che era un'usanza proprio stupida, quella di andare in su e in giù per la strada del paese; lei, se avesse avuto un fidanzato, si sarebbe rifugiata in qualche posto solitario. «Ma poi a me non mi piacerebbe stare fidanzata tanto tempo. Guarda quei due: ero piccina, e li vedevo andare insieme a braccetto. Saranno dieci anni che sono fidanzati. Che aspettano a sposarsi, dico io?» e si mise a ridere sguaiatamente. Poi enunciò le sue idee intorno al marito: «Io sono di bocca buona, cosa credi? Per me, il marito, basta che sia maschio, poi non starei a guardare tanto per il sottile. Come dice il proverbio? Magari zoppo, magari gobbo...». Mara la guardò con disprezzo.

In compenso, Annita aveva una bella voce. Non soltanto era intonata, ma ci metteva l'anima; sembrava un'altra, quando cantava.

Avevano oltrepassato le ultime case, e si erano fermate sull'argine di un campo. Annita si mise a cantare.

Sola me ne vo per la città;
passo tra la folla che non sa;
dove sei perduto amore...

Mara ascoltava, rapita e angosciata. Di colpo la canzone aveva risvegliato la sua pena d'amore. Come la triste melodia rispecchiava il suo stato d'animo! Come le parole raffiguravano la sua situazione! *Passo tra la folla che non sa...* Nessuno, nessuno sapeva la sua pena d'amore! *Dove sei perduto amore...* Le veniva da piangere... il suo amore era lontano, forse perduto; e lei era sola, abbandonata, e il dolore la sopraffaceva, diveniva intollerabile.

Volle che Annita gliela cantasse un'altra volta.

«Come mai ti piace tanto?» le chiese Annita alla fine.

«Perché mi ricorda... il mio fidanzato.»

«A me mi ricorda quest'inverno, quando si ballava nel granaio...» Si mise a ridere: «Ti ricordi quella volta che scappò fuori un topo?». Poi disse che sperava che avrebbero ballato anche il prossimo inverno.

«A me, invece, non me ne importa niente» fece Mara.

«Davvero? be', anche a me, cosa credi? mica ci vado pazza per il ballo. Ti strusci un po' a un giovanotto, e tutto finisce lì.»

«Per piacere, cantami un'ultima volta *Sola me ne vo per la città.*»

E di nuovo la triste melodia s'insinuò nel suo animo, e le parole esacerbarono il suo dolore. La sera, a letto, la ricantò a se stessa, piano, almeno dieci volte. Soffriva e gioiva insieme: sì, perché era contenta di riaprire la piaga.

Un orgoglio doloroso fioriva nel suo animo. Gli altri, le persone che non amavano, che non soffrivano, le disprezzava e quasi le compativa. Era così, per Annita, per Liliana, per le altre ragazze, non sentiva che disprezzo e in fondo compatimento.

Un pomeriggio tornava dalla chiusa e davanti a lei, sul viottolo ripido, c'era una vecchia curva sotto una fascina.

La oltrepassò, ma si sentì chiamare: «Bimba, per favore, aiutami». Voleva che le accomodasse la fascina, che le era scivolata giù. Mara la aiutò di mala grazia, e la vecchia: «Ma chi sei? Mi pare di conoscerti. Sei la figliola di Gildo?» «No.» «E allora chi sei?» insisteva la vecchia. Oh, maledetta lei. Volentieri Mara le avrebbe dato uno spintone. Che viveva a fare, una vecchiaccia simile?

Per tornare a casa, prese la strada più lunga, che sboccava sotto la canonica. Sul piazzale erboso della chiesa, il prete stava parlando con una donnetta. Passando davanti alla casa della zia, Mara ebbe l'idea di chiamare Liliana; ma poi non ne fece di nulla. Dalla finestra aperta di una casetta bassa, costruita di recente, veniva una musichetta allegra. Mara rallentò il passo. Sapeva chi abitava in quella casa: una giovane siciliana, moglie di uno del paese. Mara li aveva visti, la domenica, andare a spasso tenendosi abbracciati. La zia diceva: «La siciliana e il marito, non fanno che dare spettacolo. In presenza di tutti, si abbracciano, si baciano, come al cinematografo». In questo modo credeva di dirne male, e invece, pensava Mara, era la più bella lode che si potesse fare a un giovanotto e a una ragazza, di sembrare una coppia del cinematografo. Forse che doveva succedere solo al cinematografo che due si volessero bene? e non si saziassero mai di darsi baci? e fossero felici, e lo facessero vedere a tutti?

Mara sospirava. Lei doveva farne a meno, dell'amore; e chissà per quanto tempo avrebbe dovuto farne a meno. Per sfuggire al vuoto angoscioso del presente, si rifugiava nel passato: rievocando in tutti i particolari le poche ore d'intimità con Bube. Oppure cercava di immaginarsi il futuro. Anche loro due avrebbero avuto una casetta come quella che il muratore aveva costruito per la sua sposa siciliana: con la camera e la cucina, niente altro: però nuova, pulita, graziosa, con le mattonelle colorate in terra, le mattonelle bianche dietro l'acquaio, i vasi di gerani sui davanzali. Anche lei avrebbe tenuta aperta la radio quando trasmettevano le canzonette: e così le sarebbe passato meglio il tempo mentre aspettava il ritorno di Bube.

Benché non avesse detto una parola a nessuno, gli altri avevano finito con l'accorgersi del suo stato d'animo.

«Si può sapere cos'hai?» le chiese la madre.

«Niente ho» rispose lei; e subito dopo aggiunse: «Ho i nervi; non sono padrona di avere i nervi?».

«Perché il tuo innamorato è lontano?» fece la madre ironica. «Io, fossi in te, non me la prenderei tanto. Non vale la pena davvero di prendersela per queste cose.»

Mara non ribatté nulla, ma quando la zia le tenne un discorso simile, le disse di occuparsi degli affari suoi.

E la zia:

«E chi ti ha detto niente? Ma si vede lontano un miglio che sei innamorata cotta... E di chi, poi. È proprio vera la storia del moscon d'oro: te, sembrava chissà che pretese avessi, e ti sei contentata di quello scalzacane. E fosse soltanto uno scalzacane!» aggiunse con l'aria di chi la sa lunga.

«Cosa intendi dire?» reagì Mara.

«Intendo dire che deve averla fatta grossa, il tuo Bube... se è vero che lo ricercavano i carabinieri e che è dovuto scappare. Non è così, forse?» Colta alla sprovvista, Mara non seppe cosa rispondere; e la zia, che la spiava attenta, si affrettò a trarre la conclusione: «Lo dicevo io che c'era qualcosa sotto».

«Che c'entra; è un affare politico» disse Mara.

«Sì, un affare politico! Le persone perbene, cara mia, coi carabinieri non ci hanno mai a che fare.»

Così la faccenda era trapelata anche a Monteguidi. E Mara sospettò che fosse Carlino: lo aveva visto la mattina fermo a parlare con la zia.

Il giorno dopo (erano due settimane che era tornata a Monteguidi) un carabiniere in bicicletta le portò un avviso. C'era scritto che la mattina seguente doveva presentarsi alla Tenenza di Colle.

Dietro il tavolo era seduto un uomo di mezza età, basso, tarchiato, coi capelli biondi lanosi, il naso schiacciato, le labbra grosse e prominenti; aveva alzato gli occhi un momento, e s'era rimesso a scrivere, senza dir nulla. Mara non conosceva i gradi, ma capì subito che era il maresciallo. «Speriamo che sia il tenente a interrogarti» aveva detto il padre per strada. «Col tenente ancora ci si ragiona, ma il maresciallo è una bestia, proprio.» Ebbe tempo anche di notare il ritratto del re alla parete; e le tornarono alla mente le parole di Bube, a proposito di quell'altro maresciallo di San Donato.

Il maresciallo smise di scrivere, le disse brusco: «Si accomodi» e le indicò la sedia. Dopo averle chiesto l'età e il nome dei genitori, la guardò fisso: «E ora, signorina, stia bene attenta a come risponde: perché deve dirmi la verità. Lei conosce Cappellini Arturo detto Bube?».

«Sì.»

«Lo conosce bene?»

«Certo: è il mio fidanzato.»

«Quanto tempo è che lo conosce?»

«L'ho conosciuto l'anno scorso di questi tempi. No, un po' dopo...»

«E in che modo vi siete conosciuti?»

«Lui era partigiano insieme a mio fratello Sante, che è stato ammazzato dai tedeschi; e così, dopo il passaggio della guerra, è venuto a conoscere la mia famiglia.» Era stato il padre a istruirla così: «Digli che sei sorella di un partigiano caduto; è sempre una cosa che gli fa impressione, a quei brutti musi».

«Quando l'ha visto l'ultima volta?»

«Saranno... quindici giorni.»

«Mi dica il giorno preciso.»

«Era... di venerdì.»

«Venerdì 28 maggio?»

«Sì» rispose Mara.

«E dove l'ha visto?»

«Come, dove l'ho visto? A Monteguidi.»

«E da dove veniva?»

«Da San Donato.»

«E lei non si è meravigliata di vederselo arrivare a Monteguidi?»

«Perché mi sarei dovuta meravigliare? Ogni tanto veniva a trovarmi.»

«Ma che cosa le ha detto il suo fidanzato? Le ha spiegato il motivo per cui era venuto via da San Donato?»

«Niente... mi ha detto che era venuto a trovarmi.»

«Signorina, stia bene attenta a non dire bugie. Le bugie, con noi, hanno le gambe corte. E chi dice le bugie durante un interrogatorio, lo sa dove va a finire?» e la guardò di nuovo fisso, ma lei ormai si era ripresa e sostenne intrepida il suo sguardo. «In galera.» Lei non batté ciglio. «Le ha detto il suo fidanzato quello che aveva fatto a San Donato?»

«No, non mi ha detto nulla.»

«Ma lo sa, lei, quello che il suo fidanzato ha fatto a San Donato?»

«No, non so nulla.»

«Lo sa che il suo fidanzato è un assassino?»

A quella parola, si sentì tremare dentro; ma non parlò.

«Dunque lo sa.»

«No, io non so nulla.»

«Ma se non lo avesse saputo, non se ne starebbe lì tranquilla! Non capita mica tutti i momenti di venire a sapere che il fidanzato è un assassino! Forse che a lei non le fa né caldo né freddo di sapere che ha per fidanzato un assassino?» Mara alzò le spalle. «Signorina, lei non vuole aiutarci a scoprire la verità, ma vedrà che il peggio è per lei.»

Senza saperlo, Mara aveva scelto il partito migliore: starsene lì ferma e dura, e non smuoversi dalla risposta: «No, io non so niente». Il maresciallo finì con l'esasperarsi: «Ma io la faccio incriminare come complice! Ha capito?». E Mara zitta e impassibile.

«Insomma, vuol parlare, sì o no?»

«Lei mi domandi le cose, e io le rispondo» disse Mara calma.

Il maresciallo sudava. «Lei è andata a Volterra con questo Bube. Non tenti di negarlo, perché è stata vista.»

«E chi lo nega?»

«Che c'è andata a fare, a Volterra?»

«A conoscere la famiglia del mio fidanzato.»

«Non è vero!» e il maresciallo batté il pugno sul tavolo.

«Lei in casa di questo Bube non c'è andata per niente.»

«E invece io ci sono andata.»

«Lei mentisce.»

A Mara le veniva quasi da ridere: per una volta che aveva detto la verità, quello non le credeva.

«I carabinieri non ce l'hanno trovata, in casa di Bube.»

«Non mi ci hanno trovata, perché ero uscita.»

«E dov'era andata?»

«A spasso» rispose Mara.

Il maresciallo la guardò storto: si capiva che temeva di essere preso in giro. Ma si contenne:

«Lei conosce un certo Fantacci Renato?»

«No.»

«E invece lei lo conosce.»

«E dài» fece Mara divertita. Questo Fantacci Renato davvero non lo aveva mai sentito nominare; ma se il maresciallo avesse detto anche il soprannome, allora forse si sarebbe trovata imbarazzata a rispondere.

«E dopo?»

«Dopo cosa?»

«Dopo essere stata a Volterra... dov'è andata?»

«Sono tornata a Monteguidi» rispose Mara.

«E Bube dov'è andato?»

«E io che ne so?»

«Ma secondo lei dov'è Bube, ora?»

«A Volterra.» Mara mentì sfacciatamente. Ormai capiva di aver avuto la meglio; poteva anche divertirsi, con quel somaro di maresciallo.

«Ah, davvero; a Volterra; o magari, chissà, sarà tornato a San Donato. Lei cosa ne pensa?» A un tratto il maresciallo smise di fare lo spiritoso: «Bube è scappato; ma noi lo acchiapperemo. Stia certa che lo acchiapperemo. E allora l'ergastolo non glielo leverà nessuno... e anche lei farà una brutta fine. Perché chi aiuta la fuga di un criminale, commette un crimine anche lui».

La porta si aprì, comparve un ufficialetto:

«Ha finito, maresciallo?» E nel contempo diede una guardata alla ragazza.

«Sì, signor tenente.»

«E allora batta subito il verbale e glielo faccia firmare... Ah, e compili anche la lettera di trasmissione: dobbiamo mandarlo via con la posta di stamattina.»

«Subito, signor tenente.» E con una faccia scura si alzò e andò a sedere davanti a una grossa macchina da scrivere. Mara poté così notare che aveva le gambe storte. "Sembra uno scimmiotto." Era contenta di avergli tenuto testa; e anche di averlo preso in giro, quel brutto scimmiotto.

Le toccò star lì una mezz'ora buona, mentre il maresciallo batteva a macchina, un tasto alla volta; e con delle lunghe pause, durante le quali si grattava la testa. Poi si sporgeva in avanti a rileggere quello che aveva scritto, e faceva delle smorfie come se non fosse per niente soddisfatto. Alla fine sfilò il foglio, tornò al suo posto dietro il tavolo e disse: «Ora le leggo il verbale dell'interrogatorio; lei stia bene attenta, perché poi lo deve firmare». E con voce scolorita cominciò: "Oggi 14 giugno 1945 davanti a me maresciallo maggiore Sciacca Vincenzo si è presentata la nominata Castellucci Mara di Antonio e di Del Testa Maria, nubile, di anni sedici, residente in questo comune, frazione di Monteguidi. A domanda risponde: Conosco Cappellini Arturo detto Bube col quale sono fidanzata...".

Il padre la aspettava ansioso; ma si rassicurò vedendola sorridente.

«Allora? È andata bene?» le domandò appena fuori.

«Benone» rispose Mara. E gli raccontò che il maresciallo aveva cercato di spaventarla; ma lei non s'era lasciata intimidire; e non gli aveva detto nulla di ciò che voleva sapere. «Da ultimo mi ha chiesto: "Dove crede che sia Bube in questo momento?" e io gli ho risposto: "E che ne so? Sarà a Volterra". E poi gli ho riso anche sul muso, a quello scemo.»

Il padre era soddisfatto e commosso:

«Brava, figliola; sei la degna fidanzata di quel ragazzo.»

La condusse con sé in sezione, dove Mara fu costretta a rifare il racconto al segretario, che era un giovanotto sul tipo di Lidori.

«Che ti dicevo?» esclamò il padre alla fine. «È in gamba, questa figliolina. Eh, i miei figli, non faccio per dire, ma li ho educati da comunisti. Lo vuoi sapere? Lei, e sì che allora era proprio una ragazzina, non aveva nemmeno quindici anni: un giorno che c'era Sante a casa, nascosto giù nel capanno, e il paese era pieno di militi, venuti appunto a ricercare i renitenti alla leva; be', io naturalmente m'ero infilato nel granaio, e mia moglie, non si azzardava a uscire, perché se la vedevano col pentolino se lo sarebbero immaginato che andava a portare da mangiare al figliolo. Per farla breve, lo demmo a Mara il mangiare; e lei, appena fuori, intoppa in una pattuglia. La fermano: "Che ci hai lì dentro?". E lei: "Un pentolino di minestra". "E a chi lo porti, eh? A qualcuno che sta nascosto?" E lei: "Lo porto a mia nonna che è inferma". E gli disse anche, in tono di sfida: "Se non ci credete, venitemi dietro". E quelli, a vederla così sicura di sé, ci credettero...»

A mezzogiorno andarono a mangiare in un'osteria lì vicino: c'era anche il segretario. Lui e il padre parlavano di politica: Mara non ci capiva molto, ma le faceva piacere lo stesso ascoltarli. Provava meno il dolore della separazione: forse perché quei discorsi li aveva sentiti fare anche con Bube; e perché quel giovanotto nel modo di parlare le richiamava alla mente Lidori...

Dopo mangiato, il padre tornò in sezione. Lei rimase a girellare per il paese. Volle tornare in tutti i posti dov'era stata con Bube: nella piazzetta del mercato, vuota e squallida; nel giardinetto in mezzo alla piazza; sotto i portici, a guardare le vetrine dei negozi... Prima di partire, Bube aveva voluto per forza regalarle quelle tremila lire. Lei, arrivando a casa, le aveva date alla madre perché gliele custodisse. E dopo le erano passate di mente al punto che solo ora se ne ricordava! Ma le importava assai della borsetta; non la voleva; e con quei soldi non ci si sarebbe fatta niente, ecco!

"Com'ero stupida prima a dare importanza a queste cose, alle scarpe coi tacchi alti, alla borsetta..." A un tratto ebbe un brivido: aveva visto, due passi avanti a lei, il maresciallo. Camminava svelto con le sue gambe storte. "Fortuna che lui non m'ha visto" pensò Mara. "Certo, anche se m'avesse visto, non ci sarebbe stato nulla di male... Non mi possono fare niente, a me... Ma a Bube?" E ripensò alle parole del maresciallo: è scappato, noi però lo acchiapperemo, e allora l'ergastolo non glielo leverà nessuno...

L'ergastolo? Ma l'ergastolo era che uno rimaneva in prigione fino a che moriva! Si sentì venir meno... Continuando a camminare come un automa, era uscita dal portico e ora seguiva la palizzata di cemento lungo la ferrovia... C'era un treno in partenza, con la locomotiva che sbuffava. "Se lo acchiappano, io mi butto sotto il treno", pensò improvvisamente Mara.

Ma no, non era niente vero, il maresciallo aveva detto così per farle paura. Non aveva forse minacciato di mettere in prigione anche lei? Rise dentro di sé, sollevata. Mica doveva credere al maresciallo, doveva credere a quello che le aveva detto Bube, a quello che le aveva detto il padre, a quello che le aveva detto Lidori... che era questione di poco tempo, e poi ci sarebbe stata un'amnistia...

Ma la attraversò un dubbio: "E se m'avessero nascosto la verità? Se lo avessero fatto apposta a dir così perché io non mi disperassi? Se si fossero messi tutti d'accordo per non dir niente a me? Oh, Signore, come faccio a saperlo?"

Suo padre. Lo avrebbe chiesto a suo padre. Gli avrebbe detto: "Babbo, devi dirmi la verità. Giuramelo. Giuralo su Sante". E andò in sezione.

Ma nella stanza il padre non c'era. Si rivolse a un giovanotto che stava lì nel corridoio.

«È in riunione» rispose questi.

«Ma io ci devo parlare subito.»

«Non si può, sono in riunione.»

«E quando finisce questa riunione?»

«E chi lo sa?»

Mara rimase lì, seduta sulla panca, a torcersi le mani. Ogni tanto arrivava qualcuno, diceva di voler parlare con...; e il giovanotto rispondeva invariabilmente: "Non si può, sono in riunione".

Finalmente la porta in fondo al corridoio si aprì, e ne uscirono il segretario con un altro, e subito dopo il padre e diversi uomini. Parlavano forte: ridevano, anche; Mara si era alzata, si fermò davanti al padre: «Babbo, devo dirti una cosa».

«Ora andiamo subito.» Seguitava a parlare con questo e con quello; entrò anche un momento nella sua stanza; finalmente disse al segretario: «Allora, se non c'è altro, io me ne vado, devo portare a casa la figliola» e il segretario: «Vai, vai pure». Venne a salutarla: «Arrivederla signorina; e... congratulazioni».

Nell'androne il padre prese la bicicletta. Le fece segno di salire.

«Babbo, ascolta una cosa, prima; stamani me n'ero dimenticata. Il maresciallo ha detto che Bube lo acchiapperanno di sicuro; e che dopo, gli daranno l'ergastolo.»

«Sì, lo acchiappano davvero!» rispose il padre. «A quest'ora Bube se ne ride di loro.»

«Ma se lo acchiappassero?»

«Dove? In Russia ci comandano i comunisti; mica questi brutti ceffi...»

«Ma allora Bube dovrà rimanere sempre in Russia; perché, se torna in Italia, lo acchiappano.»

«Ma sì. Lascia che vadano via questi pidocchiosi di inglesi e di americani, e poi gli si fa vedere noi al maresciallo chi è che comanda. Avanti, monta in canna.»

Mara si accorse subito che la madre la guardava in modo strano. E a cena, improvvisamente, si sentì domandare:

«Si può sapere che cos'ha combinato il tuo Bube?»

«Ma niente» rispose Mara; però la voce le tremava.

«E allora cosa volevano da te i carabinieri?»

«Niente. Volevano sapere di un fatto, del tempo in cui Bube era partigiano...» Col padre erano rimasti d'accordo di dir così alla madre.

«E perché non l'hanno chiesto a lui?»

«Perché Bube in questo momento non c'è» rispose per lei il padre.

«Allora è vero che è dovuto scappare.»

«Chi l'ha detto?»

«Tutti lo dicono.»

«Be', sì... è stato il Partito a ordinargli così. I carabinieri lo volevano interrogare, e allora, al Partito, gli hanno detto di non presentarsi. Perché noi comunisti non dobbiamo render conto del nostro operato ai carabinieri. Dio...!» bestemmiò. «Sarebbe proprio da ridere se un comunista dovesse render conto delle sue azioni alla giustizia borghese...»

A un tratto la madre lo interruppe:

«Tu con questi discorsi hai rovinato Sante. E ora rovini anche lei» e indicò Mara.

Il padre smarrì di colpo la sua sicurezza:

«Ma cosa vai dicendo?» balbettava.

«Sì, sei stato tu, coi tuoi discorsi, a metter su Sante... e a fargli fare la fine che ha fatto. Sei stato tu la causa della sua morte...»

«Ma sei impazzita?»

«Perché se non eri tu a mettergli in testa l'idea dei partigiani» continuò la madre senza badargli «lui sarebbe rimasto qui... come hanno fatto tutti gli altri giovani... che non ce n'è stato uno, in paese, che sia andato tra i partigiani. Solo il mio figliolo c'è andato!» gridò quasi. «E sei stato tu a farcelo andare.»

«Volevi che io consigliassi Sante di presentarsi ai repubblichini?»

«Bastava che non gli mettessi in testa l'idea dei partigiani» ripeté implacabile la madre. «Oh, Signore! se fosse rimasto qui, il mio Santino sarebbe ancora vivo! Sarebbe ancora vivo!» e si mise a singhiozzare forte.

«Calmati, mamma» cominciò a dire il padre. Era sconvolto. «Sante... ha fatto il suo dovere. Io non ne ho colpa se aveva quei sentimenti... Tu, mamma, non lo devi dire che io ne ho colpa...» Improvvisamente gridò: «Io, lo riconosco, sono stato un cattivo padre... i figlioli li ho abbandonati che erano piccini... io mi son fatto mettere anche in prigione... Ma a Sante gli volevo bene... Era il mio orgoglio, Sante... io ero orgoglioso di avere un figlio così... Tu, mamma, non me lo devi dire in quel modo... dimmi quello che vuoi, ma questo no, non me lo devi dire... Figlioli, vi prendo anche voi a testimoni: io non ne ho colpa, non ne ho colpa...» Parlava e piangeva: Mara non lo aveva mai visto in quello stato.

Con voce tremante disse:

«Mamma. Babbo. Via, fate la pace.»

La madre alzò gli occhi, si asciugò le lacrime:

«Sì» disse con un soffio di voce. Si volse verso il marito: «Non ci guardare a quello che dico. È il dolore che mi fa parlare così... il dolore per quel povero figlio che mi è morto... Sì, anche tu gli volevi bene... non era figlio tuo, ma gli volevi bene lo stesso...».

«Ecco, sì, mamma, così» balbettò il padre «non piangere più, va bene così.»

Non dissero altro, non fecero più un gesto: per la prima volta uniti nel dolore per il figlio morto. E Mara, mentre rigovernava voltando le spalle ai genitori, versò in silenzio le sue prime lacrime per il fratello.

Mara poté parlare con Lidori solo dopo la fine della cerimonia funebre:

«Hai saputo niente?»

«No. Niente ancora» rispose Lidori. Si tirarono da parte.

«Eppure è già passato un mese.»

«Ma che vuoi, non è facile per lui far sapere qualcosa. Bisogna che sia prudente. E poi su nel Nord la guerra è finita da poco, la posta mica funziona ancora.»

«Ma dove si trova? Sapessi almeno questo...»

«Io credo in Jugoslavia. A proposito, so che sei stata chiamata dai carabinieri di Colle...»

«Sì» rispose Mara; e gli raccontò com'era andata. «Ma poi mi faceva certe domande strane... per esempio, mi ha domandato se conoscevo un certo Fantoni Renato... no, Fantacci Renato...»

«E tu che gli hai risposto?» fece Lidori sorridendo.

«Che non lo conoscevo» rispose Mara: «ed è la verità, non lo conosco mica uno che si chiama in questo modo».

«Ma sono io che mi chiamo in questo modo.»

«Tu?» E Mara si mise una mano sulla bocca, spaventata e divertita. «Ma io ti conoscevo solo come Lidori!»

Egli doveva ripartire subito: si separarono con una forte stretta di mano. E Mara si sentiva rasserenata, benché Lidori non le avesse saputo dir nulla.

Trovò la casa piena di gente. Gli uomini erano in cucina, intorno al padre, che la chiamò perché portasse un altro fiasco di vino. C'era il sindaco, c'era il segretario della sezione di Colle, e inoltre lo zio e parecchi altri del paese. Il padre era eccitato, non faceva che parlare; ma gli tremava la mano, mentre versava da bere.

Anche la camera era piena di gente: di donne; facevano compagnia alla madre, che s'era buttata sul letto. La povera donna era disfatta: il funerale l'aveva riportata ai giorni della tragedia. «Oh, Marina!» esclamò appena la vide; e ricominciò a piangere.

La sera, quando finalmente poté andare a letto, Mara era stanca morta.

Ora che la salma di Sante riposava nel cimitero del paese, la madre si riebbe. Per lo meno, non aveva più quell'aria assente, di persona a cui non importa più nulla di nessuno. I figli che le erano rimasti, tornarono a essere per lei una ragione di vita.

Mara, in primo luogo: era inquieta per la figliola. Un giorno, erano a spigolare, e lei disse:

«Dài retta a tua madre, Marina... quel Bube, lascialo perdere. Non ci pensar più; non è il tipo che fa per te.»

«Ma, mamma, tu non lo conosci; l'hai visto due o tre volte appena.»

«Sì, e mi è bastato. Ha uno sguardo che non mi piace. E poi, sempre con quella rivoltella in tasca... A mettersi con un tipo così, una si ritrova per forza a dei dispiaceri.»

«Lui ha quelle idee, mamma.»

«Non vuol dire le idee. Anche Sante aveva quelle idee, ma sarebbe stato incapace di far male a una mosca. E anche tuo padre, cosa credi? dice, dice, ma del male proprio non lo ha fatto mai a nessuno. Ha tanti difetti, è infingardo, beve; ma non è cattivo.»

«Nemmeno Bube è cattivo, mamma; io lo conosco bene e ti posso assicurare...»

La madre la interruppe:

«E allora perché non mi hai voluto dire quello che ha fatto?» La spiava ansiosa.

«Si è trovato... in una rissa; ma lui, credi, non ne ha colpa: c'è stato tirato per i capelli...»

«Che rissa? Raccontami per bene.»

Mara si provò a parlare, ma non le riuscì. Qualcosa le faceva groppo alla gola. No, non poteva raccontare il fatto così com'era andato...

«Vedi che non me lo vuoi dire? È segno che te ne vergogni anche tu.»

Neanche stavolta fu capace di rispondere.

La madre non le fece più domande; ma non passava giorno che non alludesse alla «disgrazia» della figliola. E Mara a poco a poco cominciò a pensarlo anche lei, che era una disgrazia essersi legata con uno come Bube.

Una mattina di domenica, Mara entrò quasi correndo nella bottega; e rimase impietrita vedendo il prete Ciolfi.

Era in piedi accanto al banco, col cappello rialzato sulla fronte; e aveva la stessa tonaca logora e frittellosa. La guardò un momento, e si rimise a leggere il giornale.

Mara si sbrigò a far la spesa e a venir via. Che ci faceva il prete Ciolfi lì a Monteguidi?

La spiegazione l'ebbe poi dal discorso di una donna: il Ciolfi era il nuovo parroco di Cavallano, un paesino distante tre chilometri.

Lo rivide poche mattine dopo: stavolta insieme a Carlino: che, appena la scorse, disse qualcosa piano al prete.

Quando Mara tornò indietro, il prete era sempre lì, fermo davanti alla bottega; e stavolta la scrutò attentamente. "Quel maligno di Carlino gli ha detto che sono la fidanzata di Bube." Per fargli vedere che non aveva paura, gli ripassò davanti, e glieli piantò lei gli occhi addosso. Il prete si affrettò a guardare da un'altra parte.

La sera il padre era di malumore. Di solito in casa si tratteneva dal parlare di politica, perché la madre dava subito segni di insofferenza; ma quella sera era troppo arrabbiato, e così, cominciò uno dei suoi discorsi lunghi e arruffati, rivolgendosi più che altro alla figlia, come se lei fosse in grado di capire. Ma anche la madre, cosa insolita, seguiva attenta le sue parole.

«Ma insomma cos'è quest'*Uomo Qualunque*?» domandò al marito.

«I fascisti, sono; i fascisti che ora si chiamano così. Razza di delinquenti, non gli è bastata la lezione; ci vogliono riprovare, ci vogliono. E hanno trovato qualcuno anche qui in paese... ora di preciso non sappiamo chi è; ma teniamo gli occhi addosso a quei tre o quattro... A Cavallano, poi, ce n'è già un gruppetto. Il capo è quel pretaccio venuto da Volterra.»

«Il prete Ciolfi?» disse Mara.

«Ciolli, Ciolfi, un nome così. Abbiamo già avuto le informazioni... Figurati che il vescovo l'aveva mandato in una parrocchia vicino Volterra, ma il popolo s'è ribellato e non ce l'ha voluto. E allora il vescovo ce l'ha regalato a noi. Ma già, Cavallano è sempre stato un covo... Ah, e sai chi è un altro? Carlino. Anche lui, sempre con l'"Uomo Qualunque" in tasca... Ricordatene, Maria: se si azzarda a venir qui, sbattigli la porta in faccia. Io tipi come lui non ce li voglio per casa. Razza di mascalzone! Dopo che gli s'era fatto grazia del passato... e anzi, a Volterra i compagni gli avevano anche rilasciato un foglio... Ma quanto ci si scommette» esclamò «che la prima volta che mi capita lo prendo per il petto... e gliene dico quattro... E anche a quel prete: se ne stia nella sua parrocchia, se ne stia. Ma se intende venir qui a portar confusione... Alla donna della bottega gliel'ho già detto: il pacco dell'"Uomo Qualunque", lo deve rimandare indietro. A Monteguidi quella porcheria non la deve leggere nessuno. Dio...!» bestemmiò. «Non ci devono provocare, non ci devono: o sennò, stavolta, finisce male davvero.»

«Tu lasciali perdere» disse improvvisamente la madre.

«È gente senza coscienza: dopo tutto il male che hanno fatto...»

Si rivolse alla figlia: «Marina, domani che vai alla villa, ricordati di prendere le dalie per Sante».

«Vinicio! Dove sei?»

«Sono qui. Sto cercando i granchi.»

«Bada di non mettere i piedi nell'acqua. Lo sai che non ti ci vuol niente ad ammalarti. Faresti meglio ad aiutarmi a cogliere i pomodori» aggiunse dopo un po'.

Doveva riempire due panieri: erano per farci la conserva. Poi aveva da annaffiare il riquadro dell'insalata e le canne dei fagioli. Ma tanto non c'era fretta. Si stava così bene laggiù: soltanto il fruscio dei pioppi dava un senso di frescura.

Gli altri orti erano come il loro, un breve appezzamento di terra cinto da uno steccato e chiuso da un cancelletto. Si susseguivano lungo il folto della macchia, da cui sbucavano i tronchi dei pioppi, diritti e nudi, con appena un ciuffo di foglie in cima.

A un tratto scorse Mauro che scendeva per il viottolo. Si affrettò a chiamar Vinicio, perché non voleva farsi trovar sola. Il fratello non rispose, e lei: «Vinicio! Dove ti sei cacciato? Non lo sai che nel torrente ci hanno visto una serpe lunga così?»

Il fratello non rispose nemmeno questa volta, ma poco dopo lo vide sbucar fuori. «Che serpe?» diceva spaventato. «Che serpe?»

«Una serpe lunga di qui a lì. Vacci, vacci a cercare i granchi, poi vedrai cosa ti capita.»

«Bugiarda» disse il ragazzo. Ma rimase a girellare nei pressi.

Mauro si avvicinava cauto e quasi furtivo, come se non fosse ben certo dell'accoglienza che avrebbe ricevuto. Da un po' di tempo era a casa; e così, le stava di nuovo dietro.

Sapendola fidanzata, non osava più metterle le mani addosso: si contentava di far discorsi sporchi.

Spinse il cancelletto ed entrò nell'orto.

«Stai attento a non pestare le piante» gli disse Mara sgarbatamente.

«Ehi, Mauro, è vero che nel torrente ci sta una serpe?» lo interpellò Vinicio.

«Sì» rispose Mauro. «Una serpe che buca le ragazze» e si mise a ridere. «Te, t'ha mai bucato?» fece rivolto a Mara.

«Non so nemmeno di ché parli.»

«Sentila, com'è innocente. Lo sai almeno cosa gli succede alle ragazze, quando si sono lasciate bucare dalla serpe?» Ma lei era scomparsa nel folto dei pomodori. «Vuoi che ti aiuti?» disse con voce gentile.

«Voglio che ti levi di torno.»

«Come mai ti sei fatta così superba? Ma guarda un po': Madama Stoppa s'è fatta superba.» La chiamava così per via dei capelli. «Madama Stecchi ha messo superbia.» Era un'altra allusione ai capelli. «Madama...»

«Senti, se non ti va come son fatta perché mi giri sempre intorno?»

«Chi è che ti gira intorno?»

«E allora che ci fai nella mia chiusa? Vattene nella tua.»

«Ora ci vado.» Ma non si mosse di lì. Anzi, si accoccolò sui talloni per guardarle le gambe mentre stava china. Mara se ne accorse e si affrettò a riprendere la posizione eretta. «Tanto te le ho già viste.» Siccome lei nemmeno lo ascoltava, disse: «Va bene che sei fidanzata, ma non è una ragione per trattarmi in questo modo».

«Per favore, non fare discorsi stupidi, perché, guarda, ho anche i nervi; e perciò stai zitto, e sennò, vattene.»

«Hai i nervi, eh? E come mai? Perché il tuo fidanzato è lontano?» Ridacchiò: «Le ragazze sono sempre nervose, quando hanno il fidanzato lontano... Lo vedi che avresti fatto meglio a metterti con uno di qui? Almeno, la sera, ti ci potresti strusciare un po'».

«Mi fai il favore di smetterla? Anzi, mi fai il favore di andartene via, e subito?»

«Proprio non mi puoi più vedere, allora» si lamentò lui.

«Non ti posso più vedere, no.»

«Ma perché? Cosa ti ho fatto?»

«Niente, mi hai fatto. Ma mi fai rabbia, sempre a dire porcherie; proprio non hai altro per la testa che le cose sudice. Brutto sporcaccione che non sei altro.» Era indignata. «Ti vuoi levare di torno, sì o no?»

Vinicio, a pochi passi di distanza, si godeva la scena. Lui naturalmente era per Mauro. Mara lo vide, notò l'espressione ottusa e maliziosa a un tempo; gli piombò addosso: «E tu, cosa stai ad ascoltare i discorsi dei grandi. Fila via! Scemo».

Vinicio per tutta risposta le sputò addosso, e allora lei gli diede un ceffone. Il fratello cominciò a piangere a dirotto. A un tratto smise, raccattò una pietra e la scagliò contro la sorella, prendendola nella schiena. «Accidenti a te» gridava. Poi si precipitò sul paniere dei pomodori, lo rovesciò e cominciò a calpestarli infuriato. Mara gli diede una spinta mandandolo lungo disteso. «Io ti ammazzo» gridava china su di lui. «Hai capito? Com'è vero Dio ti ammazzo. E làsciami in pace anche tu» fece a Mauro che s'era interposto prendendola per un bráccio.

Si svincolò e corse via. Prese l'annaffiatoio e scese nel torrente a riempirlo. Ma quando l'ebbe riempito, non tornò di sopra...

«Ti ha fatto male con quella sassata?» Era Mauro, le era arrivato alle spalle senza farsi sentire. «E allora cos'hai? Perché piangi?»

«Io, piango?» Non se n'era nemmeno accorta che stava piangendo.

«Tuo fratello è scappato a casa. Ora chissà cosa le racconta a tua madre. Ma semmai ti difendo io: glielo dico che ti ha tirato un sasso e ha spiaccicato i pomodori.»

«M'importa assai di lui» disse Mara.

«E allora, perché piangevi? Hai qualche dispiacere? Ho sentito dire certe cose, sul conto del tuo fidanzato... Oh, scusa, scusa, non volevo offenderti.»

«A me delle chiacchiere della gente non me ne importa un fico secco: hai capito? E anzi, sai cosa ti dico? Che me ne andrò via... e non mi farò più rivedere...»

«E dove vorresti andare?»

«Via. Lontano. Dove non mi conosce nessuno. Piuttosto che restar qui, preferisco andarmene per il mondo coi carrozzoni degli zingari.» Lo guardò: «Ah! fossi un uomo, non ci rimarrei neanche un giorno, in questo schifoso paese...». Ma la vista della faccia chiusa e incomprensiva di Mauro la scoraggiò a continuare.

L'estate era passata; e lei non pensava più tanto a Bube. E tuttavia non era tornata quella di prima. Le piccole vanità di un tempo, i battibecchi con la cugina, i chiacchiericci con le amiche, la facevano sorridere di commiserazione, quando ci ripensava. Ora si sentiva superiore a queste cose. Era infelice, addirittura disperata; ma non avrebbe più voluto tornare a essere la stupida ragazzetta di un tempo.

Venne la stagione della coglitura delle olive, e come ogni anno Mara andò a giornata insieme alle altre ragazze del paese. Era un'annata cattiva, ma alla fattoria avevano assunto tutte quelle che s'erano presentate: così era stato imposto dalla Camera del Lavoro. Solo Liliana non ne aveva approfittato: sua madre ormai si dava troppe arie per permettere che la sua figliola andasse a giornata.

E invece, per loro ragazze, era anche uno svago; e certo Liliana doveva invidiarle, quando le vedeva passare a frotte, col paniere e lo scaldino. Benché fosse soltanto novembre, erano già vestite da inverno, con gli scarponi e le calze di lana, addosso due maglioni infilati uno sopra l'altro, in testa un fazzoletto annodato sulla nuca. A volte compariva il fattore: col fucile in spalla, aveva l'aria di andare a caccia e di sorvegliare il lavoro, in realtà gli piaceva scherzare con le ragazze.

Quando avevano le mani intirizzite, scendevano e si raccoglievano intorno allo scaldino; poi tornavano a coprire i carboni con la brace, e si rimettevano al lavoro. E a metà del pomeriggio facevano merenda con una fetta di pane, un pizzico di sale e le olive secche di cui era seminato il terreno, specie dopo le giornate di tramontana. Ma anche lavorando, continuavano a parlare e a ridere. Si punzecchiavano a vicenda per gl'innamorati veri o supposti. Mara un tempo era la più svelta a prendere in giro le compagne e a rintuzzare le canzonature. Ma quest'anno se ne stava per conto suo. Non accettava gli scherzi, andava subito in collera; un giorno, piantò in asso il lavoro e scappò via.

Verso la fine del mese, venne a sapere che una famiglia di Poggibonsi cercava una ragazza a servizio; e volle assolutamente andarci, perché lì a Monteguidi non ci poteva più vivere.

II

Prima di spogliarsi Mara indugiò a guardare attraverso il vetro della finestrella, reso opaco dalla lunga incuria. Si scorgevano come in una nebbia le sagome buie delle case e le luci delle finestre e delle strade: sembrava di essere in una grande città, invece che in un paese. Attraverso i suoi finestroni, un edificio alto e stretto buttava fuori una luce abbagliante: era una fabbrica, dove si lavorava anche di notte.

Quella vista cominciò a riconciliarla col suo nuovo stato. L'odore di polvere che c'era nel ripostiglio, non le dava più fastidio come appena arrivata. Si coricò nella branda, spense la luce e si addormentò subito.

La famiglia da cui era a servizio si componeva di cinque persone: che però in casa ci stavano pochissimo. A Mara toccava metterli a tavola, dopo aver rifatto quattro camere e sbrigato tutte le altre faccende. Ma era abbastanza libera, quasi nessuno le dava ordini, e meno di tutti la padrona, una donna pigra e sciatta, che in negozio stava alla cassa, e in casa non si occupava di niente. La signorina era occupata anch'essa in negozio, e così il figliolo. Il padre si vedeva che non contava nulla; il nonno invece brontolava sempre, ma nessuno gli badava, e Mara imparò presto anche lei a non farci caso.

Subito una delle prime sere s'incontrò con Ines, la compaesana che le aveva trovato il servizio. Si conoscevano appena, ma si fecero grandi feste. Ines aveva cinque anni di più, ed era rozza e grossolana, nell'aspetto e nei modi; ma essendo da molto a servizio, aveva acquistato un'aria cittadina.

Fu Ines a consigliarla di andare dal parrucchiere. La sera del sabato, senza curarsi di dir niente alla signora, Mara andò nel salone che le aveva indicato l'amica. Le tagliarono i capelli, glieli lavarono e le fecero la messa in piega; e Mara dovette convenire che ci guadagnava moltissimo, i capelli ora le stavano a posto, erano soffici e lucenti.

Tornò che avevano già chiuso il negozio, ed erano saliti tutti in casa; ma non ebbe a subire rimproveri. La signorina anzi la lodò: «Ora sì che fai figura; prima, con quei ciuffi, sembravi proprio una povera diavola». Anche il vecchio la guardò compiaciuto: «Porta il vino, bionda» le disse, e tutti risero.

Mara aveva fatto presto ad accorgersi che non erano signori, anche se avevano soldi. Il vecchio bestemmiava: suscitando l'indignazione della nuora e della nipote, che gli dicevano: «Stai zitto, bocca d'inferno». Il giovanotto poi era capace di qualsiasi villania: a dire una parolaccia alla sorella, e anche alla madre, non ci rimetteva nulla.

Il giorno dopo Mara andò al cinema con Ines. C'era un film con Robert Taylor; l'attrice, invece, era una sconosciuta, e sulle prime Mara non la trovò nemmeno bella. Ma a poco a poco s'immedesimò nella sua tragica vicenda. Lei e Robert Taylor si amavano, lei era una ballerina, lui un ufficiale; poi lui partiva per la guerra, e lei non ne sapeva più niente, anzi le arrivava la notizia che era morto. Allora, dalla disperazione, si dava al vizio. Ma una sera lo ritrovava: perché era stato solo ferito. Lui non si accorgeva che lei era caduta in basso; la conduceva con sé in un castello, per presentarla alla sua famiglia; facevano la festa del fidanzamento; ma lei, rendendosi conto di non potersi più sposare, la notte fuggiva e andava a buttarsi nel fiume.

Ines non aveva fatto altro che piangere durante tutto il

tempo; e all'uscita le disse: «Senti, a una pellicola così non ci vengo più. Quanto ci sono stata male... ma poi ormai poteva far finta di nulla, che ne sapeva lui del suo passato?». Si mise a ridere: «Che stupida sono a prendermela tanto... non è mica un fatto vero»

Canticchiando il motivo del film, Mara salì le quattro rampe di scale e andò a cambiarsi. Ancora sotto l'impressione della tragica vicenda a cui aveva assistito, si sentiva più estranea che mai a quella famiglia rumorosa e grossolana. Rigovernò in fretta, spazzò la cucina e il tinello, spense le luci e salì nella sua camera.

La prima occhiata, come ogni sera, la diede alla sagoma nera della fabbrica, con la luce che fiottava dalle vetrate. Nemmeno la domenica smettevano di lavorare. E con quell'immagine abbagliante negli occhi, e la dolce melodia del film dentro di sé, scivolò nel sonno.

Quel motivo diventò subito di moda: si sentiva fischiettare in continuazione. Mara imparò anche le parole in un foglio rosa comprato da Ines. Così, mentre faceva le faccende sola in quella grande casa, poteva sfogarsi a cantare:

> Domani tu mi lascerai e più non tornerai;
> domani tutti i sogni miei li porterai con te...

Quelle parole, le rivolgeva mentalmente a Bube: esprimevano ciò che lei aveva provato la notte in cui si erano amati, sapendo già che lui doveva partire...

Era contenta di non essere più al suo paese. Anche Poggibonsi era un paese, ma grande, in pianura, e la notte si animava misteriosamente. Mara usciva solo quando era buio. Dopo aver comprato il latte, girellava per la strada principale e nella piazza, tra le luci dei negozi e dei caffè, i clackson delle automobili e delle corriere che percorrevano il viale alberato di là dalla ferrovia, il passaggio di un treno o di una locomotiva in manovra. Si specchiava nelle vetrine: ma non più per la vanità di constatare che aveva un corpo ben fatto e un viso grazioso. La figura che compariva per un attimo sulla lastra di vetro era un'immagine tragica, dolorosa. E quando si fu comprato un impermeabile chiaro, l'illusione fu completa: le sembrava di essere la ragazza perduta del film e della canzone.

Il padre si era opposto che lei andasse a servizio: gli pareva una cosa contraria ai suoi principî. «Mia figlia non deve far la serva a nessuno» diceva. E anche quando Mara era tornata a casa per Natale, aveva insistito perché non ripartisse. «Sì, e gli lascio tutta la mia roba» ribatté Mara. «Che c'entra: la roba, ci vado io a riprenderla.» «Ma non si può piantare una famiglia così su due piedi.» «Ah, davvero: è il caso proprio di avergli tanti riguardi, a quella gente. Si fanno servire e riverire e pretenderebbero anche che uno gli dicesse grazie...» È vero che alcuni anni prima, quando lei era ancora una ragazzetta, non si era fatto scrupolo di mandarla a servizio da una famiglia di Colle. Ma in quel tempo era un povero diavolo, disoccupato e perseguitato per le sue idee; mentre adesso era la maggiore autorità del paese.

La madre invece non era stata contraria: sperava che Mara, andandosene in un posto nuovo, si sarebbe dimenticata di Bube.

Mara comunque faceva di testa sua. Era appena arrivata, e non vedeva il momento di ripartire. La vita sonnolenta del paesino, la stessa vista della campagna, le dava un senso di sconforto.

La mattina dopo, tanto per rendersi utile, andò alla villa a comprare i fiori.

«Perché non prendi un vaso?» le disse la contadina.

Mara si decise subito. I soldi della madre non bastavano, ma aveva i suoi. Il guaio fu portarlo. Non volle caricarselo sulla testa, per paura di sciuparsi la pettinatura; e a tenerlo sotto un braccio faceva presto a stancarsi.

S'era fermata a riposare su un muretto. Il cielo era più

bianco che azzurro; il sole traspariva appena. Giù in basso una voce femminile cantava uno stornello: facendo una lunga pausa tra un verso e l'altro. Mara percorse con lo sguardo la vallata. Gli alberi ormai spogli non nascondevano più la vista del terreno: era tutto un uniforme susseguirsi di tronchi nudi e di campi brulli. Anche i colori erano spenti: violaceo dei castagni, bianco sporco dei pioppi, marrone delle siepi e dei filari, bruno della terra arata. Con un sospiro Mara si alzò e si rimise in cammino.

La madre era già pronta per andare al cimitero. «E i fiori?» le domandò vedendola tornare a mani vuote.

«Ho comprato una camelia, mamma. Non ce la facevo più a portarla, e l'ho lasciata da Liliana. L'ho comprata coi miei soldi» si affrettò a soggiungere.

La madre ci rimase male. E quando vide la pianta, non disse nulla.

«Ti piace?»

«Sì sì. Ma dimmi quanto l'hai pagata, voglio restituirteli.»

«No no, l'ho voluta comprare io.»

Mentre erano lì che lavavano la pietra, arrivò il padre. Aveva un vestito nuovo, di panno scuro: con la camicia pulita e una cravatta rossa fiammante. Era accuratamente sbarbato e pettinato; e dimostrava molto meno dei suoi quarantacinque anni. I capelli li aveva sempre nerissimi: appena qualche filo bianco gli scintillava sulle tempie.

Mara gli andò vicino, perché non ci aveva ancora potuto parlare di quello che le stava a cuore.

«Hai saputo niente?» gli domandò a bassa voce.

«Ti pare?» fece il padre. «Avessi saputo qualcosa, sarei venuto subito a dirtelo.»

«Ma come mai non si fa vivo.»

«Eh» fece il padre. «Ci possono essere tante ragioni... Ma stai tranquilla che non gli è capitato nulla; altrimenti si sarebbe venuto a sapere.»

«E dell'amnistia?»

«L'amnistia? Ah, sì, un'amnistia la faranno certamente. Ma poi, lascia che se ne vadano questi americani e le mettiamo noi le cose a posto. Voglio vedere, allora, chi gli dice qualcosa a Bube...»

Tornarono a casa. La madre non guardava né a destra né a sinistra, come se volesse passare inosservata; il padre, invece, salutava tutti. Finì col rimanere indietro; e si fermò poi nel cortile, a parlare con due che l'avevano accompagnato nell'ultimo tratto di strada. Quando la zuppiera fu in tavola, Mara lo chiamò dalla finestra.

Mangiarono; poi Mara aiutò la madre a rigovernare. Dopo, sarebbe potuta andare a ricercare qualcuna delle amiche; ma non ne ebbe voglia. Salì in camera, dove la madre s'era messa a lavorare a maglia. Prese a raccontarle la vita che faceva a Poggibonsi:

«...le faccende, toccano tutte a me. A parte la spesa, che la va a fare il marito...»

«Ma allora c'è troppo lavoro in quella casa; ti strapazzerai, Marina.»

«Lavoro ce n'è tanto, ma almeno ho la soddisfazione di fare tutto io. Non si azzardano più a dirmi niente: come faccio io, è ben fatto. L'altro giorno il figlio s'è lamentato che non gli avevo stirato i pantaloni, e io gli ho risposto, in presenza di tutti: "Con quanto lavoro c'è, non posso mica stare ogni momento a stirarle i pantaloni".»

«Bada che non si prenda confidenze con te» la ammonì la madre.

«Oh, non c'è pericolo. Non aver paura, mamma, so farmi rispettare.»

«Vedi, Mara, io sto sempre tanto in pena per te. Ora è ancora troppo presto, ma quando verrà il momento... vorrei proprio che trovassi un giovane ammodo, lavoratore...»

Mara rimase zitta.

Dopo un po' se ne andò in camera sua. Non aveva nulla da fare, e finì per stendersi sul letto. Pensava a Bube, a quello che c'era stato fra loro; i ricordi erano sempre netti, ma non le davano più quell'emozione a richiamarli alla memoria. Quasi non le pareva vero che fosse accaduto a lei.

Sbadigliando, andò a far merenda, poi si mise alla finestra. I ricordi del suo breve amore si erano allontanati, ma lei era cambiata: non aveva più nulla in comune con la Mara di un tempo. Le pareva addirittura di non aver più nulla in comune col suo paese: quelle vecchie case, la gente seduta sugli scalini, gli asini attaccati agli anelli di ferro infissi accanto alle porte, i polli che razzolavano negli spiazzi, tutto le appariva sporco, vecchio, misero...

Meno male che si avvicinava l'ora della partenza. C'era l'occasione di una macchina che andava a Colle; di lì sarebbe stata in tempo a prendere l'ultimo treno per Poggibonsi. Già pregustava la gioia del ritorno nella sua cameretta, confortata dal flusso vitale dei rumori e delle luci.

I padiglioni del Luna Park erano sparsi in un piazzale sotto il livello della strada. Una grande folla si aggirava tra le pozzanghere, mentre gli altoparlanti diffondevano musiche e canzonette.

«Oh! chi si vede» esclamò Ines salutando un giovanotto.

«Questa è la mia amica» disse presentando Mara.

«Piacere» fece quello; presentò quindi il suo amico, che se ne stava a tre passi di distanza.

Benché colta di sorpresa, Mara capì subito cosa c'era sotto quell'incontro apparentemente casuale. Lanciò un'occhiata furibonda a Ines, poi si mise a guardare ostentatamente da un'altra parte.

«Andiamo sugli aeroplani?» propose il giovanotto di Ines. Ines accettò:

«Arrivederci» disse rivolgendo loro un sorriso di complicità, che fece montare Mara al colmo della rabbia.

«Ci andiamo anche noi due... signorina?»

«No» rispose seccamente Mara; e quasi gli voltò le spalle.

«Ha paura che le giri la testa?»

Mara allora gli piantò gli occhi in faccia:

«Niente affatto. Ma non mi va di andarci con chi non conosco.» E per mettere bene in chiaro le cose, aggiunse: «Quella stupida della mia amica, ha combinato tutto lei senza dirmi niente. Se lo avessi saputo, non sarei venuta».

Il giovanotto aveva abbozzato un sorriso; ma rendendosi conto che era davvero arrabbiata, abbassò gli occhi confuso.

Ines tornava ridendo seguita dal suo cavaliere:

«E così? abbiamo fatto conoscenza?»

Mara alzò le spalle.

«Perché non fate un giro anche voi?» insistette Ines. «È divertente... mette paura, ma non c'è pericolo.»

A un tratto Mara la investì:

«Perché non mi hai detto che avevi combinato un appuntamento? Non sarei venuta di certo, se avessi immaginato una cosa simile.»

«E che male c'è?» disse Ines.

«Per te non ci sarà niente di male, ma per me sì. Non mi piace stare insieme ai giovanotti che non conosco.»

L'amico di Ines ritenne opportuno metterci bocca lui:

«Via, signorina, non prenda le cose sul tragico. Ora le spiego io com'è andata. Noi due avevamo appuntamento, ma poi Ines mi ha detto che era con un'amica... e così anch'io mi son portato dietro un amico.»

«L'ho fatto per non lasciarti sola» si giustificò Ines.

«In questo modo Ines fa coppia con me, e lei fa coppia con Stefano» concluse il giovanotto.

«Io non faccio coppia con nessuno» ribatté Mara. «Io, questo Stefano, non so nemmeno chi sia.»

«Ma è lui!» esclamò il giovanotto mettendosi a ridere. «Ancora non sei stato buono di presentarti?» disse rivolto all'amico.

«Smettila» fece quello seccato.

L'altro non se ne diede per inteso: era sicuro che sarebbe riuscito a dissipare il malumore di Mara. «Si vede proprio che tu non ci sai fare con le ragazze; io, anche quando sono musone, mica mi perdo d'animo. Comincio a dire tante di quelle stupidaggini che alla fine sono costrette a ridere.»

«Mica siamo tutti uguali» rispose l'amico. A un tratto si volse a Mara: «Mi scusi, signorina... anch'io, non volevo venire. Ma poi mi sono lasciato trascinare...».

«Ma questo è il colmo!» esclamò l'altro. «Io gli procuro una ragazza, e invece di ringraziarmi... Sai cosa ti dico? Sbrigatela un po' da te. Vieni, andiamocene sulle automobili» e presa Ines per mano la condusse via.

«Che stupido» disse Mara. «E la mia amica, lo stesso. Stanno bene insieme» aggiunse con disprezzo. «Oltre tutto, per colpa di quella stupida mi sono perso anche il film.»

«Ma è sempre in tempo ad andarci» fece premurosamente il giovanotto.

«Ormai è troppo tardi per trovarmi una compagnia.»

Il giovane esitò un momento:

«Potrei... accompagnarla io. Oh, non abbia paura, lo dico senza cattive intenzioni. Avevo voglia anch'io di vedere quella pellicola.»

Il giovanotto aveva un'aria così seria, che Mara finì per accettare. Mise solo la condizione che avrebbe pagato da sé.

«Come vuole lei» rispose pronto il giovanotto. «Mi aspetti qui, vado a dirlo a quelli.»,

«No. Andiamocene senza dirgli niente.»

Salirono sulla massicciata della strada, e s'incamminarono in silenzio. Camminavano discosti, e solo nell'attraversare la piazza, poiché Mara non aveva badato a un'automobile, egli la fermò toccandole il braccio. All'ingresso, Mara gli diede i soldi, e lui andò a fare i biglietti.

«Ho dovuto prendere la galleria» disse tornando. «In

platea non c'è più posto nemmeno in piedi.»

«Allora devo darle la differenza.»

«Me la darà dopo.»

Anche in galleria c'era pieno. Rimasero vicino all'entrata, appoggiati al muro.

Il film era alla fine. Venne la luce, ma si alzò poca gente. Loro non fecero in tempo a muoversi, che i posti erano di nuovo occupati.

«Ho paura che dovremo stare tutto il tempo in piedi» disse il giovanotto.

«Ma guarda un po' che per colpa di quella stupida...» ricominciò Mara. «Oltre tutto lo sa che sono fidanzata, perché allora combina questi pasticci? E poi, anche se fossi libera, queste cose non le farei lo stesso. Non mi piace andare col primo venuto. Non si offenda, non lo dico per lei...»

«No, lei ha ragione.»

Proiettarono il documentario, poi ci fu un nuovo intervallo.

«Fuma?»

«No» rispose Mara. E, sentendosi in vena di far la moralista, disse che secondo lei non stava bene che una ragazza fumasse. Specialmente in pubblico. «Ines invece non si vergogna anche a fumare al cinema... e così, i giovanotti che vedono, si immaginano chissà che cosa. L'altra domenica ci si appiccicarono due, non si sapeva come levarseli di torno. Perché si fa presto a dire: chiamo la maschera, oppure gli do uno schiaffo; ma una ragazza ci rimette sempre a fare una chiassata.»

«Lei non è di qui, vero?»

«No. Sono di Monteguidi. È per questo che mi sono rassegnata ad andare con Ines; perché non conosco altre ragazze.»

«Nemmeno io sono di qui» disse il giovanotto. «Sono di Castelfiorentino.»

«Che cosa fa?»

«Lavoro alla vetreria.» Si tolse l'impermeabile, e Mara gli vide all'occhiello il distintivo del partito comunista.

«Anche il mio fidanzato è comunista.»

«Ah» fece il giovane.

«Anche mio padre. E mio fratello... era comunista anche lui. L'hanno ammazzato i tedeschi.»

«Era partigiano?»

«Sì» rispose Mara. «Era insieme al mio fidanzato. Cioè, a quel tempo non eravamo fidanzati; non ci conoscevamo nemmeno.» Si fermò: che le era preso, di mettersi a raccontare i fatti propri a quello sconosciuto?

Cambiò discorso:

«Lei ci si trova bene qui a Poggibonsi?»

«Mi trovo un po' solo» rispose il giovanotto.

«E quel suo amico?»

«Oh, è un amico per modo di dire. È un barbiere; ma più che altro fa il mercato nero.»

L'inizio del film venne a interrompere la conversazione. Finito il primo tempo, si liberarono due posti lì accanto, e ci si poterono infilare.

«L'ha visto *Il ponte di Waterloo*?» gli domandò Mara.

«Ah, quello sì che era un bel lavoro.»

«A me piacciono così le pellicole; non m'importa se vanno a finir male.»

«Anch'io la penso allo stesso modo» si affrettò a dire il giovane.

«Mi dimenticavo: quant'è la differenza?»

«Trenta lire. Ma almeno quella, permetta che gliel'offra.»

«No, preferisco...» tirò fuori il borsellino, e gli diede le trenta lire.

Dopo un po' il giovane disse:

«Io, creda, lì al Luna Park ci sono rimasto proprio male... Mi pareva di far la figura del dongiovanni. Perché io non sono davvero di quelli che molestano le ragazze... specie se sono fidanzate. Io, quand'ero fidanzato, mi dispiaceva se i giovanotti davano fastidio alla mia ragazza; benché, nel mio caso, fosse piuttosto lei che col suo contegno... »

Non poté continuare, perché era ricominciato il film.

Quando arrivarono al punto che avevano già visto, Mara propose di andar via.

Una volta fuori, gli domandò che ore erano.

«Le sette» rispose il giovane. «Per lei è tardi?»

«No, io posso star fuori... anche fino alle otto. Vogliamo tornare al Luna Park?» Quando si furono incamminati, gli chiese: «Che cosa mi stava dicendo della sua fidanzata?».

«Che non era una ragazza seria; l'ho lasciata per questo. Io sono stato via tre anni, perché ero militare; e quando son tornato, me l'hanno detto un po' tutti che il suo comportamento aveva lasciato a desiderare. Ma lei mi giurava che erano chiacchiere messe in giro dalle persone invidiose. E io le credevo, perché lo sa come succede quando uno è innamorato: diventa cieco. Finché ne ho avuto proprio la prova, che lei m'ingannava.»

«E come?» domandò Mara.

«Io per un certo periodo sono stato a lavorare a Empoli; partivo la mattina e tornavo la sera. Ora m'avevano detto che lei approfittava della mia assenza per andare con un suo vecchio innamorato... un mascalzone, oltre tutto, uno che ha messo incinta una ragazza e se n'è lavato le mani. E così, un giorno non sono andato al lavoro e l'ho colta sul fatto. Ma lei, sfacciata, ancora negava: diceva di averlo incontrato per combinazione... È anche per questo che mi son deciso a venir via dal paese» aggiunse dopo un po'. «Perché, fin tanto che mi capitava di incontrarla, mi sentivo rimescolare tutto... e mi veniva la voglia di perdonare.»

«Forse avrebbe fatto meglio, a perdonare.»

«No. Avrei fatto uno sbaglio. Perché è una donna che non merita nulla. Vede, io sono comprensivo: io dico: a una donna le si può anche perdonare, se cade: ma una volta, al massimo due... E poi, non mi piaceva nemmeno il contegno che aveva quando era insieme a me.»

«Che intende dire?»

«Che anche con me si comportava da quello che era. Da sgualdrina.»

Mara si rendeva conto di far brutta figura, a insistere nelle domande; ma le era presa una tale curiosità di conoscere tutta la storia... «Come, si comportava da sgualdrina?»

«Quando due sono fidanzati, è la donna che deve tenere indietro l'uomo» sentenziò il giovanotto. «Perché un uomo, arriva anche a perdere la testa... Invece nel caso nostro era lei che tirava le cose in peggio. E così, non era più un fidanzamento; era come se fossimo già sposati. Ma allora, dove va a finire la poesia dell'amore? Non c'è più purezza, non c'è più nemmeno rispetto... diventa tutto uno sfogo della carne.»

Stettero un po' senza dir niente. Avevano ripreso a camminare, ma invece di dirigersi verso il Luna Park piegarono a destra, lungo la ferrovia.

«Io, da come parla, penso che ne sia sempre innamorato» disse Mara.

Il giovane scosse il capo:

«No, innamorato non sono più... e forse non lo sono mai stato. Perché non ero innamorato di quella persona, ma di un'immagine che avevo fabbricato io... Prima di andar militare, ci avevo fatto un po' all'amore, ma così, per passatempo. È stato quando ero lontano che ho cominciato a pensare a lei... uno da soldato ha sempre bisogno di pensare a una ragazza. E mi sono fabbricato un'immagine che, ripeto, era molto differente dalla realtà...»

«Scommetto che ha sempre la fotografia nel portafoglio.»

Il giovane si stupì:

«Come ha fatto a indovinarlo?»

«Su, me la faccia vedere.»

Il giovane tirò fuori il portafoglio: nel mezzo c'era una fotografia formato cartolina. Mara l'aveva intravista al cinema, quando lui aveva riposto le trenta lire.

«Qui è troppo buio, andiamo sotto un lampione. Perbacco» esclamò quando l'ebbe vista alla luce.

La ragazza era vestita molto semplicemente, con una gonnella scura e una camicetta chiara. Una cintura nera lucida le stringeva la vita, mettendo in risalto i fianchi larghi e il petto esuberante. Aveva la faccia larga, con gli zigomi appiattiti, e la linea delle sopracciglia un po' obliqua; anche il naso doveva averlo schiacciato, e soprattutto aveva larghe e schiacciate le labbra. Gli occhi piccoli sorridevano maliziosamente nella fessura delle palpebre. I capelli li aveva crespi e lucenti.

«È molto bella» disse Mara con convinzione.

«È troppo bella. Una ragazza così dà subito nell'occhio... e poi gliel'ho detto, no? che sentimenti aveva. È una svergognata, proprio. E dire che sono stato sul punto di fare una pazzia!»

«La pazzia di sposarla?»

«No, una pazzia ancora peggiore.» S'era fermato e la guardava fisso: «Capisce cosa voglio dire? M'ha salvato il pensiero di mia madre. Quando ho pensato al dolore che avrei dato a mia madre...». Si riscosse: «Ma lei non voleva andare al Luna Park?»

«Ormai sarà tardi» disse Mara.

«È vero, sono quasi le otto. La colpa è mia, che con tutte queste chiacchiere... Mi scusi di averla annoiata.»

«Al contrario» rispose Mara. Pensò un momento alla frase che si deve dire in simili circostanze: «Tanto piacere di aver fatto la sua conoscenza».

«Il piacere è stato tutto mio, signorina» ribatté compitamente il giovanotto.

«Allora... arrivederci.»

«Arrivederci.» Esitò un momento: «Al Luna Park ci potremo andare quest'altra domenica.»

Mara tornò a casa stordita ed eccitata. Non s'era mai trovata, in passato, a dover sostenere una conversazione con un giovanotto: perché con quelli del paese, e anche con Bube, si era sentita in confidenza fin dal primo momento. Stavolta invece si trattava di uno sconosciuto, che sulle prime l'aveva intimidita anche per la differenza di età. Era contenta di averci saputo parlare. E la lusingava il fatto di avergli ispirato confidenza... Ma poi finì col prevalere un senso di vergogna. Ricordandosi di come l'aveva spronato a continuare quella specie di confessione, arrossì tutta.

La sera dopo incontrò Ines, che subito le disse:

«Bella parte mi hai fatto ieri: andartene senza nemmeno avvertire. E io, come una stupida, a cercarti per tutto il Luna Park...»

«Sono andata al cinema» si giustificò Mara.

«Già: sei andata al cinema con quel giovanotto. Prima hai fatto tanto la sdegnosa, ma poi non ti è parso vero di filartela con lui.»

«Che c'entra: al cinema, non ci potevo mica andare da sola.»

«Davvero!» esclamò Ines ironica. «Però, non l'hai mica pensata male: il cinema è il posto ideale per stare insieme al buio...»

Mara cominciò ad arrabbiarsi:

«Sentila cosa va a pensare! Figurati un po', non c'era nemmeno posto a sedere: siamo stati in piedi, io da una parte e lui dall'altra...»

«E dopo il cinema? Non mi dirai che sei andata subito a casa. Magari sarete stati a fare una passeggiata lungo la ferrovia... è lì che vanno le coppiette...»

«Sai che sei una bella maligna, Ines?»

«Ma non far tanto l'innocentina, andiamo! Io sarò una maligna, ma tu sai cosa sei? Un'ipocrita.»

«Guarda come parli.»

«E che, non è vero forse? Ieri, quando t'ho presentato

quel giovanotto, sembrava che t'avessi fatto chissà che offesa... e poi, non sono stata in tempo a voltar gli occhi, che te l'eri già portato via. E mica per recitarci il rosario insieme!»

«Sei una maligna e una vigliacca» proruppe Mara. «E stai certa che non ti guarderò più: nemmeno se crepi ti voglio più guardare in faccia.» E le voltò le spalle.

Bruciava di rabbia impotente. Sì, perché si rendeva conto anche da sé che s'era comportata in modo da dare adito ai peggiori sospetti.

E gliene venne un tal disgusto per tutta la faccenda, che non solo giurò a se stessa che non avrebbe più guardato Ines, ma nemmeno quel giovanotto, se mai le fosse capitato di incontrarlo.

Intanto, però, era rimasta senza compagnia. La domenica dopo, non avendo con chi uscire, si disse: "Pazienza, resterò in casa"; ma quando furono vicine le quattro, non poté trattenersi dal fare un po' di toeletta: si lavò, si diede il rossetto; e con una pinzetta della signorina si strappò anche qualche pelo delle sopracciglia. A un tratto sentì rumore per le scale, riconobbe i passi del signorino; svelta scappò in camera, per non farsi sorprendere in sottana.

Il giovanotto entrò nel bagno: fischiettava. Lei intanto si vestì. Quello dovette sentir rumore, perché tornò sul pianerottolo: «Sei tu, Mara? Credevo che fossi uscita». Mara finalmente venne fuori; il giovanotto era sempre lì, e commentò: «Oh! come ci siamo fatte belle». Mara tirò di lungo, e il giovanotto le gridò dietro: «Giacché ci sei, preparami il tè».

Mara aveva in animo di lasciarglielo sul tavolo di cucina; ma il giovanotto fu svelto a scendere prima che il tè fosse pronto.

«Dove vai? Al cinema? E allora dove?»

«Da nessuna parte. Esco a prendere un po' d'aria.»

«Ti aspetta l'innamorato?»

Mara non rispose: versò il tè nella tazza e fece l'atto di andarsene.

«Se hai tanta fretta, vuol dire proprio che ti aspetta qualcuno.»

Mara non poté fare a meno di replicare:

«Si occupi degli affari suoi, per favore; gli affari miei non la riguardano per nulla.»

«Che caratterino hai, Mara.» S'era messo sulla porta e le sbarrava il passo. «E che bel faccino.»

«Non si provi a darmi noia, perché lo dico a sua madre.»

Il giovanotto scoppiò in una fragorosa risata:

«Se credi di farmi paura...»

«O paura o no, lei mi lascia stare... Si levi dalla porta.»

«Non sono nemmeno padrone di stare sulla porta?»

«Devo passare.»

«E tu passa» fece il giovanotto allargando le braccia.

«Io stasera lo dico a sua madre che ha cercato di darmi noia; e domattina faccio fagotto e me ne vado. Poi ci penserà mio padre, o il mio fidanzato, a venirle a rompere la faccia.»

«Rompere la faccia a me? Non sarà facile, bella mia» rispose il giovanotto gonfiando il torace.

Allora il sentimento di impotenza la esasperò; dandole la forza di reagire:

«Sa cosa le dico? Che mi fa schifo. Sì, schifo: lei si crede padrone di fare quello che vuole perché è figlio di gente ricca... Io sono figlia di gente povera, ma cosa crede? Che per questo sia disposta a subire qualsiasi umiliazione?»

«Ma io scherzavo...»

«Sì, sì, li conosco i suoi scherzi. Si vergogni» urlò. «Crede di potersi approfittare di me perché siamo soli in casa... Vigliacco. Si levi di lì, e subito.»

«Mi levo, mi levo» disse il giovanotto tutto vergognoso. «Ma non la prendere in questo modo...»

«E mi dia del lei; ha capito? Ma guarda se voglio sentirmi dare del tu da uno scemo simile.» Si sbatté la porta dietro e uscì.

Una volta in istrada, si mise a camminare in fretta. Andava a caso, scegliendo istintivamente le vie meno frequentate. Che lei, solo perché era costretta a stare a servizio, dovesse anche subire un affronto... "Ma verrà anche il momento nostro" pensò con furore. "Verrà il momento che gliele faremo pagare tutte, ai ricchi. Ci vendicheremo una buona volta." E le tornarono alla mente il padre, e il fidanzato, che si ergevano a vendicatori delle umiliazioni subite dai poveri; ed ebbe un moto d'orgoglio al pensiero che Bube aveva perfino assunto il nome di Vendicatore...

«Mara!» Si voltò: era Ines, trafelata. «Ma dove andavi? M'hai fatto fare una corsa...» S'era fermata a due passi di distanza e la guardava con due occhi timidi e buoni. «Facciamo la pace, Mara?»

Mara non rispondeva: tutta presa dall'affronto del signorino, stentava a ricordare la lite con l'amica. A un tratto s'intenerì: afferrò la mano che Ines le porgeva, e subito dopo la abbracciò. Povera diavola anche lei: non poteva certo serbarle rancore.

«Ma tu piangi» disse Ines «che cosa ti è capitato?»

«Niente niente» rispose Mara. Si asciugò gli occhi; si soffiò il naso; quando finalmente si fu calmata disse: «Il signorino ha tentato di darmi noia».

«Eh» sospirò Ines «quando c'è un giovanotto in casa, è un pasticcio per noialtre donne. A volte ti dànno noia anche gli sposati...»

«Che vigliacchi sono. Solo perché una è povera, credono di potersi approfittare...»

Era decisa a lasciare il servizio; Ines se ne allarmò: «Ma come? Ora che c'eravamo affiatate...». E la consigliò di dirlo alla padrona minacciando di andarsene se la cosa si fosse ripetuta. «Se ci tengono ad averti vedrai che lo rimettono a posto, il signorino. Be', e che facciamo, adesso?»

«Te dove stavi andando?»

«Io? Da nessuna parte. Guardavo se ti vedevo.»

«Di' te dove hai voglia di andare.»

«No, decidi te.»

A Mara le venne da ridere:

«Insomma, smettiamola di far complimenti! Sennò, a forza di dire: decidi te, decidi te, non si va da nessuna parte.»

Andarono al Luna Park. Già erano accese le luci; e, per contrasto, i vicoli tra le baracche e i padiglioni sembravano bui. Da uno dei padiglioni lontani, veniva una musichetta. A un tratto un altoparlante vicino si mise a gridare le parole di una canzone, coprendo l'altra musica, e sopraffacendo anche le voci, i cozzi delle automobili elettriche e gli spari dei tirassegni.

Mara e Ines scesero per il declivio cosparso di ciottoli, mescolandosi alla gente che faceva ressa intorno alla pista delle automobili.

«Ci andiamo?» propose Ines. «L'altra volta mi ci divertii un mondo.»

«Ma eri con un giovanotto. Due donne sole, sono capaci di prenderle di mira... guarda quelle là» disse indicando un'auto che sbandava in continuazione sotto i colpi che riceveva delle altre macchine. Le due ragazze ridevano, ma erano anche rosse di vergogna.

Ines aprì la borsetta, tirò fuori le sigarette; ma i cerini, li aveva dimenticati. Si fece accendere la sigaretta da uno che passava.

Mara non poté trattenersi dal dirle:

«Tu gli dài troppa confidenza ai giovanotti.»

«E invece, niente affatto. Io sono di compagnia, rido, scherzo, ma al momento opportuno li so rimettere a posto. Prendi Mario... quello di domenica scorsa: m'ha portato sugli aeroplani, sulle automobili, sull'otto volante; e poi siamo andati in un caffè, e mi ha offerto la consumazione. Devo avergli fatto spendere un sacco di soldi!» e si mise a ridere. Tornò seria: «Ma quando dopo ha cercato di mettermi le mani addosso, l'ho subito fermato. Quello stupido» aggiunse indispettita. «Perché m'aveva pagato qualcosa, si credeva in diritto... È stato il modo che m'ha urtato. Perché, se fosse venuto con altre maniere, lo avrei anche lasciato fare... È un bel ragazzo, non ti pare?»

«Certo» ammise Mara, ma non era per nulla convinta. Lo ricordava come un tipo lungo e magro, con la testa piccola e l'aria da scimunito.

«Io, vedi, sono sincera» riprese Ines «non mi vergogno mica a dirti che con un giovanotto che mi piace ci faccio volentieri la stupida. Non che si arrivi a nulla di male: giusto abbracciarsi un po', qualche bacetto... Qui a Poggibonsi, ho già fatto all'amore con quattro» aggiunse con soddisfazione.

«Ma anche così, a farsi vedere insieme a questo e a quello, una ragazza si attira addosso le chiacchiere.»

«Tanto io mica devo trovar marito a Poggibonsi» ribatté Ines. «Io ce l'ho già il fidanzato a Monteguidi.»

«Cosa?» fece Mara sorpresa.

«Che, non lo sapevi? Siamo fidanzati in casa; e al più tardi fra un anno ci sposiamo.»

Dopo un po' Mara disse:

«Secondo me fai male; se sei fidanzata, non devi andare con altri giovanotti. Anche un bacio è sempre un'infedeltà.»

Ines alzò le spalle:

«Cosa vuoi che sia, un bacio. Per essere sincera, con qualcuno di questi giovanotti mi ci sono divertita parecchio: non ci siamo limitati ai baci...»

«Ci hai fatto... all'amore proprio?»

«All'amore proprio no.» La guardò; si mise a ridere: «Oh, Mara, non voglio mica essere io a istruirti. A volte non ci penso che sei ancora una ragazzina».

"Ecco" pensava Mara "lei è sincera, mi dice tutto; io, bisognerebbe che facessi altrettanto; ma come posso dirle che non sono più una ragazzina e che addirittura... ho fatto all'amore con Bube?" Ma quello che era accaduto nel capanno era tutta un'altra cosa da ciò che intendeva Ines. Tant'è vero che lei nemmeno ricordava più i particolari: solo le era rimasto il ricordo di una felicità senza limiti... Dio, Dio, com'era stato bello!

D'un tratto le era divenuto indifferente tutto, il Luna Park, le chiacchiere di Ines, e anche quel giovanotto che, fino a un momento prima, desiderava rivedere.

« Oh, eccoli » disse Ines dandole una gomitata.

« Chi? »

« Mario e Stefano. Non voltarti, mi raccomando; è meglio far finta di niente. Tanto, ci hanno già visto; vedrai che tra un po' si fanno avanti. »

« Senti, Ines, io non ho proprio voglia di starci insieme. »

« Ma perché? Sole, finisce che ci si annoia. Ah, lo dicevo io: stanno venendo. »

Si presentarono insieme con un « buonasera, signorine »; e Mario anche con un bel sorriso.

« Buonasera » rispose Ines. « Intendiamoci, l'ho detto a lui buonasera » fece indicando Stefano « perché te, non ti voglio più vedere. » Ma il tono della voce smentiva la minaccia.

« Per via dell'altra volta? » disse Mario. « Come la fate lunga voialtre donne. »

« Ah, ti pare anche di aver ragione? »

« Be', se proprio ci tieni ti presento le mie scuse. Andiamo sulle automobili? »

« Vuole andarci anche lei? » disse dopo un po' Stefano.

« Dove? » fece Mara, che s'era distratta. « No, non ne ho voglia. »

« Mi sbaglio... o ha qualcosa, stasera? »

« Sono di cattivo umore: ecco tutto. »

« Anch'io sono di cattivo umore » disse il giovane. « O per dir meglio, sono inquieto... Ieri ho ricevuto una lettera di quella ragazza. »

« E che cosa le ha scritto? » fece Mara, subitamente interessata. «Oh, ma se non vuol dirmelo... scusi anzi se sono stata così indiscreta da chiederglielo...»

«Glielo dico volentieri, invece. Mi ha scritto le solite cose: si dice pentita, implora il mio perdono...»

«Ma le scrive spesso?»

«Anche due volte la settimana.»

«E lei le risponde?»

«Le rispondo, sì... ma per dirle che non credo nella sincerità del suo pentimento, né dei suoi buoni propositi per l'avvenire. Mi dispiace solo per la famiglia» aggiunse dopo un po'. «Non si meritavano una figlia così. Pensi, le sorelle sono portate a esempio: due ragazze serie, che non hanno mai avuto una chiacchiera... Ma si vede che la malerba nasce dappertutto. Io, quando penso a lei, faccio proprio il paragone con la malerba. L'altra sera ho scritto una novella: e l'ho intitolata così: *La malerba.*»

«Lei scrive le novelle?»

«Per passatempo» rispose il giovane. «A dir la verità, è la prima che ho scritto; in passato scrivevo solo le poesie. Ma l'altro giorno ho letto su "Toscana Nuova" che c'era un concorso per una novella, e così, m'è venuto in mente di scriverne una. Ho raccontato né più né meno che la storia del mio fidanzamento. Naturalmente ho cambiato i nomi.»

La conversazione fu interrotta dal ritorno degli altri due. Litigavano: Ines diceva di essersi fatta male al polso, e ne dava la colpa a Mario, che si divertiva a cozzare contro le altre macchine, invece di girare per conto suo.

«Ma se il divertimento è quello» rispondeva Mario. «E poi non far l'esagerata, mica te lo sei rotto, il polso.»

«Già: perché non è roba tua, non senti male. Maleducato.»

Mario non si offese affatto: i suoi occhietti brillavano furbescamente, e la sua bocca era atteggiata a un sorriso compiaciuto. «Ma voi non vi siete mossi di qui?» disse a

Mara e Stefano. «Bel gusto venire al Luna Park senza andare in nessun posto.»

«Ho mal di capo» fece Mara, tanto per trovare una scusa.

«E allora vai sugli aeroplani: ti passa subito il mal di capo» disse Mario, dandole disinvoltamente del tu. Di lì a un momento fece: «Per forza t'è venuto il mal di capo: a furia di sentire le chiacchiere di quello lì... Stefano, mica è un giovanotto come gli altri: è un filosofo» e si mise a ridere.

«Invece è proprio un ragazzo ammodo; mica un maleducato come te» intervenne Ines.

Rimasero lì fino alle sette. Mario comprò il croccante e lo zucchero filato per tutti, insegnò alle ragazze a tirare con la carabina e diede prova di destrezza infilando un cerchietto nel collo di una bottiglia di vermut, che regalò a Ines. Chiamava Stefano «il filosofo», Ines «la monteguidese», Mara «la monteguidina» e se stesso «lo zio».

Dopo che ebbero lasciato il Luna Park, si riformarono le coppie: Mario e Ines avanti, Stefano e Mara dietro. All'imbocco della strada lungo la ferrovia, Mario si fermò ad aspettarli: «Andate avanti voi; non vogliamo darvi il cattivo esempio». Ines rideva.

Fatti un centinaio di passi Mara si voltò e vide due ombre abbracciate a ridosso del muro. Di colpo sentì una languidezza allo stomaco... Guardò Stefano: camminava con le mani affondate nelle tasche dell'impermeabile; aveva tutto il viso in ombra, solo l'occhio brillava.

Alla fine sembrò accorgersi di lei:

«Ha freddo? Vedo che si è tirato su il bavero.»

«Ho un po' freddo, sì.»

«Io ne patisco tanto di caldo durante il lavoro, che il freddo mi fa sempre piacere.»

«Come mai?»

«Non lo sa com'è il lavoro nelle vetrerie?» E si mise a spiegarglielo.

Mara porgeva un orecchio distratto alle sue parole, e intanto, senza parere, si voltava a guardare l'altra coppia. Li vide camminare strettamente abbracciati, e poi fermarsi e baciarsi a lungo. Stavolta poté veder bene, perché si erano fermati alla luce.

«...e così siamo costretti a lavorare seminudi anche nel colmo dell'inverno. Eh, soprattutto mandare il mantice è faticoso. Però, uno finisce sempre per affezionarsi al lavoro che fa. Anche se è un lavoro duro e nemmeno sano. Io mi ci adatterei male, a fare un altro mestiere.»

«Mara! Si torna indietro.» Era la voce di Ines.

Rientrando in casa, Mara si sentiva come defraudata. Non approvava il comportamento dell'amica, che pur essendo fidanzata si lasciava abbracciare e baciare da un giovanotto; e nello stesso tempo la invidiava di essere così spregiudicata.

Sperava di rivedere Stefano la domenica dopo; e invece, si presentò il solo Mario. Finché rimasero al Luna Park, Mara non si sentì di troppo; Mario anzi fu così gentile da condurre anche lei sulle automobili; ma dopo, capì che doveva lasciarli soli. Tornò a casa prima del solito, e per tutta la serata si sentì sola e triste.

La domenica successiva Stefano si scusò: era dovuto partire, perché aveva la madre malata. Andarono tutti e quattro al cinema.

Al momento di separarsi, Stefano le disse: «Le ho portato una poesia» e le diede un foglio ripiegato in quattro.

Mara lesse la poesia prima di andare a letto. Era scritta a macchina, in caratteri turchini:

A mia madre

Mamma,
tu sai perché sto lontano:
per lavorare, mamma,
e per non vedere più una donna,
che sarebbe fatale alla mia vita.
Mamma,

tuo figlio è forte,
quando allarga il mantice,
quando forgia il vetro:
ha i muscoli temprati, non sente la fatica.
Ma
tuo figlio perde la forza
quando vede quella donna.
Mamma,
tu comprendi il figlio tuo,
tu lo perdoni,
tu preferisci saperlo lontano
che tra le braccia di una maliarda.
Mamma,
io guarirò del mio male,
io diventerò forte
nello spirito come nei muscoli.
E allora,
fatto veramente uomo,
tornerò a te,
abbraccerò la tua testa bianca,
dormirò sul tuo seno,
mamma!

Mara si chiedeva che cosa provava per Stefano. Le piacevano l'intensità dello sguardo, la fermezza del profilo, la
calma dei gesti. Ma il suo modo di fare, quei lunghi discorsi, quei lunghi silenzi, la mettevano a disagio.

Ella era in questo stato d'animo quando, ai primi di
marzo, le arrivò una lettera di Bube.

III

Stefano era appoggiato alla stanga rossa e bianca del passaggio a livello. Aveva un vestito nuovo, a doppio petto. Buttò il mozzicone e le venne incontro.

«Scusi se sono in ritardo» cominciò Mara.

«Oh, non fa nulla.»

«Io veramente non volevo nemmeno venire.»

«Perché?» disse Stefano sorpreso.

«Perché non è una cosa ben fatta. Io sono fidanzata... anche lei si scrive con una ragazza...»

«Be', non stiamo a parlarne qui» disse Stefano; e sollevò la stanga invitandola a passare.

I platani del viale erano sempre senza foglie; e lo stesso, nel campo, i gelsi in testa ai filari. Anche i filari erano nudi: lo sguardo passava oltre il loro fragile schermo scoprendo altri campi, giù giù fino all'albereta. In terra il grano era solo un'erbetta verde e tenera. Ma l'uniforme vacuità della campagna invernale era già rotta da alcune nuvolette bianche e rosate. Mara le mostrò al suo compagno.

«No, quelli che hanno i fiori rosa sono peschi; bianchi ce li hanno i mandorli e i meli.»

«Io non me ne intendo delle cose della campagna» ammise Stefano. Ora che l'esclamazione di Mara aveva interrotto il silenzio, si sentì in dovere di riprendere il discorso: «Perché prima mi ha detto in quel modo?».

«Ma non c'è bisogno di spiegarlo; lo capisce anche da sé che non è una cosa fatta bene.»

Stefano non rispose. Dopo un po' disse:

«Come mai queste volte indietro non ci trovava niente di male... e ora invece sì?»

«Be', perché... non ci avevo riflettuto. E poi ieri ho ricevuto una lettera del mio fidanzato.»

«Ah» disse Stefano. E aggiunse: «Forse che il suo fidanzato è venuto a sapere di me... e gliene ha fatto un rimprovero?».

«Il mio fidanzato non può saper nulla di quello che faccio io. Si figuri, è in Francia.»

«In Francia?» esclamò Stefano stupito.

«Sì, in Francia. Erano nove mesi che non avevo notizie; ieri finalmente mi è arrivata una lettera.»

«È là per ragioni di lavoro?» domandò Stefano.

Mara non rispose. Camminava guardando in terra. Sentiva crescere il desiderio di confidarsi con Stefano, come già Stefano si era confidato con lei. Alla fine la sua decisione fu presa: non l'avrebbe più rivisto, ma ora gli avrebbe raccontato tutta la storia. Era troppo tempo che aveva bisogno di sfogarsi.

«Senta, è d'accordo che non dobbiamo più vederci?»

«Se proprio le dispiace...»

«Non è che mi dispiaccia, è che non si deve fare. Dunque questa è la nostra ultima passeggiata. D'accordo?»

«D'accordo» fece Stefano remissivo.

«In questo modo mi sarà più facile dirle una cosa... Ci fermiamo da qualche parte?»

«Lì sul ponticello.»

Una volta seduti sul muretto del ponticello, Mara cominciò il suo racconto:

«Il mio fidanzato si trova in Francia perché è dovuto scappare: era ricercato dai carabinieri. Oh, non pensi male: è per motivi politici. Gliel'ho detto, no? che il mio fidanzato era partigiano; e anzi, io l'ho conosciuto proprio in questo modo, perché era insieme a mio fratello e dopo il passaggio della guerra è venuto a conoscere la mia famiglia... Dunque l'anno scorso si trovava in un paese vicino Firenze: dove insieme ad altri due aveva messo su una cooperativa di partigiani. Finché un giorno è accaduto il fatto che le dicevo... per cui il mio fidanzato è stato costretto a scappare.»

Stefano ascoltava attento, ma, per discrezione, evitava di far domande.

«Io me lo son visto arrivare all'improvviso a Monteguidi... e mi ha raccontato quello che era successo. Il prete non li voleva far entrare in chiesa, perché avevano il fazzoletto rosso al collo. Non che loro ci tenessero ad andare alla messa, ma volevano accompagnare una ragazza... la fidanzata di uno dei tre. Sopraggiunse il maresciallo dei carabinieri...» qui Mara cominciò a sentire che le costava uno sforzo continuare il racconto; e tuttavia il bisogno di andare avanti era più forte «e loro cercarono di spiegargli che era un sopruso quello che il prete gli voleva fare, di non lasciarli entrare in chiesa; ma il maresciallo prese le parti del prete. Allora cominciò un litigio: finché il maresciallo estrasse la rivoltella e ammazzò quello che era con la fidanzata.»

«Come?» esclamò Stefano.

«Sì, il maresciallo sparò, ammazzando Umberto... allora quell'altro tirò fuori anche lui la rivoltella e uccise il maresciallo. Ma fu una cosa giusta, dico io: perché, va bene che era un maresciallo dei carabinieri, però non aveva mica il diritto di ammazzare uno.»

«Comunque, non è stato il suo fidanzato.»

«No, è stato quell'altro, Ivan... ma aspetti, non è finita. Dunque il figliolo del maresciallo venne a vedere quello che era successo. E allora Bube, il mio fidanzato...» Mara si fece forza, continuò «lei capisce, in un frangente simile, uno perde la testa... gli avevano ammazzato un compagno sotto gli occhi... e così inseguì il figliolo del maresciallo...» volle proprio dir tutto «questi si rifugiò in una casa... ma lui gli corse dietro, e in cima alle scale gli sparò e l'uccise. E così ci furono tre morti: pensi un po' che tragedia. Ora io non voglio mica dire: anche da parte loro poteva essere evitata: ma il principale responsabile è il maresciallo. Lui e il prete. Non le pare?»

«Sì, certo... Ma dopo, che cosa è avvenuto?»

«Il mio fidanzato rimase lì tutto il giorno, vestirono il compagno morto e gli fecero la camera ardente nella Casa del Popolo; finché, la sera, arrivarono altri carabinieri, e allora lui fu costretto a nascondersi. O meglio, ce lo costrinsero, perché lui avrebbe voluto presentarsi. Infatti non si sentiva in colpa: erano stati provocati, avevano reagito... Ma il Partito gli diede l'ordine di non farsi prendere. E così, prima venne da me a Monteguidi, poi lo accompagnai a Volterra, e di lì, è partito per la Francia. E in tutti questi mesi non mi ha potuto far sapere niente; solo ieri, come le dicevo, ho ricevuto una lettera... dove mi dice che sta bene, che è tranquillo, che spera di poter tornare presto... me lo dicono tutti veramente, che ci sarà presto un'amnistia... ma intanto è lontano, e io sapesse come mi sento sola... senza nemmeno aver nessuno con cui sfogarmi... perché oltre tutto è una faccenda che bisogna tener segreta.»

Stefano si era messo a fumare. Alla fine disse:

«Io l'avevo capito che lei aveva qualcosa... la vedevo troppo seria, per l'età che ha. Mi dicevo: quella ragazza deve avere qualche pensiero... Stavo quasi per domandarglielo; ma poi non ne ho avuto il coraggio...»

«Vede bene che non sono più fortunata di lei.»

«Già: è per questo, forse, che ci siamo sentiti attratti l'uno dall'altra... inconsciamente sentivamo che c'era una comunanza di destini.»

«Forse è così» ammise Mara.

«Ma allora, non è un male se ci vediamo: per lo meno, ci diamo conforto a vicenda.»

«No, Stefano.» Era la prima volta che lo chiamava per

nome. «Ormai lo abbiamo stabilito, che è l'ultima volta che stiamo insieme.»

«E sia» disse Stefano. «Ma allora, se proprio non ci dobbiamo più rivedere, permetta che le dica una cosa anch'io...» Le stava davanti in piedi: «Mara... io rimpiango di non averla conosciuta prima».

Ella abbassò gli occhi:

«Quando, prima?»

«Quando era libera.» E aggiunse: «Mara, mi dica una cosa sola: se il suo cuore fosse stato libero, crede che avrebbe potuto avere della simpatia per me?» Ella assentì con la testa. «No, me lo dica guardandomi negli occhi.» Mara obbedì macchinalmente e ripeté: «Sì».

«Grazie, Mara. Sarà una consolazione magra, ma mi fa piacere pensare che se ci fossimo conosciuti in un'altra circostanza, anche lei avrebbe potuto volermi bene. Perché io le ho voluto bene fin dalla prima volta.»

Mara distolse gli occhi dal viso bruno e appassionato di Stefano per guardare di sbieco la parete rocciosa al di là del torrente e della strada. Risentiva, per la prima volta dopo tanto tempo, la struggente dolcezza delle parole d'amore; ed era grata a Stefano di averle pronunciate.

Quanto tempo passò? Il giallo di un cespo di ginestre si era spento sopra la balza; e da questo Mara capì che stava facendosi sera. «Si va?» disse senza guardarlo.

Tornarono lentamente indietro, e solo quando furono in paese, tra le luci, le sagome buie delle case, e il frastuono lontano del Luna Park, poterono di nuovo guardarsi in faccia e parlare. Come se fosse stato inteso che dovesse essere così, parlarono di altre cose. Ma al momento di lasciarsi Stefano le chiese:

«Davvero non vuole che ci vediamo più?»

«Stefano, cerchi di capirmi...»

«Sì, la capisco, Mara» e le strinse forte la mano.

Nemmeno lei disse altro; e così, senza una parola di saluto, si lasciarono.

In aprile, ella ricevette un'altra lettera di Bube. Anche stavolta, gliela portò il padre, che venne di domenica e si trattenne con lei tutto il pomeriggio.

La lettera diceva quasi le stesse cose dell'altra. C'era solo un'allusione alle imminenti elezioni e all'amnistia che sarebbe stata concessa subito dopo.

«Quando ci sono le elezioni?»

«Il 2 giugno» rispose il padre. «Vinceremo di sicuro; s'è già visto, in queste prime elezioni amministrative, che il popolo è con noi.»

Egli era preso più che mai dall'attività politica. Mara gli domandò della madre: non stava bene, aveva avuto dei disturbi: il padre però non le seppe spiegare bene che disturbi fossero.

Andarono a spasso per il viale alberato. La campagna aveva già mutato aspetto: i filari di viti, ora, facevano siepe, spartendo ordinatamente i campi lunghi e stretti, in cui il grano verdeggiava compatto.

Il padre camminava con le mani in tasca, fischiettando. All'occhiello portava il distintivo del partito comunista e un nastrino azzurro, col bordo nero e una minuscola stella di bronzo in mezzo. Mara gli domandò che cos'era.

«Padre di un caduto medaglia di bronzo.» E riprese a fischiettare.

Arrivarono al ponticello. Lì il torrente s'incassava in una specie di gola. Tanto per far qualcosa, Mara si arrampicò su una balza a coglier fiori. Il padre la aspettava sulla strada, fumando.

Quando furono tornati in paese, era già quasi l'ora della partenza del treno. Si misero in sala d'aspetto, uno stanzone nudo, fiocamente illuminato.

«Stasera torni a casa?» gli domandò Mara.

«No. Arriverei troppo tardi. E poi fare la strada di notte... Finché non rimettono il servizio, è un guaio.»

Finalmente arrivò il treno.

Mara finì la serata passeggiando in su e in giù per la via

principale. Mentre serviva a tavola, il giovanotto disse:

«Gliel'avete data quella lettera a Mara?»

«Oh, già» fece la sorella «t'è arrivata una lettera, Mara; m'ero dimenticata di dartela.»

L'indirizzo era battuto a macchina. Mara riconobbe i caratteri turchini; e si affrettò a ficcar la lettera nella tasca del grembiule.

L'aprì quando fu a letto. Conteneva soltanto un foglio di carta velina su cui era scritta una poesia:

> *A Mara*
>
> Mara,
> fanciulla coraggiosa,
> che sai soffrire in silenzio.
> Mara,
> se ti avessi incontrata prima,
> ti avrei fatto le più infuocate
> profferte d'amore.
> Ma tu sei di un altro;
> e io ti rispetto troppo per
> dirti: «Ti amo».
> Perciò dico addio al sogno,
> dico anche a te:
> «Addio,
> fanciulla».

Non c'era nemmeno la firma, e Mara, che si aspettava una vera lettera, rimase delusa. Rilesse anche la lettera di Bube: nemmeno quella parlò al suo animo. "Ma dunque sono destinata a passare la mia giovinezza così, senza l'amore?" Un mese prima, aveva compiuto diciassette anni; e le pareva che il meglio della vita fosse già passato.

La domenica seguente venne a chiamarla Ines. Aveva rotto con Mario, e con l'abituale franchezza gliene spiegò la ragione: Mario, via via, si era fatto sempre più esigente: non si contentava dei baci. Ma lei non gli aveva voluto dar soddisfazione. «Mica per nulla, ma quello è il tipo che poi si va a vantare con gli altri giovanotti... Lo avrebbe raccontato a tutti, che con me ci aveva fatto i suoi comodi.» Ma era scontenta; al cinema si annoiò; e dopo disse a Mara:

«Lo vedi? Senza la compagnia di un giovanotto, si passa male il tempo.»

Passeggiavano per la via principale: quando videro Stefano. Era sull'altro marciapiede e non le aveva viste; fu Ines a chiamarlo; e Mara non fece nulla per impedirglielo.

Stefano era molto imbarazzato salutandola. Per fortuna c'era Ines. Disse che erano state al cinema, che lei s'era annoiata a morte; poi gli chiese se aveva più visto Mario.

«No» rispose Stefano. «I giorni di lavoro non vedo nessuno, e la domenica di solito vado a casa.»

«Be', se lo vedi digli da parte mia che è un bel maleducato. Digli che questa volta non gliela perdono più. Oh, ma voi due volete stare un po' soli: vi saluto» fece strizzando l'occhio a Mara.

Per un po' non si dissero niente.

«E così... abbiamo fatto la pace con la fidanzata?»

«No, perché?» disse Stefano sorpreso.

«Dal momento che va tutte le domeniche a casa.»

«Ci vado perché altrimenti non so che fare.»

«Nemmeno io so mai cosa fare la domenica» ammise Mara.

«È stata lei che ha voluto che non ci vedessimo più» la rimproverò Stefano.

Mara non disse nulla. Dopo un po' gli chiese:

«Anche alla sua fidanzata scriveva le poesie?»

«No, a lei no... non avrebbe capito. Vede, della mia fidanzata, quello che mi attirava era soltanto il fisico... non c'era affinità tra noi. Con lei è un'altra cosa, Mara, io ho sentito subito che lei era la mia anima gemella.»

«Ma le piaccio... anche come aspetto?» lo provocò Mara.

Stefano rifletté prima di rispondere:

«L'aspetto è lo specchio dell'anima» disse alla fine.

« Non sono due cose separate. La mia fidanzata è bella, ma ha un aspetto volgare; mentre la sua, è una bellezza spirituale. Il suo sguardo, voglio dire; l'espressione del viso; e i suoi movimenti, così pieni di grazia... Io m'incanto a guardarla. Oh, non sia crudele: non mi tolga l'unico conforto che mi rimane: quello di poterla vedere, di poter ascoltare il suono della sua voce...»

Mara era stordita da tutte quelle frasi, ma non provò più la commozione dell'altra volta, quando con poche e semplici parole Stefano le aveva detto di volerle bene. Pure, sentiva di non poter più fare a meno di lui; e, al momento di separarsi, si lasciò strappare un appuntamento per la domenica dopo.

Così, ripresero a vedersi. Ogni volta Mara andava piena di speranza all'appuntamento, e poi rimaneva leggermente delusa dal comportamento di lui. Stefano faceva lunghi discorsi: anche di politica: ma in un modo molto diverso da come ne parlava suo padre. Diceva di esser diventato comunista quando era soldato, in seguito alla lettura di un romanzo: *E le stelle stanno a guardare.* Volle prestarglielo; ma lei, che fino ad allora aveva letto solo i giornali illustrati, non ci si raccapezzava; e, dopo un paio di sere, si stancò di leggerlo.

Stefano parlava, parlava; e poi rimaneva a lungo in silenzio, pensando chissà a che cosa. E se quei lunghi discorsi la stancavano, quei lunghi silenzi la intimidivano. Ma la sera, rientrando in camera, restava a lungo a guardare la fabbrica coi finestroni palpitanti di luce: benché sapesse che non era la vetreria.

In maggio il padre venne a prenderla per riportarla a casa: la madre doveva operarsi d'ulcera.

L'operazione era andata bene, ma la madre stentava a rimettersi. Mara e il padre mangiavano in casa del segretario della sezione; e lei ci dormiva anche, mentre il padre aveva una branda nella sua stanza. Vinicio era rimasto a Monteguidi in casa della zia.

Si era ormai nel pieno della campagna elettorale, e il padre certi giorni non aveva nemmeno il tempo di fare una capatina in ospedale. La sera, c'era sempre qualche comizio; e Mara, passando, si fermava ad ascoltare. Quando parlava un comunista o un socialista, la piazza era piena; mentre ai comizi dei democratici cristiani non ci andava mai nessuno, e un monarchico, che osò presentarsi una delle ultime sere, nemmeno lo fecero parlare.

Improvvisamente venne la notizia che era stata concessa una amnistia. Mara lo seppe da una ricoverata che aveva il marito in carcere per una frode alimentare. Impaziente di saperne di più, andò subito in sezione: ma il padre era in giro per la campagna; il segretario lo stesso; e poté parlarci solo la mattina dopo.

«È proprio un capolavoro quest'amnistia!» diceva il padre irato. «I fascisti, andranno tutti fuori; e quelli che si sono arricchiti affamando il popolo, lo stesso.»

«Ma Bube?»

«Bube è un partigiano; e l'amnistia mica l'hanno fatta per i partigiani.»

«Ma non l'ha fatta Togliatti?»

«Già, l'ha fatta Togliatti! Ma a quanto pare, gli premeva di più mettere fuori i fascisti.»

Il segretario, dal canto suo, cercava di giustificare il provvedimento; ma si vedeva che non era convinto nemmeno lui. C'era molto fermento in giro e una sera, a un comizio comunista, nacquero degl'incidenti: quando l'oratore venne a parlare dell'amnistia, lo coprirono di fischi. Addirittura ci furono di quelli che andarono in sezione e fecero la tessera in quattro pezzi.

«M'era venuta la voglia anche a me» disse il padre alla moglie, presente Mara. «Ma come? Si deve fare un'amnistia per danneggiare il popolo? E dev'essere proprio il capo del comunismo a farla?»

«Ma allora Bube non potrà mai tornare» disse Mara disperata.

«Tornerà, tornerà; stai certa che tornerà. Quando avremo preso il potere...»

«Se vincete le elezioni, Bube potrà tornare?»

«Macché elezioni. S'è mai visto che il comunismo vince con la scheda? Il comunismo vince, ma con la rivoluzione. Allora, se ci si fosse illusi anche noi che il potere si prende con la scheda, perché mai si sarebbe fatta la scissione di Livorno? Io a quel tempo ero un ragazzo, ma me li ricordo i discorsi dei nostri capi. Il potere, dicevano, si conquista con la rivoluzione, non con la scheda.»

Arrivò il giorno delle votazioni, e poi ci fu l'attesa per conoscere i risultati; e quando si seppe che la repubblica aveva vinto, venne improvvisato un corteo, che Mara guardò da una finestra dell'ospedale. Anche la madre volle alzarsi per vederlo. Poi ci fu la proclamazione ufficiale della Repubblica, e la sera, in piazza, c'era una folla enorme, venuta anche dalla campagna; e la banda suonò *L'Inno di Mameli* e *L'Inno di Garibaldi*. Mara, presa anche lei dall'entusiasmo, batteva le mani e cantava. Il padre era di nuovo allegro, diceva che la faccenda di San Donato era dimenticata e Bube sarebbe potuto benissimo tornare.

Proprio quel giorno le era arrivata una lettera: anche Bube si diceva fiducioso di poter tornare presto. E Mara si persuase che era così, che Bube sarebbe tornato presto e che avrebbe potuto sposare.

Ma questa prospettiva non la rallegrava più come in passato.

Lì a Colle, e poi quando la madre si fu ristabilita e poterono tornare a casa, si sorprendeva a pensare a Stefano molto più di quanto non pensasse a Bube. A Bube anzi non ci pensava affatto, era semmai il padre o qualcun altro a parlargliene. Stefano, invece, era costantemente presente nei suoi pensieri. Non proprio lui, magari, ma il ricordo dei mesi passati a Poggibonsi. Erano stati dei bei mesi. Sospi-

rava, ripensando alla strada lungo la ferrovia, al viale alberato, al cinematografo, al Luna Park, alla vista del paese di
notte, con le grandi vetrate luminose della fabbrica.

Non aveva avuto modo di informare Stefano della sua
partenza. E si chiedeva se non avrebbe fatto bene a scrivergli. Se avesse conosciuto il suo indirizzo, gli avrebbe
scritto. Certo, poteva fargli avere una lettera tramite Ines.
Ma le seccava metterci di mezzo l'amica: la quale, oltre
tutto, si sarebbe potuto formare l'idea che tra lei e Stefano
ci fosse stato qualcosa. Non c'era stato nulla, invece: lui
non l'aveva nemmeno sfiorata con una carezza. C'erano
state solo le sue parole appassionate, che l'amava, che rimpiangeva di non averla incontrata prima... Ora che era sicura del ritorno di Bube, Mara rimpiangeva anche lei di
non avere incontrato prima Stefano.

La madre riprendeva lentamente le forze. Per il momento, era Mara che faceva tutto: in casa e nei campi. Aveva
da lavorare quasi più lì a Monteguidi che da quella famiglia a Poggibonsi. E, nei momenti di libertà, non sapeva che fare.

Le novità del paese non la interessavano più. Quando
vedeva Liliana a braccetto con Mauro (s'erano fidanzati
tre mesi avanti) non soltanto non provava dispetto, ma
compassionava sinceramente Mauro per essere finito nelle
grinfie di quella strega.

Un giorno il postino chiamò: «Castellucci!». Mara corse a prendere la lettera: era per lei. Ma non era la scrittura
di Bube. Che fosse Stefano? Il cuore cominciò a batterle
forte. Non era nemmeno Stefano: era la signora: le diceva
che aveva dovuto assumere un'altra donna, ma che era
pronta a riprender lei, in qualunque momento si fosse decisa a tornare.

Inaspettatamente le arrivò una citazione da parte del
pretore di Colle. Ci andò accompagnata dal padre. Il pretore le disse che era incaricato di interrogarla per conto
della Corte d'Assise di Firenze, che stava istruendo il pro-

cesso a carico di Ballerini Ivan e Cappellini Arturo. Le chiese se confermava la deposizione resa davanti ai carabinieri. Lei confermò, e fu congedata.

Non aveva capito molto in tutta la faccenda, ma il padre s'era allarmato: fece una telefonata a Volterra, e Lidori gli confermò che a Firenze stavano istruendo il processo: non solo, ma che quell'altro, Ballerini Ivan, era stato arrestato a Milano. Dunque l'amnistia non aveva cancellato il fatto di San Donato; mentre criminali fascisti condannati a trent'anni erano stati rimessi fuori! Per qualche giorno il padre tornò a inveire «contro chi m'intendo io»; e Mara ripiombò nell'incertezza. Ora pensava di nuovo a Bube, a se stessa, al suo triste destino. Aveva diciassette anni e mezzo, e la sua gioventù stava consumandosi inutilmente, legata com'era a un uomo che non avrebbe potuto rivedere mai più.

Una mattina si sentì chiamare: la voce le era nota, però non riusciva a capire... Era Ines. Si abbracciarono con trasporto.

«Come mai sei qui?»

«Sono venuta via dal servizio» rispose Ines.

Era venuta via dal servizio, e non aveva intenzione di cercarsene un altro. Anche perché presto si sarebbe sposata. Poi Mara le domandò di Mario, ed era una scusa per spingerla a parlare di Stefano.

Ines si rabbuiò:

«Ma tu, mica hai fatto chiacchiere?»

«Che chiacchiere avrei dovuto fare?»

«Non sei mica andata a raccontare che a Poggibonsi mi vedevo con un giovanotto?»

«Ma no, te lo assicuro.»

«Vorrei proprio sapere chi è stato.» E le spiegò che la voce era arrivata all'orecchio del fidanzato, che le aveva fatto una terribile scenata. «Io naturalmente ho negato; gliel'ho anche giurato, tanto i giuramenti alzando il tacco mica hanno valore.»

«Ti ha mai visto nessuno di Monteguidi?»

«Di Monteguidi proprio, no... ma una sera, che ero appunto insieme a Mario, è passato Carlino: sai, quel sensale di Volterra...»

«Allora è stato lui di certo: è un antipatico maligno che non te lo immagini nemmeno. Lo so per esperienza.» Poi, visto che Ines non ne parlava, si decise a chiederle se aveva più visto Stefano.

«Sì, l'ho visto, e ci ho anche parlato... Mi ha domandato di te.»

«Gli hai detto che ero dovuta venir via all'improvviso?»

«Gliel'ho detto, sì... Senti, Mara, ora che è passata, puoi anche dirmi la verità: cosa ci hai fatto con Stefano?»

«Niente, ci ho fatto.»

«Avanti, sii sincera.»

«Sono sincera, Ines: te lo giuro. Lui mi ha detto di volermi bene: questo è vero; ma non mi ha toccato nemmeno con un dito.»

«E tu?»

«Anch'io gli ho detto... che mi piaceva.»

«Oh, Mara, proprio non ti capisco; se ti piaceva, perché non ti ci sei messa?»

«Ma perché sono fidanzata.»

«E dài. Sei fidanzata con uno che nemmeno sta in Italia: che vattelapesca dov'è. E non ti vuoi prendere lo svago di andare insieme a un giovanotto... Ma poi, non hai detto che ti piaceva? E allora potevi mandare al diavolo il fidanzato e metterti con lui.»

«Non potevo...»

«E perché?»

«Ines, il mio fidanzato è dovuto scappare all'estero per una faccenda di politica: ora non ti posso spiegar bene. Ma mi raccomando, non andarlo a ridire. Be', immaginati un po' in che stato d'animo si trova: è solo, in un paese straniero... Il solo conforto che ha è di sapere che io sono qui ad aspettarlo: come potrei venir meno alla sua fiducia?

Metti che domani torni e mi trovi fidanzata o magari sposata con un altro: come ci rimarrebbe?»

«Ma tu a chi vuoi bene, al tuo fidanzato o a Stefano?»

«Non lo so» rispose Mara sconsolata. «Ma scusa, come posso fare un confronto... tra uno che è lontano ormai da più di un anno... e un altro che invece è qui, voglio dire poco distante... e con cui sono stata insieme fino a poco tempo fa?»

Ines scosse la testa:

«Tu prendi le cose troppo sul tragico. Se Stefano ti piaceva, potevi intanto metterti con lui... e quando poi questo famoso fidanzato fosse ricomparso, saresti stata sempre in tempo a scegliere... A me non mi sarebbe parso vero di aver due giovanotti che mi stessero dietro.»

«E non ce li hai avuti?» disse Mara sorridendo. «Sì, il tuo fidanzato, e Mario...»

«Mario lo so io come mi stava dietro. Voleva divertirsi, e basta. Stai a sentire: l'ultima volta che ci sono andata insieme, ho commesso lo sbaglio di farmi portare in campagna... E lì, devi vedere che lotte. M'ha strappato la sottana, le mutande, tutto... Ma non se l'è levata la soddisfazione.»

«Stefano invece con me è stato sempre rispettoso.»

«Perché ti voleva bene veramente. Mica come Mario a me» disse Ines rattristata.

Mara ricevette altre due lettere di Bube, quasi insieme. Non erano più fiduciose, tutt'altro. Nella seconda diceva addirittura di aver perduto ogni speranza di poter tornare in Italia. «Dovrai esser tu a raggiungermi. Ora sto cercando il mezzo di farti venire, ne ho già parlato con i compagni...»

No, questo no. Non sarebbe arrivata al punto di andarlo a raggiungere in Francia. Se proprio per lui non era possibile rientrare in Italia, allora...

Quando la madre si fu completamente rimessa, scrisse alla signora per tornare a Poggibonsi.

IV

Lo incontrò subito una delle prime sere. Doveva essere appena uscito dal lavoro, perché era in tuta e aveva l'aria stanca. Per un momento la guardò come se non la riconoscesse; poi gli s'illuminò il viso.

«Ma come» disse.

«Sono tornata» rispose lei.

«Da quando?»

«Da lunedì.»

«È sempre... da quella famiglia?»

«Sì. E lei... lavora sempre alla vetreria?»

Stefano annuì. La aspettò fuori della latteria, e la riaccompagnò fin quasi a casa.

«È contento che sia tornata?»

«E me lo domanda?»

«Anch'io sono contenta.»

«Mara...» cominciò Stefano; ma lei lo interruppe dicendo che doveva andare. Per quella sera, le bastava di averlo rivisto.

Si videro il pomeriggio della domenica; e, come in passato, andarono a spasso per il viale. I platani stavano già perdendo le foglie; e nei campi i filari erano color ruggine. La terra, arata di fresco, appariva nera e lucente.

«Io sono rimasto senza parole, l'altra sera» cominciò Stefano. «Non speravo più di rivederla.»

«Scommetto che non si ricordava nemmeno che esistevo» civettò lei.

«Al contrario» rispose Stefano serio. «Non ho fatto che pensare a lei, in tutti questi mesi. Mara, mi ascolti: quello che le dissi allora, è vero; non è stato un capriccio. Mara, io ho cercato di lottare contro questo sentimento; ma non è stato possibile. Io non posso scacciarla dal mio cuore, Mara.»

«Anch'io ho fatto di tutto per dimenticarla; ma non m'è riuscito» confessò lei.

Erano arrivati al ponticello. «Le ricorda nulla questo posto?» cominciò Stefano.

Mara fece segno di sì.

«Fu qui che le dissi di volerle bene.» Tenne ancora a mettere in rilievo la sua lealtà: «Glielo dissi, perché avevamo deciso di non vederci più; altrimenti, non mi sarei mai permesso... Ma il destino ha deciso diversamente. Mara, noi non possiamo opporci al destino» aggiunse con calore.

«Che cosa dobbiamo fare?» chiese Mara piano; più che Stefano, sembrava che interrogasse se stessa.

«Abbandonarci al destino; ci vogliamo bene, e dunque...»

«Il mio destino è un altro» disse Mara, «ho preso un impegno, e lo devo mantenere.»

«Ma noi due ci amiamo.» Le era venuto vicinissimo col viso.

«No, Stefano, no» disse ancora lei; ma già si abbandonava. Si lasciò baciare. Avvertì dapprima il contatto delle labbra, poi una sensazione indistinta di molle, di voluttuoso.

Si staccò da Stefano e riaprì gli occhi:

«Non è bene» disse.

«È bene, Mara, amor mio.» Le si avvicinò di nuovo; lei volse gli occhi per non farsi baciare; rimasero così, con le guance accostate, mentre le loro dita si intrecciavano.

«Non dobbiamo, Stefano.»

«Ma anche tu mi ami.»

«Non importa. Non dobbiamo lo stesso.»

«Mara, ascoltami...»

«Non avrei mai dovuto ascoltarti.»

Diceva così, e intanto si lasciava stringere alla vita; si lasciava accarezzare la mano, e baciare sulla guancia.

«Stefano, no.»

«Ho fatto di tutto per contenermi, Mara; ma non ho potuto.»

«Non bisogna, non bisogna...»

«Lasciati amare almeno per un poco; ti chiedo un'ora soltanto. Un'ora d'amore; e dopo, se vuoi, non mi vedrai più.»

«Ma sarà peggio che mai, dopo... Ti prego, lasciami stare. Sono già troppo innamorata di te, e se tu mi baci, anche...»

«Che colpa ne ho se ti amo?»

Le parole erano intermezzate dalle carezze e dagli abbracci. Finché Mara si lasciò baciare senza più opporre resistenza.

Tornarono indietro tenendosi per mano. Si guardavano, poi riabbassavano gli occhi sulle foglie, i rametti e le pallottole giallastre e pelose di cui era cosparso l'asfalto. Mara non pensava a nulla: si abbandonava tutta alla dolcezza di quel contatto, di quegli sguardi. Ma una volta in paese, tornò in lei la coscienza che non doveva abbandonarsi a quel sentimento.

«Stefano, non dovevamo.»

«Ma perché? Se ci vogliamo bene. Perché dovremmo nascondere la verità a noi stessi? Tu e io ci amiamo, Mara; non è così?»

«È così.»

«E allora perché non dovremmo stare insieme? Perché non dovremmo fidanzarci? Che cosa ce lo impedisce?»

«Io sono fidanzata con un altro, Stefano.»

«Ma ami me; e allora rompi quel legame...»

«Non posso.»

«Ma perché. Scusa, mica è difficile: tu gli scrivi che ti eri ingannata nei tuoi sentimenti verso di lui...»

«Ma, Stefano, non posso fargli questa parte. Vedi, se lui fosse qui, allora potrei anche fargliela; ma è lontano, è solo, vive come un disperato; posso dargli questo dolore, di scrivergli che non ne voglio più sapere di lui?»

«Glielo dirai quando tornerà.»

«Ma forse non tornerà mai, Stefano.»

«Come?» esclamò lui stupefatto.

«È così; c'è stata l'amnistia, ma per lui non vale; a Firenze, stanno già per fargli il processo. Lo condanneranno a chissà quanti anni, e non potrà più tornare.»

«Be', potrebbero anche assolverlo.»

Mara scosse la testa:

«No, è come dico io. Ma scusa, se non lo fanno presentare, vuol dire che sono sicuri che sarà condannato; e per chi non si presenta, ho sempre sentito dire che la condanna è più grave.»

«Certo, se non si presenta, aggrava la sua posizione» ammise Stefano.

«Del resto, lo deve aver capito anche lui, perché mi ha scritto di raggiungerlo in Francia.»

Stefano si spaventò:

«E tu pensi di farlo?»

«No: gliel'ho già scritto, che non mi sento. Non mi sento di raggiungerlo, ma non mi sento nemmeno di lasciarlo... Non so nemmeno io cosa fare.»

Dopo un po' Stefano le disse:

«Comprendo i tuoi scrupoli, Mara. Ma lasciami almeno un filo di speranza...»

Quando fu buio del tutto, andarono a passeggiare lungo la ferrovia. Stefano taceva e le stava discosto. Fu lei a prenderlo a braccetto:

«Sei arrabbiato con me?»

«Arrabbiato con te? No, semmai... con me stesso. Sono stato un egoista, Mara. Non ho pensato a te, ai problemi che ti avrei creato. Avrei dovuto...» ma non terminò la frase. «D'ora in avanti, farò quello che vuoi tu. Non ti toccherò nemmeno con un dito, se tu non vuoi. Guarda: se mi dici che non dobbiamo più vederci, lascio il lavoro, vado a stare in un'altra città. Io... non voglio turbare il tuo cuore, Mara. Voglio che tu sia contenta. Dimmi che cosa devo fare perché tu sia contenta: ti obbedirò.»

«Baciami.»

Sorpreso, Stefano la baciò, ma senza calore.

«Baciami un'altra volta. E ora tienimi fra le braccia; non voglio pensare più a nulla...» Bruscamente si scostò e lo guardò fisso: «Stefano. Anche se il nostro è un amore senza domani... non me ne importa».

Lui voleva ricominciare a parlare; glielo impedì. E passò il resto della serata fra le sue braccia, senza dir niente, senza nemmeno pensare.

La sera, ora, scendeva precocemente, e incontrandosi alle quattro del pomeriggio, non avevano da aspettare molto perché l'oscurità e la nebbia avvolgessero la strada lungo la ferrovia. I lampioni erano radi, non passava quasi nessuno; e le altre coppie, avevano anch'esse interesse ad appartarsi.

Era bello anche andare al cinema insieme. Si tenevano a braccetto, con le dita intrecciate, e ogni tanto distoglievano gli occhi dallo schermo per guardarsi e magari per sussurrarsi una parola amorosa. Poi c'era sempre tempo di fare una passeggiata, di abbracciarsi e baciarsi al riparo di una catasta di traversine.

Mara non viveva che per quelle serate. Cominciava a contare i giorni subito il lunedì. La sera, prima di andare a letto, rivolgeva un saluto al fantasma luminoso della fabbrica, e si diceva che un altro giorno era passato.

Ogni volta, recandosi all'appuntamento, le prendeva il tremito, come se fosse stato il primo. E si sentiva uno struggimento interno, scorgendo Stefano.

Le piaceva tanto quando la abbracciava. Le piaceva

sentire i bicipiti che si contraevano ogni qual volta la stringeva. E restare abbracciata a lui senza parlare, guardando l'alone giallognolo dei lampioni nella nebbia oscura, o l'occhio rosso di un fanale che spiccava netto nel buio. E cambiare posizione di tanto in tanto, per rinnovare la dolcezza del contatto.

Questo era l'amore: qualcosa che riscaldava il cuore e struggeva le membra. Mara non sentiva il bisogno di lunghi discorsi, ma solo del generico bisbiglio degl'innamorati. E le dispiaceva quando Stefano rompeva l'incanto mettendosi a parlare. Non voleva essere richiamata alla realtà.

«Mara, ti devo domandare una cosa.»

«Non domandarmi nulla.»

«Hai più ricevuto lettere da Bube?»

«Perché me lo vuoi ricordare.»

«Ma bisogna parlarne, Mara.»

«Che bisogno c'è?» E gl'impediva di continuare abbracciandolo stretto.

Ma egli si svincolava:

«Mara, dobbiamo prendere una decisione.»

«Stefano, perché mi tormenti? Si sta tanto bene così...»

«Ma dobbiamo pensare all'avvenire.»

«Perché? È così bello il presente... Facciamo come in quel film che abbiamo visto... *Amanti senza domani*... Godiamoci l'ora presente, e non pensiamo al futuro. Oh, Stefano, ti giuro, non ho mai passato ore così felici come con te. Perché vuoi turbare la mia felicità ricordandomi le cose spiacevoli?»

«Ma se con me sei felice, perché non ci fidanziamo? Anzi, perché non ci sposiamo?»

«Oh, Stefano, sarebbe troppo bello.»

«Ma chi ce lo impedisce.»

«Non lo so; ma ho paura anche a pensarlo, che questa felicità potrebbe durare sempre. Ho paura di vederla svanire. Non voglio pensare al domani, Stefano. Non voglio far progetti. Mi basta di stare fra le tue braccia e non pensare a niente.»

Ma a lui quelle ore felici non bastavano; con l'egoismo del maschio, che tiene più al possesso dell'amata che alla felicità dell'amore, voleva esser sicuro che Mara sarebbe stata sua per sempre. E perciò tornava sempre a insistere che rompesse con Bube, e si legasse con lui.

«Hai paura che i tuoi non vogliano?»

«Non è per questo. Mia madre, anzi, sarebbe contenta che mi lasciassi con Bube... Mio padre magari no, ma io ho sempre fatto di testa mia.»

«E allora, perché non lo fai.»

«Ma non possiamo andare avanti in questo modo?»

«No, Mara. Io... voglio sposarti. Ci potremmo sposare anche subito: con quello che spendo stando a pensione, ci potremmo vivere in due. Ci cercheremmo una camera con l'uso di cucina...»

Ma più Stefano si slanciava a parlare della loro futura vita matrimoniale, più lei si raffreddava. Il matrimonio, la camera con l'uso di cucina, i bambini che avrebbero avuto... chissà perché non era una prospettiva attraente. Era assurdo, che le facesse questa impressione; pure, era così.

E c'erano altre cose, in Stefano, che non le piacevano. Per esempio, lei aveva insistito per vedersi anche le altre sere: egli usciva dal lavoro alle sei, e Mara, verso quell'ora, andava a comprare il latte; e poteva trattenersi benissimo un'oretta fuori. Ci sarebbe stato tutto il tempo di fare una passeggiata lungo la ferrovia... Ma lui doveva andare a casa a lavarsi e a cambiarsi: «Non posso stare sporco». E poi, aveva da leggere, da istruirsi. «Se non approfitto delle ore della sera, come posso fare a leggere, a istruirmi? Io ho studiato solo fino alla seconda avviamento...»

Si faceva consigliare nelle letture da un professore che era anche un compagno. «Noi operai non saremo mai niente se non ci facciamo un'istruzione» diceva. «Io non sono come tanti che gli basta leggere "L'Unità" ...che non ti leggono nemmeno "Toscana Nuova" ... Io voglio diventare un operaio cosciente.»

Continuava anche a scrivere: incoraggiato dal fatto che la sua novella aveva ottenuto una segnalazione al concorso ed era stata pubblicata su «Toscana Nuova» insieme alle novelle premiate. «Io mi sforzo di capire la vita» diceva spesso.

«Ma che c'è da capire nella vita?»

«Tutto, c'è da capire, per noi che siamo ignoranti. C'è per esempio Giglioli, quel compagno professore... è stando con lui che mi sono accorto quanto sono indietro. Naturalmente non posso pretendere di arrivare a essere come Giglioli. Ma non è detto che uno, perché non ha studiato, debba rinunciare a farsi un'istruzione.»

E cercava di interessarla ai suoi studi, alle sue letture; mentre lei aveva soltanto desiderio di farsi abbracciare.

«Quel tuo amico professore non lo conosco, ma dev'essere proprio antipatico» gli disse una sera, punta dalla gelosia.

«Ma che cosa dici?» fece Stefano esterrefatto.

«Antipatico, sì; l'ho detto e lo ripeto. Scommetto che è piccino, brutto... porterà anche gli occhiali, se è un professore.»

«E che vuol dire? Lui intanto è una persona istruita... mentre io sono un povero ignorante.»

«Ma tu sei bello. E hai dei muscoli grossi così.»

«Per forza ho i muscoli: col lavoro che faccio...»

«E lui per forza è istruito: dal momento che fa il professore... Un professore che fosse un asino non sarebbe mica possibile» e si mise a ridere.

Una sera parlavano di Mario. «Io quello lì non lo capisco proprio» disse Stefano. «È un comunista, ma non si perita di fare il mercato nero... C'è coscienza, domando io? Ma quanti ce ne sono come lui. Giovani che magari sono fidanzati, e intanto hanno una relazione con una donna sposata... E un'altra cosa che non mi piace: il modo come trattano i genitori. C'è la famiglia da cui sto a pensione: il figliolo lavora con me alla vetreria. Perciò lo so quanto guadagna. Ebbene, in casa non dà nemmeno un centesimo. La madre, povera donna, si ammazza dalla fatica, e lui, tutti i soldi che prende, li scialacqua. Si è già fatto quattro vestiti dacché sto in casa loro.»

Erano discorsi che avrebbero dovuto ispirarle fiducia: un giovane che aveva queste idee, sarebbe stato certo un buon marito. Ma sotto questa veste, Mara non riusciva a immaginarlo.

Una volta che lui insisteva a dire che dovevano sposarsi, lo interruppe:

«Ma io sono troppo giovane per pensare a sposarmi.»

Era vero: il matrimonio, non era un'idea che l'allettasse più. "Sono giovane, voglio vivere", questo era ciò che pensava nel suo intimo.

Andò a casa a Natale; ed era di ottimo umore. Ma dagli sguardi diversamente ansiosi della madre e del padre capì che sapevano o sospettavano qualcosa.

Lei però era decisa a non dir nulla: la cosa più bella, nella sua relazione con Stefano, era che avveniva all'insaputa di tutti. Nemmeno a Ines disse nulla. O meglio, le mentì, perché Ines le chiese subito di Stefano, e lei rispose che non l'aveva più visto.

«E Mario?» le domandò l'amica.

«Nemmeno lui mi è più capitato di vederlo.»

Ines sospirò:

«Eh, bisogna che me li levi dalla testa i giovanotti... Il mese prossimo mi sposo.»

Né la madre, né il padre si erano azzardati a farle domande, ma si vedeva che ne avevano una gran voglia. Il padre, un momento che riuscì a star solo con lei, le chiese notizie di Bube.

«Il solito» rispose Mara.

«Quando penso che quel povero ragazzo è là, solo...»

disse il padre melodrammaticamente. «Per me è già come un figlio.»

«Non vorresti mica che andassi a raggiungerlo in Francia? come lui mi ha scritto.»

«No no» si affrettò a dire il padre. «Io spero solo che possa tornare presto...»

Per la Befana, tornò di nuovo a casa; tanto, anche Stefano andava a trovare i suoi. E lei lì a Poggibonsi a passare la festa senza Stefano ci sarebbe morta di malinconia.

Una domenica, stava finendo di prepararsi per andare all'appuntamento, quando sentì suonare. Scese a premere il pulsante che faceva scattare la serratura. E rimase di stucco vedendo il padre.

Subito presentì qualche guaio:

«Che è successo? Come sta mamma?»

«Bene, figliola, bene» rispose il padre baciandola. «Stiamo tutti bene. Solo che... essendo domenica, ho pensato di venirti a trovare... C'è nessuno in casa?»

«No» rispose Mara.

«Allora magari vengo in camera tua; staremo più comodi per parlare.»

Mentre la seguiva, ansimava; disse: «Perbacco, ce n'è di scale in questa casa». Poi si scandalizzò della stanza di sgombero che serviva da camera alla figliola: «Ma come, ti fanno dormire in questo bugigattolo?».

«Ma io ci sto benissimo, babbo. Ho anche la comodità del bagno vicino.»

Il padre si mise a sedere sul letto. Mara, in piedi, aspettava che si decidesse a dire la vera ragione per cui era venuto.

«Mara, bisogna che tu torni un'altra volta a casa.»

«Allora non è vero che mamma sta bene.»

«Non è per via di mamma. È per via di Bube.»

«Bube?» La sua immaginazione si mise a lavorare febbrilmente; ma non riusciva proprio a capire che cosa potesse essere successo... Certo, era una cattiva notizia, la reticenza del padre lo dimostrava chiaramente...

«Lo hanno arrestato» disse il padre senza guardarla.

«Cosa?» A un tratto le balenò che poteva averne combinata qualcuna anche là: «Perché? Che altro ha fatto?».

Il padre la guardò sorpreso:

«Niente, ha fatto. È sempre per via... di quella cosa. È stato arrestato alla frontiera.»

«Tentava di tornare in Italia?»

«No, lo avevano espulso. Insieme a un altro centinaio di compagni. In Francia la reazione ha trionfato, e così, il nuovo governo ha decretato l'espulsione di molti comunisti italiani... E Bube è stato arrestato alla frontiera. Chissà: forse lo hanno già tradotto a Firenze.»

V

La strada era deserta. Solo in cima lo spazzino spingeva a-
vanti il suo carretto; e in fondo il cameriere del caffè tirava
su la saracinesca.

"Che sia scesa troppo presto?" pensò Mara. S'era rego-
lata con la sveglia di cucina; ma non era certa che segnas-
se l'ora giusta.

In risposta ai suoi timori, si alzò la sirena della fabbrica.
Erano dunque le sette: per quell'ora il padre le aveva detto
di farsi trovar pronta.

O forse aveva capito male? Lì al telefono la voce del padre appariva e spariva; mentre si frammischiava la voce
nasale della signorina: «Prontooo... Prontooo...». Ma no,
era sicura, almeno l'ora, di averla intesa bene.

Dopo un po' che se ne stava lì, fu scossa da un brivido;
rientrò, lasciando la porta socchiusa. Ma tanto valeva salire in cucina: anche di su avrebbe sentito il rumore della
macchina.

C'era un gran silenzio in casa; la domenica, non si al-
zavano mai prima delle nove. Mara non sapeva che fare: risciacquò una tazza, ripose un bicchiere; alla fine si
mise seduta.

Tra poche ore avrebbe rivisto Bube. Era una cosa as-
surda solo a pensarla. Fece il conto del tempo che era passato: un anno e nove mesi. Bube: non ricordava nemmeno più la sua faccia. I lineamenti forse sì, ma non l'e-
spressione.

"Che cosa gli dirò?" Oh, non era questo che la preoccupava. Semplicemente il fatto di comparirgli davanti. Di andarlo a trovare in carcere. Meno male che ci sarebbero stati anche il padre e Lidori: da sola, non ne avrebbe avuto il coraggio.

Sentì una macchina. Scese in fretta le scale, aprì la porta: l'auto era accostata al marciapiede, ne stavano scendendo Lidori e il padre; al volante c'era un giovanotto col berretto da autista.

«Salve, figliola» disse il padre abbracciandola e baciandola sulle guance. «Ciao, Mara» disse Lidori; e anch'egli la abbracciò e la baciò. Mara ne fu sorpresa; si irrigidì, e non ricambiò i baci. «Devi farti forza» le disse ancora Lidori; Mara non rispose e guardò altrove. Che cosa volevano da lei? Perché non la lasciavano in pace?

La fecero montare dietro; il padre salì con lei, Lidori si mise accanto all'autista. L'automobile ripartì; percorse la strada in leggera discesa, sbucò nella piazza: le stanghe del passaggio a livello erano abbassate. «Hai fatto colazione?» le domandò il padre; e, rivolto a Lidori: «Giacché ci tocca aspettare, si potrebbe prendere qualcosa al bar». Ma lei disse che non voleva niente, e rimase sola in macchina, perché era sceso anche l'autista.

Aveva la sensazione che le usassero violenza; che la costringessero a fare quello che di sua spontanea volontà non avrebbe fatto mai. Le veniva voglia di scendere e di scappar via.

Gli uomini tornarono; una locomotiva passò davanti alle stanghe, che subito furono sollevate: si ripartì. In un baleno l'automobile percorse il viale alberato; tutti tacevano; Mara fece appena in tempo a scorgere, fra un platano e l'altro, un gruppo di mandorli in fiore; l'automobile entrò nella strozzatura, passò sopra il ponticello, rasentò la parete; imboccò un nuovo rettilineo. Mara guardava ostinatamente fuori del finestrino. Sentì Lidori che si voltava indietro per offrire una sigaretta al padre; sentì lo scrocchio del cerino, e il fumo le passò davanti: lo scacciò con un gesto indispettito. «Ti diamo noia se fumiamo?» disse la voce di Lidori. Mara rispose di no senza voltarsi.

«Perché c'è a chi dà noia» disse ancora Lidori. Dopo un po' fece: «Qui la campagna è ben coltivata, mica come da noi». E aggiunse: «Peccato che sia brutto tempo».

L'aria, infatti, s'era fatta più scura; e giù in fondo era addirittura buio, doveva piovere. A un tratto alcune gocce colpirono il vetro; Mara istintivamente si tirò indietro. Alle prime rigature se ne aggiunsero altre, finché il vetro si appannò del tutto; e a Mara non rimase che contemplare il monotono spettacolo delle gocce che scendevano piano, si fermavano, riprendevano a scendere, e in ultimo si sfacevano inondando la lastra.

«Vai piano, mi raccomando» disse il padre all'autista. «Quando l'asfalto è bagnato, è facile slittare...» e si mise a raccontare a Lidori di un incidente che gli era capitato poco tempo prima, andando con la macchina della federazione. «È stato un miracolo se non siamo finiti fuori strada.»

Mara si meravigliava che non parlassero di Bube: forse era per via dell'autista... E invece fu proprio l'autista a dire:

«L'altra domenica, quando portai giù la mamma e la sorella di Bube, era un tempo come questo; ma poi si rimise. Speriamo che oggi faccia lo stesso...»

«Sai, Mara» cominciò Lidori «m'ha detto Elvira che Bube di salute sta bene. Ed è anche su di morale.»

«Eh, Bube è un ragazzo di spirito» commentò il padre. «Un vero comunista: non teme niente.»

Mara non vedeva l'ora che cambiassero discorso; e invece, ora che avevano cominciato, non smettevano più di parlare di Bube.

«Io lo dico e non ho paura a dirlo» si accalorava Lidori «per me lo sbaglio l'ha fatto il Partito. Perché mandarlo in Francia? Lo avessero mandato in Jugoslavia, non sarebbe successo.»

«È perché in Francia hanno messo i comunisti fuori del governo» disse l'autista.

«Già; ma in Jugoslavia vedrai che non li mettono fuori del governo. In Jugoslavia siamo noi che comandiamo, mica quegli altri. Ora, dico: perché non l'hanno mandato in un paese sicuro?»

«Ma perché chi andava a immaginare che in Francia ci avrebbero messo fuori del governo?»

«Succederà presto anche qui» disse Lidori cupo. «Ormai s'è visto come vanno queste cose. Ci siamo fatti ingannare, ecco qual è la verità: nel '45, quello era il momento di agire...»

«Con gl'inglesi e gli americani in casa?»

Il padre non prendeva parte alla discussione. Nel suo intimo, dava ragione a Lidori; ma come funzionario di partito, si era ormai abituato a non muover critiche all'operato dei dirigenti. Tanto per metter termine a una discussione che lo faceva stare sulle spine, disse:

«Come si chiama l'avvocato di Bube?»

«Raffaelli» rispose Lidori.

«È un compagno, vero?»

«Un compagno socialista.»

L'automobile cominciò a salire. Attraverso il velo liquido, s'intravedevano confuse forme d'alberi, la sagoma di una casa, due cipressi all'inizio di una stradina. Lidori sbadigliò: era in piedi dalle cinque. Anche a Mara, le era preso sonno; chiuse gli occhi. Ma i bruschi cambiamenti di direzione la sballottavano troppo; e finì col riaprirli.

La pioggia, sembrava diminuita d'intensità; mentre prima flagellava con violenza il vetro, ora solo poche gocce colavano adagio. Era cominciato un paese: si vedevano le porte, le finestre, le botteghe, qualche raro passante che camminava lungo i muri. Lidori si riscosse: «Siamo già a San Casciano?». «No, a Tavarnelle» rispose l'autista. «Ora si scende di nuovo, e poi si risale a San Casciano. È tutta così questa strada: su e giù fino a Firenze».

Firenze: lei non c'era mai stata. E se non avesse dovuto veder Bube, sarebbe stata contenta di andarci. Si rivolse al padre: «Quando si torna?». Ma il padre non rispose: s'era addormentato.

Rispose Lidori:

«Il colloquio è fissato per mezzogiorno... dopo s'andrà a mangiare... e verso le due, due e mezzo potremo rimetterci in istrada. Quanto ci vuole da Firenze a Volterra?» domandò all'autista.

«Eh... un tre ore. Tanto più dovendo fare la deviazione per Monteguidi...»

«E da Firenze a Poggibonsi?» chiese Mara.

«Da Firenze a Poggibonsi, un'oretta e mezzo. Poggibonsi rimane giusto a metà strada.»

Il peggio, dunque, era passare la mattinata; ma una volta che si fosse levato il pensiero del colloquio con Bube, sarebbe andato tutto bene. Alle quattro sarebbero stati di ritorno a Poggibonsi, e lei non avrebbe perso l'appuntamento con Stefano.

Si rianimò; e quasi nello stesso momento, un raggio di sole venne a rifrangersi sul vetro, facendo brillare le superstiti goccioline.

Quando entrarono in Firenze, il tempo si era completamente rimesso, e Mara poté godersi lo spettacolo per lei nuovo delle vie e delle piazze piene di traffico e di animazione.

Erano appena le nove, troppo presto per andare dall'avvocato: così sedettero in un caffè. Mara prese due paste e un cappuccino. Osservava la gente, e non prestava ascolto a quello che dicevano il padre e Lidori. L'autista, se n'era andato per conto suo.

Le dispiacque doversi muovere. Percorsero una strada affollatissima, piena di splendide vetrine; piegarono per una stradetta, e si fermarono davanti a un portoncino.

"Che ci vado a fare io?" pensava Mara; avrebbe preferito rimanere a girellare. Ma non ebbe il coraggio di proporlo.

La porta dello studio era a due battenti foderati di stoffa, come quelli dei cinematografi; la spinsero, ed entrarono in una stanzetta dove c'erano due poltroncine, un divano, un tavolinetto: una signorina con gli occhiali e il grembiule nero, sentiti i loro nomi, disse che l'avvocato li avrebbe ricevuti subito.

Sedettero; Lidori e il padre, intimiditi, parlavano sottovoce, benché la signorina se ne fosse andata. Mara si guardava intorno, ma non c'era niente di interessante da vedere. I minuti passavano; Lidori cominciava a dar segni d'impazienza. Dalla stanza accanto veniva una voce concitata; e, nelle pause, si udiva il ticchettio rapido della macchina da scrivere.

Finalmente la signorina tornò, e disse che l'avvocato li aspettava.

Entrarono in una stanza ugualmente piccola, ma ammobiliata con più lusso. L'avvocato era in piedi dietro la scrivania: smilzo, pallido, con la testa piccola, aveva i capelli neri lisci e i baffetti. Strinse la mano a tutti, e li fece accomodare. Lidori e il padre sedettero sulle due poltrone di cuoio. Mara su una seggiola.

«Dunque, che cosa volevate sapere?»

«Mah» fece Lidori «qualcosa su come si presenta la causa... E, per cominciare: quando ci sarà il processo?»

L'avvocato giocherellava col tagliacarte:

«La data non è ancora fissata... e io credo che al più presto lo faranno in maggio-giugno... se pure non sarà rimandato all'autunno. In questo momento sono tali e tanti i processi... quelli per collaborazionismo, quelli per i reati annonari... Noi difensori, s'intende, ci daremo da fare perché sia celebrato prima possibile. Io e l'avvocato Testa, il difensore del Ballerini Ivan, siamo d'accordo su questo. Più che altro per una ragione di ordine politico. Oggi come oggi, c'è maggiore possibilità di trovare comprensione tra i giudici... mentre domani, in una situazione politica mutata...» Si sporse in avanti con fare confidenziale: «Mettete che succeda da noi quello che è successo in Francia. Che ci mettano fuori del governo, voi e noi. Dico, voi PCI e noi PSI. È chiaro che la magistratura ne sarebbe influenzata... ci sono già molti sintomi, che le cose stanno volgendo al peggio. In questi ultimi due mesi, si sono avute tre sentenze scandalose a proposito di collaborazionisti. Naturalmente, queste non sono cose che si possano dire... però sono vere...».

Mara si distrasse. Capiva poco in quei discorsi, e poi, non vedeva che attinenza avessero col caso di Bube. Ma si rifece attenta quando l'avvocato cominciò a parlare della causa.

«Come la vedo? Prima bisogna che prenda visione degli atti istruttori... e poi vi potrò dare un giudizio preciso... Ma indubbiamente è una causa difficile. Col collega Testa abbiamo già avuto uno scambio d'idee. Il punto è questo: sarà possibile sostenere la tesi del movente politico? Io sono un po' scettico al riguardo. Il maresciallo e il figlio erano anch'essi ex partigiani...» con un gesto interruppe Lidori che voleva intervenire: «Lasciamo stare che specie di partigiani erano. Ma il brevetto ce l'avevano, ed è quello che conta. Che poi il maresciallo fosse un monarchico, un reazionario e compagnia bella, non è cosa che abbia importanza agli occhi del giudice. Si potrebbe ripiegare sulla legittima difesa. Ma è una tesi, al più, che può sostenerla Testa per Ballerini; perché il suo cliente è imputato solo dell'omicidio del maresciallo. Mentre il mio è imputato, oltre che di concorso nell'omicidio del maresciallo Cècora, di omicidio del Cècora figlio... e il Cècora figlio, non era armato... Potrò tentare di far rubricare il reato come eccesso di difesa? Ripeto» più che a loro l'avvocato sembrava parlare a se stesso «prima bisogna che esamini gli atti istruttori...»

«Ma che siano stati provocati, su questo non c'è dubbio» sbottò Lidori. Fino a quel momento, aveva tentato di parlare, e l'avvocato glielo aveva sempre impedito. «Finché il maresciallo non ha tirato fuori la rivoltella, loro non hanno fatto niente. Anzi, finché il maresciallo non ha sparato e ucciso quel povero Biagioni Umberto... Di questo i giudici ne dovranno tener conto, se non sono proprio dei venduti» e si rivolse al padre di Mara, che assentì.

«Ma quello che il maresciallo ha fatto non è in discussione. Il processo, non vien fatto mica al maresciallo. Non c'è dubbio che, se loro non avessero reagito, il maresciallo sarebbe stato chiamato a rispondere del suo atto... Il guaio è che il maresciallo è stato ucciso; e, peggio ancora, che è stato ucciso il figliolo. E l'uccisione del figliolo non è avvenuta lì, ma a cento metri di distanza... e nemmeno per strada, ma dentro una casa... Non si tratta di una pallottola che lo ha colpito per sbaglio, voglio dire. E per l'appunto è proprio il mio cliente che è chiamato a rispondere dell'omicidio del figlio del Cècora...»

Lidori s'era alzato in piedi:

«Ma come? Si vuol far passare per aggressore chi invece è stato aggredito? Ma insomma chi l'ha sparato il primo colpo, loro o il maresciallo? Il resto è venuto di conseguenza. Dunque la colpa di tutto ce l'ha il maresciallo. Per me la cosa è chiara come il sole...»

«Ma anche per me, caro...» cercò invano di ricordarsi il cognome «caro amico e compagno; però, agli occhi del giudice, le cose si presentano in modo diverso. Il maresciallo è morto, e perciò non deve rispondere di nulla. Quando scoppia una rissa, e ci scappa il morto, sono chiamati a risponderne quelli che non rimasti vivi: anche se magari era stato il morto a farla scoppiare.»

«Ma come non si vuol riconoscere quella che è la verità delle cose? Che il maresciallo era un provocatore, e che ci sono anche dei precedenti, per esempio, il sequestro del camion...»

«I precedenti sarà forse meglio lasciarli stare» disse

l'avvocato. «Potrebbero risultare un'arma a doppio taglio. Dal sequestro del camion si potrebbe dedurre, non dico una premeditazione, ma una propensione a venire a una resa di conti con questo maresciallo...»

Lidori insistette ancora, e ogni volta l'avvocato gli ribatteva che non era lui che doveva essere convinto ma che bisognava convincere i giudici. Anche il padre tentò di metterci bocca; ma s'imbrogliò nel discorso, e finì col tacere, mortificato.

A un tratto intervenne Mara:

«Secondo lei, a quanto lo condanneranno?»

L'avvocato la guardò sorpreso; allargò le braccia:

«Cosa vuole che le dica, signorina mia... Non si possono far previsioni, quando è ancora incerta la configurazione del reato... Bisogna aspettare la sentenza di rinvio a giudizio... Bisognerà vedere soprattutto la motivazione... allora potrò farmi un'idea della consistenza dei capi d'accusa... e fino a che punto sia possibile impugnarli. E poi c'è un elemento imponderabile: quello politico. Per questo, vi dicevo prima, è importante che il processo si celebri il più presto possibile... finché i nostri partiti hanno ancora un'influenza nel governo.»

«Io invece aspetterei che fosse scoppiata la rivoluzione» disse Lidori cupo. «Allora non si celebrerebbe più nessun processo.»

L'avvocato ebbe un sorriso che avrebbe voluto essere cordiale:

«Un radicale mutamento politico, è quello che ci auguriamo tutti, naturalmente... Ma è nella situazione attuale che bisogna inquadrare la causa... o in una situazione ancora più sfavorevole...»

Mara, un carcere, se l'era immaginato in un modo molto più tetro. Salvo i due cancelli dell'ingresso, e le molte formalità per aprirli, all'interno sembrava un edificio qualsiasi. Attraversarono una dopo l'altra quattro o cinque stanze che sembravano dei normali uffici, con impiegati vestiti in borghese; li fecero quindi passare in una stanza, anch'essa arredata a ufficio, ma dove non c'era nessuno. Furono lasciati soli.

«Lo faranno venire qui?» domandò Mara.

Il padre scosse la testa:

«No, ci faranno andare noi in parlatorio... che è una stanza divisa in due da un'inferriata.» E stava per aggiungere che lui queste cose le sapeva per esperienza personale; ma si fermò in tempo: d'essere stato in carcere, infatti, non lo diceva a nessuno, perché non c'era stato mica per ragioni politiche.

L'agente di custodia, un meridionale, tornò con un foglio. Disse:

«Qui il permesso c'è per una sola persona. Per la Castellucci Mara.»

«Ma come?» fece Lidori. «L'avvocato ci ha detto di averlo richiesto anche per noi due.»

L'agente ebbe un gesto come per dire che lui non ci poteva far niente:

«Qui il permesso parla chiaro; è solo per lei» aggiunse indicando Mara.

Mara s'era sentita stringere il cuore. Questo proprio non ci voleva. Non c'era preparata a veder Bube da sola... Si rivolse smarrita al padre e a Lidori.

«Bisogna che ti faccia coraggio, Mara» disse Lidori. «Devi andarci da sola.»

Il padre si ribellò:

«Almeno me, potrebbero farmi entrare... Giusto per accompagnare lei...»

«Mi dispiace, ma non posso farci nulla» disse l'agente. «O la signorina rinuncia al colloquio, oppure va sola.»

"No, sola no... rinuncio", stava per dire Mara; ma subitaneamente sentì una forza straordinaria invaderla tutta; alzò fieramente la testa, e disse:

«Va bene, vado sola.»

E rivolse a Lidori e al padre un sorriso, come per dire che stessero tranquilli, che a lei non faceva impressione niente.

Ed era proprio così: camminava dietro l'agente tranquilla, sicura di sé; entrata nel parlatorio, guardò con indifferenza la doppia inferriata dietro cui sarebbe comparso Bube. L'agente suonò un campanello; poi si rivolse a lei:

«Il colloquio dura un quarto d'ora» disse con voce monotona. «Ricordatevi che tra voi e il detenuto non ci dev'essere nessuna comunicazione segreta... né con gesti, né con parole... mi avete capito?»

Mara rispose di sì. Era fiera, immensamente fiera di essere così calma... E quando Bube comparve, seguito anche lui da un agente, lo guardò tranquilla, gli sorrise perfino.

«Ciao, Bube» disse con voce limpida e forte.

Lui invece era pallido e tremante:

«Ciao... Mara.»

«Sono felice di rivederti.»

Egli inghiottì:

«Anch'io...»

«Quanto tempo era che non ci vedevamo... Ma tu non sei per nulla cambiato... Stai proprio bene. Sei anche ingrassato. E me, come mi trovi?» Egli balbettò qualcosa. «Ci sono di là mio padre e Lidori. Ma loro, non avevano il permesso, e non li hanno fatti entrare. Sai? Stamani abbiamo parlato con l'avvocato. Ci ha detto di star tranquilli. Anche tu sei tranquillo, vero?» Lo fissava negli occhi, ma non lo guardava veramente; capiva che, se lo avesse guardato, le sarebbe venuto meno il coraggio... E continuò quella specie di monologo, interrotto appena da qualche monosillabo di Bube. Gli raccontò cosa aveva fatto in quel tempo: del periodo passato a Poggibonsi, della madre che si era operata, di lei che era tornata a servizio... «E tu?» gli disse. «Che hai fatto in tutto questo tempo?»

«Io...» cominciò Bube; ma non andò avanti. "Forse non me lo vuol dire in presenza di questi sbirri", pensò Mara. Ma no, era che non ce la faceva a spiccicar parola. «Ma che hai di startene così muto? Fatti animo, andiamo» e rise, per dargli coraggio.

«È che... avevo tanto desiderio di rivederti... ma rivederti dietro queste sbarre...» E cominciò a piangere silenziosamente.

Mara aveva chiuso gli occhi. "Bisogna che non lo guardi. Bisogna che non lo guardi", si ripeteva. «Basta, smettila» gli intimò. «Che uomo sei a disperarti così?»

Bube smise. Ma continuava a tenere la faccia china.

«Non ti devi abbattere. Hai capito? Non ti devi abbattere. Cerca di star sereno. Hai i tuoi amici, fuori, che non ti abbandonano mica. Sei nelle mani di un bravo avvocato. Andrà tutto a finir bene, vedrai. Ma tu non ti devi far prendere dall'avvilimento. Devi reagire. Hai capito?»

«Sì, Mara. Scusami... Ma mi ha fatto così impressione rivederti... Io... Non è che sia scoraggiato, tutt'altro. Io capisco, ci vuol pazienza; ma sai, la galera in principio fa effetto a tutti...»

«Piuttosto, hai bisogno di qualcosa?»

«No no, di niente. È venuta mia sorella domenica e mi ha portato la biancheria. Non ho bisogno di niente, ti assicuro.»

«Semmai fammelo sapere.»

«Non dubitare.»

«Quelle tremila lire che mi desti per la borsetta, sono a tua disposizione.»

«Grazie, ma non importa...»

Ora che lui aveva recuperato la calma, Mara non aveva più paura di perdere il controllo dei nervi; ma... non sapeva di che parlare. Fu lui a rompere il silenzio:

«Mara, ti volevo domandare una cosa.»

«Di'.»

Egli si voltò indietro, come se la presenza del carceriere lo imbarazzasse; poi le disse:

«Tu per me... senti sempre quello che sentivi allora? Voglio dire, durante la mia lontananza non è che hai cambiato idea... capisci cosa intendo dire?»

«E perché avrei dovuto cambiare idea?»

«Sai, quando uno è solo, lontano, si mette in testa tante cose. Io quando ero là avevo un pensiero tale... Ora almeno ti ho veduta. Sono più tranquillo.»

«Ma certo che devi star tranquillo.»

«Tornerai a trovarmi?»

«Ma naturalmente. Appena mi ridaranno il permesso.»

«Il tempo è scaduto» disse l'agente. «Andiamo, salutatevi.»

«Ciao, Bube. Stai di buon animo!»

«Ciao, Mara. Mi ha fatto tanto bene rivederti. Ora... non ho più paura di niente.»

Un nuovo pensiero cominciò a roderla mentre erano in trattoria. Sulle prime, il sollievo di essere uscita dal carcere, e le strade piene di gente, e poi la soddisfazione di sedere in trattoria, e l'appetito, anche, che le era venuto: tutto questo l'aveva distratta. Ma dopo si rimise a pensare al colloquio con Bube.

Lì in parlatorio, lei s'era volutamente vietata ogni sentimento di compassione: solo così aveva potuto consolare Bube, e risollevargli il morale. Ma ora la faccia avvilita di lui, e certe cose che aveva detto, e soprattutto quelle lacrime silenziose, le tornavano alla memoria, e le stringevano il cuore.

"Dio, com'era pallido quando è entrato! Non gli riusciva nemmeno di parlare. Appena ha cominciato a parlare, s'è messo a piangere. Meno male che quando ci siamo lasciati era contento. Me l'ha detto anche: Ora che ti ho visto, sono contento..."

«Allora Marina che cosa vuoi per dopo?»

«Quello che ti pare, babbo.»

«Prendi una bistecca; hai bisogno di nutrirti: sei pallida, hai l'aria stanca.»

«Ma no, sto bene.»

«Quei delinquenti» inveì Lidori «ci avessero lasciato passare anche noi, le saremmo stati di aiuto...»

«T'ha fatto impressione, eh?» le disse il padre «vederlo dietro l'inferriata.»

«No, ti assicuro, non mi ha fatto impressione. C'ero preparata.»

«Sai, mamma non voleva assolutamente che ti ci portassi. M'ha fatto una scenata ieri sera... Ma io ho pensato: per quel povero figliolo è un conforto se la può rivedere...»

Ecco qual era il pensiero che la rodeva: ora se ne rendeva chiaramente conto. Se non poteva lasciare Bube mentre era lontano, meno che mai avrebbe potuto lasciarlo ora che era in carcere...

«Babbo, hai ragione tu; non posso più restare a Poggibonsi; devo tornare a casa.»

Poco dopo le quattro e mezzo, erano di ritorno a Poggibonsi. Mara scese, suonò il campanello; ma, come prevedeva, non c'era nessuno, e lei non aveva la chiave.

«Te l'ho detto che avremmo trovato chiuso.»

«E che importa?» fece il padre. «Tu intanto vieni via con noi; poi, con comodo, torneremo a prendere la tua roba.»

«No, è meglio che rimanga. Stasera lo dico alla signora, e domattina prendo il treno e me ne torno a casa.»

Era sceso anche Lidori:

«Dài retta a me, stasera intanto torna a casa; ti farà bene, con quello che ha passato. Perché tu Mara sei una che lì per lì si fa forza, ma ne risente magari dopo.»

«Ma figurati. Io semmai l'impressione forte l'ho avuta quando babbo è venuto a dirmi che lo avevano arrestato. Ma oggi, cosa vuoi che sia stato.»

«Be', se proprio hai deciso... Intanto per un po' ti terremo compagnia noi. Andiamocene a un caffè.»

Nella prima stanza c'era pieno di gente che ascoltava la

trasmissione della partita; ma una seconda stanza era vuota. L'autista rimase anche lui a sentir la radio, e loro tre si misero a un tavolo.

Lidori ricominciò a parlare dell'avvocato. Bisognava assolutamente cercarne un altro, uno che fosse davvero un compagno, che si prendesse a cuore la causa...

Il padre obiettò timidamente che, se lo aveva scelto il Partito, ci se ne poteva fidare.

«Ma il Partito, se lo vuoi sapere, ha fatto tutto a rovescio. E poi è presto detto: il Partito. Noi di Volterra sì che ci prendiamo a cuore la cosa: perché Bube è un nostro compagno. Ma a Pisa, o peggio ancora a Firenze, le cose le prendono sottogamba. Ne hanno tante a cui pensare. Ma già, voglio andarci da me a parlare in federazione. Voglio sapere, per cominciare, perché hanno scelto questo Raffaelli, e non , invece, un Signori, che è un nostro compagno ed è stato anche candidato alle elezioni... Oppure un luminare del foro, senza guardare al colore politico. Basta promettergli una bella cifra se lo tira fuori di galera, e poi lo vedi come si muove. Ecco: la cosa secondo me andrebbe aggiustata così: prendere due avvocati: uno, un compagno, che senta la causa dal punto di vista politico; e l'altro, un grosso nome del foro di Firenze... o magari di Roma...»

Mara approvava con la testa; Lidori sì che era in gamba, non si accontentava di quello che gli dicevano, ci voleva veder chiaro lui nelle cose.

«Ecco in che modo si fa: stasera stessa ne parlo coi compagni: e in settimana, rifaccio una scappata a Firenze. E vi assicuro che la causa la metto in buone mani. Ma come? Un avvocato che non sa dirci niente... che bisogna che aspetti la sentenza istruttoria per farsi un'idea della causa... ma quello, scommetto, alla causa non ci ha ancora pensato cinque minuti. Chissà magari quante altre ne ha per le mani...»

«È che non è convinto» disse il padre. «È capace che si sia assunto quest'obbligo di malavoglia...»

«E allora lo dica: non c'è mica altro che lui di avvocati.»

«Lidori, mi raccomando a te» disse Mara. «Se non ti prendi a cuore la cosa te, è finita.»

«Non dubitare» la rassicurò Lidori «io non starò fermo di certo. Se gli altri dormono, ci penso io a svegliarli.»

La partita era terminata; l'autista si affacciò alla porta: «Si fa tardi, bisogna andare.»

«Ora si va» rispose sgarbatamente Lidori. «Anche dei permessi, noi ce la siamo rifatta con quelli del carcere; ma la colpa, anche lì, è dell'avvocato. Mica si doveva limitare a fare la richiesta; doveva accertarsi che i permessi ci fossero... Metti che non l'avessero dato nemmeno a lei: il viaggio, allora, l'avremmo fatto per nulla.» Trascinato dal fervore del discorso, si alzò; e il padre lo prese per il segnale della partenza, perché si alzò anche lui.

Gli addii furono rapidi. «Allora, Marina, mi raccomando: domani ti aspettiamo a casa.» E il padre la abbracciò e montò in macchina.

«Ciao, Mara» le disse Lidori, stringendole con forza la mano e guardandola negli occhi. Mara ricambiò lo sguardo e la stretta; e in questo modo si dissero che facevano pieno affidamento l'uno sull'altra. Anche l'autista le diede la mano e si affrettò a montare al volante. L'auto partì: da dietro le fecero ancora dei cenni di saluto. E Mara si ritrovò sola sul marciapiede.

La sua giornata non era finita: le toccava ricercare Stefano. L'ora dell'appuntamento era passata da troppo tempo, perché potesse pensare di trovarcelo ancora; ma forse era rimasto per lì.

Fece due o tre volte la strada principale. "A meno che non sia andato al cinema. O è più facile al Luna Park." Ma non le andava di fare la strada fino al Luna Park: oltre tutto, cominciava a sentirsi stanca.

Così rimase a girellare per il Corso: fermandosi a guardare le vetrine, e a spiare dentro i caffè, se per caso lo vedesse. Imbruniva: i lampioni erano già accesi, e gl'interni dei locali illuminati. C'era un capannello davanti a un caffè dove era esposto il tabellone della Sisal. Mara si ricordò di aver giocato anche lei quella settimana; cercò di vedere i risultati, alzandosi sulle punte dei piedi. Un giovanotto, uscendo dalla calca, la urtò; le chiese scusa e subitò esclamò:

«Oh! chi si vede: la monteguidina.»

«Hai visto Stefano?» gli domandò subito lei.

«Sì, l'ho veduto» rispose Mario «fammi pensare dove. Ah: stava andando al cinema.»

«Quanto tempo fa?»

«Eh, sarà stato... un'ora fa.»

«Ma ne sei sicuro?»

«Certo che ne sono sicuro. Ora dimmi una cosa te, Mara: l'hai più veduta... Ines?»

«Sì, l'ho veduta. Sta per sposare. Anzi, si dev'essere sposata proprio in questi giorni.»

«L'avessi saputo, le avrei mandato gli auguri» disse Mario, e rise; ma si vedeva che c'era rimasto male.

Mara riprese a girelllare. Vide la latteria aperta, entrò con l'intenzione di far due chiacchiere con la lattaia; ma era troppo occupata a servire i clienti. Uscì, si rimise in giro; si sentiva mortalmente stanca. Alla fine si appoggiò a uno stipite all'ingresso del cinema: lo avrebbe aspettato lì.

C'era un orologio sopra la cassa: segnava le sette meno dieci. L'appuntamento era alle quattro, Stefano tutt'al più poteva averla aspettata fino alle quattro e tre quarti... anche quella volta che era venuto il padre a dirle dell'arresto di Bube, Stefano aveva aspettato tre quarti d'ora e poi se n'era andato al cinema. Così le aveva raccontato lui stesso la domenica dopo. E lei gli aveva detto di Bube. Gli aveva detto di Bube e poi gli s'era buttata fra le braccia... perché mai come in quel momento aveva sentito bisogno del suo appoggio, della sua protezione... Era arrivata a dirgli: «Sì, Stefano, sarò tua, ti sposerò. Considerami come se fossi già tua moglie... Portami in camera tua, Stefano. Mi hai detto che non c'è nessuno in casa, perché non mi ci porti?».

Voleva esser sua, subito, senza più attendere un'ora. Far accadere l'irreparabile, perché poi non le fosse più possibile tornare indietro.

Ma Stefano non la intendeva così. Voleva averla, ma legalmente, e per tutta la vita.

E invece, la domenica dopo, lei era di nuovo incerta; e non aveva risposto nulla quando Stefano le aveva detto: «È venuto il momento che tu ti decida. O lui o me, Mara: non si può continuare così».

Bene, ora aveva deciso. Lì in trattoria, aveva deciso; un attimo prima di dire al padre che sarebbe tornata a casa.

Tornava a casa non perché avesse paura che in quella famiglia venissero a sapere che il suo fidanzato era in galera. Figuriamoci se era per questo. Lei non se ne vergognava mica, di Bube. E davanti a quella gente, poi. Quella gente non faceva che parlar male dei comunisti... li sentiva, quando erano a tavola, dire che i comunisti bisognava metterli tutti in galera, anzi no, che bisognava ammazzarli tutti. E sentiva anche il padre raccomandarsi di parlar piano: che in cucina c'era quella là, che era figliola di un comunista. E il giovanotto, forte: «E chi se ne frega se è figliola di un comunista». «Ssst... parla piano: vuoi che vada a ridir fuori i nostri discorsi?» Guardò l'orologio: erano le sette e dieci, Stefano non avrebbe potuto tardar molto. Con lui sarebbe stata franca: non gli avrebbe nascosto nulla. Gli avrebbe detto: «Stefano, io non so se amo te o Bube; ma i miei sentimenti non c'entrano nella decisione che ho preso: io... sono la ragazza di Bube». Ecco, era così: lei era la ragazza di Bube; non poteva abbandonarlo; sarebbe stata un'inaudita vigliaccheria se lo avesse abbandonato ora che era in galera.

«Mara!» Era la voce di lui, sorpresa e contenta insieme.

«Ciao, Stefano.»

«Come mai sei qui?»

«Me l'ha detto Mario che eri andato al cinema. E sono venuta ad aspettarti all'uscita.»

«Ma che è successo? Perché non eri all'appuntamento? Io ti ho aspettata fino a un quarto alle cinque...»

«Io sono tornata giusto a quell'ora. Ma ero insieme a mio padre; ho dovuto aspettare che ripartisse per venire a ricercarti.»

«Ma dov'eri andata, a casa?»

«No, a Firenze.»

«A Firenze?»

«Sì» rispose Mara. «Mi chiamò al telefono mio padre ieri sera, per dirmi che mi avevano dato il permesso di veder Bube... Stamani è passato a prendermi con la macchina, e siamo andati.»

Parlando, s'erano avviati verso la loro strada. Ma dopo che Mara ebbe detto in quel modo, Stefano rimase zitto. Camminava con le mani affondate nelle tasche dell'impermeabile, guardando davanti a sé.

«Stefano, ci fermiamo? Sono così stanca...»

Si fermarono accanto alla catasta di traversine; Mara ci si appoggiò, e Stefano rimase in piedi davanti a lei.

«Stefano» cominciò Mara «tu m'hai detto che non si poteva continuare così. E hai ragione. Bisogna prendere una decisione...»

«Sei tu che devi prenderla, Mara.»

«Sono io, sì... e l'ho presa...» ma vedendo l'ansia che s'era dipinta sul viso di lui, si turbò; non era più capace di andare avanti... Perché improvvisamente s'era accorta quanto lui l'amava... e che cosa avrebbe perduto, perdendolo... «Stefano, io...» balbettò ancora.

A un tratto egli le strinse il braccio:

«Tu ami me, Mara; tu non puoi decidere altro che di sposar me.»

Lei lo guardò smarrita... Ma improvvisamente ritrovò in sé quella forza che l'aveva sorretta la mattina in carcere, quando aveva dovuto affrontare da sola il colloquio con Bube. Non avrebbe saputo darle un nome, ma sapeva che era irresistibile: che spazzava via ogni timore, ogni esitazione; che la rendeva calma e sicura di sé e indifferente a ogni cosa che non fosse l'adempimento del suo dovere... Nulla, nulla poteva arrestarla, nemmeno lo sguardo implorante di Stefano...

«Stefano, questa è l'ultima volta che ci vediamo. Domani vado via da Poggibonsi. E non tornerò più... Perché il mio posto è accanto a Bube. Per sempre.»

Egli non disse nulla; solo, dopo qualche momento, allentò la stretta del braccio; e alla fine la lasciò, come se avesse capito che non era possibile opporsi alla sua decisione. Tornò a ficcare le mani in tasca; e poi parlò con voce bassa, rassegnata:

«Lo sai che mi spezzi il cuore dicendo così?»

«Forse mi si spezza anche a me, Stefano. Stefano» disse dopo un po'. «Io non dimenticherò mai le ore che abbiamo passato insieme... e quanto m'hai reso felice... forse saranno le ultime ore di felicità che avrò avuto nella vita. Ma ora... dobbiamo lasciarci, Stefano... dobbiamo andare ognuno per la sua strada. Addio, Stefano: ti auguro tanta fortuna.»

Ella si era mossa, Stefano la trattenne per il braccio: ma solo per dirle piano, all'orecchio:

«Anch'io te la auguro... Ma per me la fortuna non verrà mai... mi va sempre a finir male. Mara... io ti rimpiangerò per tutta la vita...»

Allora le venne da singhiozzare; e per questo si mise a correre. Quando fu vicina alla piazza, si voltò: Stefano era rimasto fermo, distingueva la macchia chiara dell'impermeabile accanto alla massa scura della catasta.

L'ultimo addio glielo diede la sera, in camera, lanciando uno sguardo disperato alla sagoma luminosa della fabbrica. Oh, non credeva di amarlo tanto. Oh, sarebbe stato terribile non vederlo mai più.

E tuttavia mise insieme la sua roba, la ficcò nella valigia; si accertò di non aver dimenticato nulla; ripose il denaro nel borsellino, calcolò mentalmente se la signora aveva fatto il conto giusto; e poi caricò la sveglia per le sei, perché aveva deciso di partire col primo treno.

PARTE QUARTA

I

Subito dopo San Casciano, dovettero fermarsi per cambiare una gomma. «Potevo essermene accorto prima» disse l'autista contrariato; e si mise di malavoglia al lavoro, con l'aiuto del segretario della sezione. Il padre, invece, s'era addormentato così bene che non lo svegliò nemmeno la fermata.

Scese anche Mara. Quei luoghi ormai le erano familiari: c'era passata tante volte in macchina. Riconosceva, al di là della vallata, una collina tondeggiante coperta di pini. L'ultima volta era stato... un mese prima. Allora non avevano ancora fissato la data del processo.

Sotto la strada, il vento scorreva sul pendio erboso, schiarendolo via via: come una carezza di una mano sul velluto. Un carro guidato dai buoi avanzava lentamente su una carrareccia a mezza costa. Più lontano ancora si vedeva un paese. Era controluce, e Mara sulle prime non ci aveva badato: l'aveva preso per la sommità frastagliata di un poggio.

Era strano che non si sentisse emozionata, e che quasi non pensasse a Bube. Eppure era per lui che andava a Firenze; e stavolta lo avrebbe visto dentro la gabbia degl'imputati. Ma se si era abituata al carcere, non le avrebbe fatto impressione nemmeno il tribunale...

Ora, però, si sarebbe deciso il suo destino. "Tra cinque, sei giorni, quando tornerò a passare di qui, il mio destino sarà segnato." Ma anche allora, la vita avrebbe continuato a presentare gli aspetti consueti. Non era stato forse un giorno come tutti gli altri quello in cui avevano saputo della morte di Sante? Lei allora era una ragazzetta senza cervello, ma a distanza di tempo poteva rendersi bene conto che sciagura era stata. Ricordava il momento in cui l'uomo era apparso nella corte. Lei era alla finestra a mangiarsi le unghie, ed ecco, era apparso quell'uomo, un contadino come tanti, e invece no, veniva a portare la notizia della morte di Sante...

Senza farci caso, si era allontanata di un centinaio di passi. Voltandosi, scorse i due uomini che orinavano sul ciglio della strada prima di risalire in macchina. Anche nei momenti più tragici, i bisogni elementari della vita reclamavano di essere soddisfatti: quei due orinavano, il padre dormiva, e lei aveva una gran fame e non vedeva l'ora di essere arrivata per poter fare colazione.

L'automobile si fermò per farla salire. In pochi minuti fu in fondo alla discesa; attraversò un abitato, poi si mise a costeggiare il corso di un torrente. Dall'altra parte c'era un oliveto recinto da un muro; e in cima all'altura una villa con la meridiana sulla facciata. Si era ormai vicini a Firenze, lo si capiva dal traffico in aumento, dalle case sempre più numerose, dai muri chiari che recingevano i campi.

Erano le otto quando entrarono in città da Porta Romana; avevano tutto il tempo di fare le cose con calma. Andarono nel solito caffè. Lei mangiò due briosce e fu in forse se chiederne un'altra; ma poi si vergognò. Il cappuccino era bollente; aspettò che si raffreddasse.

Chi li vedeva, lei intenta a bere a piccoli sorsi, gli uomini immersi nella lettura del giornale, non avrebbe potuto certo immaginare la ragione per cui erano lì. "Tra poco lo vedrò nella gabbia", si ripeté Mara. Ma non si sentiva per nulla emozionata... Invece, si sentì stringere il cuore quando le venne in mente che avrebbe incontrato la madre e la sorella di Bube.

«Babbo, mi raccomando, non mi lasciare sola» disse stringendogli il braccio.

«Come?» fece il padre. «Ma certo, figliola: dove vuoi che vada?»

«Ma così, quando siamo nell'aula, non fare come fai sempre, che ti metti a parlare con questo e con quello.»

Il padre la guardò; le prese la mano:

«Stai tranquilla, figliola.»

In aula incontrarono molte persone di Volterra, tra cui Elvira, Lidori, Arnaldo.

La gabbia era ancora vuota, e così pure il banco dei giudici e i tavoli degli avvocati; di là dalla transenna c'erano solo due carabinieri.

Dopo la confusione dei primi momenti, Mara si ritrovò accanto a Elvira.

«Quando comincia?» fece, tanto per dir qualcosa.

«Dianzi era qui l'avvocato, ha detto che prima delle dieci sarà difficile che cominci.»

«L'avvocato Raffaelli?»

«No, quell'altro... quel siciliano.»

«Ho capito: Paternò.» Le era simpatico, Paternò: non si trincerava dietro frasi vaghe, spiegava le cose chiare e non nascondeva niente.

A un tratto si ricordò che doveva chiederle della madre:

«E tua mamma... come sta?»

«Mica tanto bene» rispose Elvira. «Lei desiderava venire, ma noi non abbiamo voluto... Le avrebbe fatto troppo impressione, non ti pare?»

Poi Elvira si mise a parlare con un'altra donna, e Mara tornò a guardarsi intorno. A due passi di distanza Arnaldo la fissava. Mara gli sorrise:

«Sei diventato un giovanotto» gli disse.

«Ti ricordi di quella volta?» fece Arnaldo.

«Già. Non c'eravamo più rivisti, da allora. Che cosa fai? Lavori?»

«No. Studio» rispose Arnaldo.

«Studi?» disse Mara sorpresa.

«Frequento l'ultimo anno della Scuola d'Arte.»

«Ah.» Ma non sapeva bene di che si trattasse, così dopo un po' gli chiese: «E poi, che cosa farai?».

«Come, che cosa farò? Lo scultore. Studio appunto per imparare il mestiere.»

«E stamani, non avevi scuola?»

«Stamani, sono voluto venire...»

Di lì a un po', Mara gli chiese:

«Quanti anni hai?»

«Diciotto.»

«Già, è vero, ne hai uno meno di me... Scommetto che hai già la fidanzata.»

«No... la fidanzata proprio, non ce l'ho ancora» rispose serio il giovane.

La chiamò il padre:

«Che vuoi fare, figliola? Ripartire stasera, o restare qui fino a domani? Io, per l'appunto, non posso trattenermi... ma potresti restare con la sorella di Bube, con Lidori... Loro si trattengono durante tutto il processo.»

«Mah» fece Mara stringendosi nelle spalle.

«Forse è meglio che vieni via con me. Mamma sennò brontola.»

«Sì, forse è meglio.»

La madre non aveva più detto nulla, da quando, un mese prima, c'era stata una terribile scenata. Era accaduto appunto alla vigilia dell'ultimo colloquio con Bube. Prima la madre se l'era rifatta col marito, e poi con lei. «Ma perché non lo lasci perdere quel disgraziato» diceva. Be', era già tanto che non lo chiamasse più delinquente. «Se lui è un disgraziato, vuoi essere una disgraziata anche tu?» Il padre allora era intervenuto dicendo: «Ma vedrai che lo assolvono. E allora tornerà a essere un cittadino come gli altri». Il padre diceva così, ma non ci credeva nemmeno lui che lo assolvessero. Mara invece non aveva sentito il bisogno di mentire: «Appunto perché è un disgraziato, non lo posso lasciare. Lo dovresti capire, mamma: se lui trova la forza di sopportare la prigione, è perché sa che ci sono io ad aspettarlo. Impazzirebbe, se lo lasciassi». «Ma quanto lo vuoi aspettare? Sono tre anni che lo aspetti... Consumi la gioventù per una cosa impossibile...» «Lo aspetterò, dovessero passare altri tre anni. Ne dovessero passare dieci.» «Oh, ma sei testarda, figliola! Quando ti sei messa in testa una cosa...» «È proprio così, mamma. E perciò è inutile che cerchi di dissuadermi.»

La madre allora s'era messa a piangere, a disperarsi; diceva che una donna disgraziata come lei non c'era sulla faccia della terra... A un tratto li aveva guardati tutti e due, prima il marito, poi la figlia: «L'ho espiata la mia colpa, vai. Oh, Signore! Ma perché non l'hai fatta scontare a me! Perché te la sei rifatta coi miei figlioli!».

Era così la madre, accumulava le sue pene per settimane e mesi, finché veniva il momento che non ne poteva più, e piangeva e si disperava. La sera avanti, Mara aveva timore di un'altra scenata; ma per fortuna non era successo nulla.

«Buongiorno, signorina.» Era Paternò. «Come va? Si sente tranquilla?» Lei fece cenno di sì. «Brava, lei è sempre stata brava.»

Raffaelli, invece, non s'era curato di salutar nessuno e s'era seduto al tavolo; aveva tirato fuori dalla borsa un incartamento, e vi faceva dei segni con la matita. Paternò andò finalmente a mettersi seduto; salutò anche l'altro avvocato, evidentemente quello di Ballerini Ivan. Ma ne arrivò un quarto, e sedette a un tavolo più piccolo.

«Chi è?» domandò Mara ad Arnaldo.

«Sarà l'avvocato di parte civile. So che la vedova del maresciallo si è costituita parte civile...»

«E questo è un male, vero?»

«Certo non è un bene. Ma, d'altra parte, era da prevedere. Mettiti nei panni di una donna a cui sono stati uccisi il marito e il figlio...»

Mara, a sentirla evocare dalle parole di Arnaldo, se la immaginò come sua madre: una piccola donna vestita di nero... E si sentì sopraffare dall'angoscia: quasi si rendesse conto solo ora della gravità di quello che era successo.

«Oh, perché lo ha fatto» disse accasciata.

Arnaldo la guardò:

«Bube ne ha colpa fino a un certo punto... Oh, non dico mica per difenderlo. Ma ci sono tanti più colpevoli di lui... che ora sono liberi e non devono preoccuparsi di niente.»

Mara non capiva; e Arnaldo continuò:

«Bube c'è stato spinto. Io ero un ragazzo, ma me ne ricordo di queste cose. Quando tornò dalla macchia, siccome aveva fama di essere stato coraggioso... la gente lo metteva su, gli diceva: Vai a picchiare quello. Vai a picchiare quell'altro. Dicevano così perché loro non volevano esporsi. E Bube si sentiva quasi in obbligo, per essere pari al nome che aveva... Anche a San Donato, cosa credi? dev'essere stato lo stesso: c'è chi li ha messi su, e poi s'è tirato indietro. Succede sempre così: ai veri responsabili non gli succede nulla, e la pagano quelli che hanno meno colpa.»

«Già» fece Mara. Le tornò in mente la donna che si sporgeva dalla corriera gridando: Meno male che ci sei tu, Bube!; perché voleva che picchiasse il prete Ciolfi. "Quella strega", pensò. «Già, è proprio come dici tu.»

«Ne approfittavano perché era un ragazzo. S'era un po' montato la testa... è tutta qui la sua colpa. Ma quegli altri... Uomini anche anziani, di quaranta e cinquant'anni... sono loro i veri responsabili. Mi ricordo una sera che ero insieme a Bube e lo fermò un uomo... uno che da allora non l'ho più potuto vedere. Un omaccio sdentato, figurati... che voleva persuadere Bube a picchiare un tale... e magari ce l'avrà avuta mica perché era fascista: ma per fatti personali.» Scosse la testa: «La disgrazia è stata una sola: che Bube non avesse nessuno che gli facesse da guida. Cosa vuoi, in famiglia, con quelle due donne... Fosse stato vivo il padre, avesse avuto un fratello maggiore... Perché un giovanotto di quello che dicono le donne non se ne cura mica. Bisognava che avessi avuto io qualche anno di più... e allora lo avrei messo in guardia, Bube... glielo avrei fatto capire che s'era messo su una brutta strada».

«Ma queste cose gli avvocati le diranno.»

«Quali cose?»

«Quelle che stai dicendo tu.»

«Ma che vuoi, queste cose non hanno mica importanza... i giudici lo sai come fanno? Vanno a sfogliare il codice, il reato tale, l'articolo tale... Non considerano mica che ci possono essere stati tanti motivi...»

«Dimmi la verità, Arnaldo: tu come lo giudichi Bube?»

Arnaldo sostenne tranquillo il suo sguardo:

«Io lo giudico un bravo ragazzo» rispose.

Bube e il suo compagno erano già nella gabbia da un quarto d'ora almeno, e ancora la Corte non aveva fatto il suo ingresso. Mara era rimasta sempre lì, aggrappata alla transenna. Con Bube si erano scambiati un cenno di saluto dopo che i carabinieri gli avevano tolto le manette; fino a quel momento infatti egli era rimasto a capo chino, come se si vergognasse. Il suo compagno era molto più disinvolto; si guardava intorno e sorrideva ai parenti e ai compaesani, che formavano un gruppo compatto in fondo, vicino alla finestra. Era alto e robusto, coi capelli castani ondulati: indossava una giacca sportiva, col colletto aperto. Bube aveva un vestito nuovo scuro e portava la cravatta.

Si erano seduti sulla panca; fumavano e scambiavano qualche parola. Dietro a loro, in piedi, stavano due carabinieri.

A un tratto, ci fu agitazione nell'aula; avvocati e giornalisti si affrettarono a riprender posto dietro i tavoli; nel pubblico si fece silenzio; vennero spente le sigarette; e un uomo con un camice nero annunciò:

«La Corte.»

Uno dopo l'altro entrarono sette uomini: tre con la toga, gli altri quattro in borghese, con una fascia tricolore attraverso il petto; rimasero un attimo fermi in piedi, poi sedettero.

«L'udienza è aperta» disse il presidente con voce bassa, appena percettibile.

Il cancelliere si alzò e lesse l'atto di accusa. Leggeva in fretta e non si capiva quasi nulla. Ma ogni volta che sentiva pronunciare il nome: Cappellini Arturo, Mara trasaliva.

«E ora? Che faranno?» domandò ad Arnaldo.

«Ora interrogheranno gl'imputati, credo» rispose Arnaldo.

Ma non fu così: il presidente fece un cenno all'avvocato Raffaelli, che si alzò e si avvicinò al banco; scambiarono alcune parole sottovoce, poi l'avvocato tornò al suo posto e cominciò a parlare. Benché spiccasse bene le parole, Mara non riuscì a capir niente nel suo discorso. Alla fine il presidente disse anche lui qualcosa, e la Corte si ritirò.

La Corte rientrò dopo un'ora, respingendo l'eccezione d'incompetenza sollevata dalla difesa e aggiornando la seduta alle due del pomeriggio. E Mara si ritrovò in istrada in mezzo a un'altra diecina di persone.

Di nuovo, come al mattino, aveva una gran fame. E invece, prima dovettero aspettare Paternò; poi in una trattoria non trovarono posto; e si dovettero accontentare di un'altra più modesta. Fecero riunire i tavolini, e misero l'avvocato a capotavola.

«Speriamo, compagni, di poter fare il pranzo insieme a Bube» esordì Paternò. La tensione delle lunghe ore di attesa in aula si era rilassata, e quasi si sentivano allegri. Parlavano, ridevano, mangiavano con appetito; Mara fra l'altro notò che Elvira mangiava in modo spropositato. Lei invece, dopo le tagliatelle, si sentì sazia. Gli uomini ricorrevano anche con frequenza ai fiaschi di vino. A un certo punto ella si sentì in dovere di frenare il padre:

«Basta, babbo, non bere più, ti fa male.»

Il padre, vergognoso, posò il fiasco.

Di faccia a lei Arnaldo mangiava composto, in silenzio. Mara guardandolo pensava com'era diverso dagli altri. "È uno studente; per questo è diverso."

La tavolata richiamava l'attenzione degli altri avventori. "Chissà, forse crederanno che siamo riuniti per una festa", pensò Mara. Ma era così, la gente mangiava, beveva, parlava, rideva per farsi coraggio: "Anche Bube e il suo compagno mangeranno con appetito, parleranno e scherzeranno tra loro". Sapeva che nel pomeriggio li avrebbero interrogati... Chiuse gli occhi: con che cuore Bube avrebbe rifatto ai giudici il tremendo racconto? "Voglio esserci anch'io", pensò. Sì, doveva rimanere fino a che Bube non avesse finito il suo racconto. Per dimostrare a tutti che non si vergognava di lui... che accettava di dividerne le responsabilità. Si eccitò a quest'idea: "I veri responsabili non sono imputati... Prima lo hanno spinto e poi lo hanno lasciato solo a sopportare le conseguenze... Per questo io scelgo di dividerne la responsabilità".

Di nuovo guardò Arnaldo. Quel ragazzo, che al tempo in cui era successo il fatto era ancora un bambino, aveva capito com'erano andate le cose. Possibile che i giudici, che erano persone anziane, non lo capissero? Che non si rendessero conto che Bube era un povero ragazzo senza guida, a cui gli altri avevano fatto fare quello che avevano voluto?

"Considerate un momento, signori giudici: Bube era un ragazzo di diciannove anni. Orfano di padre, non ha mai avuto nessuno che lo consigliasse, che lo guidasse. Va a fare il partigiano: così giovane, si ritrova a maneggiare una rivoltella, un fucile; e quando torna a casa, la gente gli si mette intorno, e lo incita a continuare, gli dice che bisogna vendicare i caduti, che bisogna picchiare, che bisogna uccidere... Che ne sa lui che ora non è più tempo di sparare e di uccidere? Gli dicono: tu devi tener fede al nome che hai preso: non ti sei forse chiamato Vendicatore? Oh, io me ne ricordo bene come andarono le cose su quella maledetta corriera. Lui non avrebbe voluto fargli niente al prete... anzi, avrebbe voluto evitargli le busse. Ma che figura ci avrebbe fatto, di fronte a tutta la gente? Forse che uno fa quello che veramente si sente di fare? No, uno fa quello che gli altri si aspettano che faccia..."

E così il tempo passava, gli altri fumando e chiacchierando, e lei rimuginando tra sé tutta la vicenda. Finché le venne in mente che doveva parlarne all'avvocato. Disse al padre di scambiare il posto, e andò a sedere lei accanto a Paternò.

«Avvocato, bisogna che le dica una cosa. Io... vorrei testimoniare al processo.»

«Ma lei ha già testimoniato davanti ai carabinieri... Ha detto che non sapeva nulla, e dunque...»

«Invece io sapevo tutto. Io so tutto. Mi ascolti, avvocato: io mi sono trovata presente quando Bube picchiò il prete Ciolfi... Voglio dire, non proprio presente alla picchiatura, ma quando in corriera lo misero su perché picchiasse il prete...»

«Sì, ma questo cosa c'entra col fatto di San Donato?»

«Mi stia a sentire, la prego. Bube, non aveva nessuna intenzione di picchiare il prete: quando lo incontrammo a Colle, lui mi disse che voleva evitare anche di parlarci... Eravamo nel caffè e aveva paura che il prete si voltasse e lo riconoscesse. Fu quando arrivò la corriera che una donna si sporse e si mise a gridare: Meno male che ci sei tu, Bube! E una volta saliti, non faceva che dire: Ora ci pensa Bube a conciare per le feste il prete. Perché Bube aveva questa fama... Ma lui ancora non ne voleva sapere; lui voleva anzi evitargli le busse, al prete... E quando si scese, lo prese a braccetto insieme a un altro per portarlo in prigione. E certamente avevano quest'intenzione, che non gli capitasse nulla di male, lo portavano in prigione perché fosse al sicuro; ma poi le donne gli sbarrarono il passo, e una cominciò a picchiarlo, e allora Bube, a vedere che lo picchiavano le donne, si sentì umiliato... e si credette in dovere di intervenire e di picchiarlo lui... Capisce? Tutto quello che Bube ha fatto, anche l'uccisione del figliolo del maresciallo, è stato perché credeva che fosse suo dovere...»

«Ma in sostanza cosa vorrebbe testimoniare lei?»

«Vorrei dire ai giudici... la verità.»

«Sulla picchiatura del prete? Ma quella è una storia che è meglio non rivangarla. Oh, ma si sta facendo tardi: Lidori, bisogna andare. Io almeno bisogna che vada.» E si affrettò ad alzarsi e andarsene.

Loro invece ci misero un pezzo a muoversi, Lidori doveva avere il resto, poi si aspettò alcuni che erano andati alla toeletta, così quando arrivarono nell'aula Bube era già seduto davanti al banco dei giudici e stava facendo il racconto.

Bube finalmente venne rimandato nella gabbia, e fu la volta di Ballerini. Il padre la toccò sulla spalla:

«Andiamo, Mara: sennò si fa troppo tardi.»

Pioveva; e si bagnarono non poco per arrivare alla macchina, che era stata lasciata in una stradetta laterale. Il segretario salì accanto all'autista, lei e il padre si misero dietro. «Tempo matto» disse il padre «si vede proprio che siamo in marzo.» «Ci basta che faccia bello in aprile» rispose il segretario, alludendo alle elezioni imminenti. Dopodiché, non scambiarono più una parola. La vista delle vie deserte, poi del fiume scuro sotto la pioggia, e delle misere stradette dei quartieri popolari, stringeva il cuore a Mara. Finalmente furono fuori della città; ma anche la campagna aveva un aspetto imbronciato: la pioggia era infittita ancora e restringeva la visuale. A fatica si distingueva la villa in cima all'oliveto; mentre la collina boscosa di là dal torrente era come un'ombra chiara.

A una curva la macchina sbandò; il padre si raccomandò all'autista di andare adagio. Poi cominciò la lunga salita di San Casciano: Mara guardava ostinatamente fuori, le immagini si succedevano una dopo l'altra: una forra di rovi, un muro a secco che sosteneva un campo, un olivo sbìlenco piantato proprio sul margine, un gelso coi rami contorti potati, un pesco coi fiori gualciti. Quelle povere cose non avevano difesa contro la pioggia che le flagellava; e così era lei, non aveva difesa contro gli uomini che le avevano chiuso in prigione Bube e ora si apprestavano a condannarlo. Non ci si poteva far niente... bisognava subire i colpi.

Mentre lo interrogavano, Bube appariva rassegnato al suo destino. Lei non poteva vedere che faccia avesse, perché voltava le spalle al pubblico; e nemmeno udiva le parole, perché parlava piano, tanto che gli avvocati e i giornalisti si erano dovuti alzare dai tavoli per sentirlo. Di tanto in tanto il presidente lo interrompeva e dettava al cancelliere quello che doveva mettere a verbale. Povero Bube. Non aveva più la baldanza di un tempo. Era un poveretto rassegnato alla sua sorte. E Mara, fissando la sua schiena curva, si sentiva venire le lacrime agli occhi.

Poi guardava le facce dei giudici, una dopo l'altra: avrebbero avuto un po' di pietà?

Non si trattava che di questo: di un po' di pietà.

"Signori giudici, non vi chiediamo altro che un po' di pietà per questo giovane sfortunato." Ecco: era così che avrebbero dovuto parlare gli avvocati. Ma Paternò, anche quel giorno a tavola, discorrendo con Lidori parlava di giustizia. Era giusto, secondo lui, che i giudici accordassero il beneficio della provocazione grave... che tenessero conto del fatto che un compagno degl'imputati era stato ucciso sotto i loro occhi... e che quindi essi avevano agito per motivi di particolare valore morale... E Raffaelli, che era venuto a parlare con loro quando la Corte si era ritirata per deliberare sull'eccezione sollevata dalla difesa, faceva discorsi anche più difficili, citava numeri, pronunciava parole incomprensibili...

In passato, parlando con gli avvocati, con Lidori, col segretario della sezione, Mara si era impadronita della causa, gli avvocati avevano perfino sfogliato il codice e le avevano mostrato gli articoli. Si era quasi familiarizzata coi concetti giuridici, sapeva in quali casi e fino a che punto avrebbe potuto applicarsi l'amnistia del '46... Ma ora capiva che la sola cosa da sapere era se i giudici avrebbero avuto o no un po' di pietà. Soltanto questo.

"Un po' di pietà, signori giudici. Noi non chiediamo altro che un po' di pietà."

Arrivarono a Poggibonsi a notte. Le luci, le sagome delle case, le vie scorte per un attimo d'infilata, riscossero Mara dalla sua triste meditazione. E per un momento il rimpianto di ciò che aveva perduto le si insinuò nell'anima.

Il padre e il segretario avevano ricominciato a parlare. Delle elezioni. Speravano in una clamorosa vittoria; in ogni caso, il governo avrebbe concesso un'amnistia.

«Se non beneficia di quell'altra, beneficerà di questa» diceva il padre; «e in un caso o nell'altro, dovrà venir fuori.»

Il segretario era anche più ottimista: era sicuro della maggioranza assoluta. «Prenderemo il 53-54 per cento. Mi diceva il federale, che è stato di recente a Roma, e ha parlato anche con Togliatti...»

Mara si riattaccò a questa speranza: le elezioni, la vittoria del comunismo, l'amnistia. Il buio, che aveva cancellato le squallide immagini del giorno, le faceva tornare la fiducia.

Arrivarono a Colle in tempo per la corriera; ma il segretario, scendendo, disse all'autista che li accompagnasse a Monteguidi.

«Quando ci saranno le elezioni, babbo?» chiese dopo un po' Mara.

«Il 18 aprile.»

«Tu ci speri che vinceremo?»

«Mah» fece il padre. «Io, che si possa vincere con la scheda, ci ho sempre creduto poco... Ma speriamo almeno nell'amnistia.»

«E il processo, come ti pare che si metta?»

«Per ora non si può prevedere. La corte ha respinto l'eccezione della difesa, ma gli avvocati l'avevano fatta tanto per fare... Mara,» aggiunse dopo un momento «c'è una cosa che bisogna che ti dica. Io quando mamma s'è scagliata contro Bube l'ho sempre difeso... però bisogna capire anche il suo punto di vista. A un genitore, quello che gli sta a cuore è il bene di una figliola. Ora aspettiamo a vedere come va a finire il processo; e poi, magari, se ci sarà quest'amnistia... Ma se dovesse andare a finir male...»

«Se dovesse andare a finir male...?»

«Tu ti sei già sacrificata abbastanza per lui, figliola» disse il padre in fretta.

Mara tornò col padre a Firenze il terzo giorno del processo, mentre era in corso l'interrogatorio dei testimoni. Si trattava di persone di San Donato: fra gli altri, deposero il prete e la fidanzata di Umberto Biagioni. E più volte accadde che il Procuratore Generale e gli avvocati si accapigliarono, e il Presidente li richiamò energicamente all'ordine. Ma le ragioni per cui si accapigliavano, Mara non riusciva a capirle bene.

E poi ci tornò l'ultimo giorno. Per quattro ore rimase aggrappata alla transenna a sentir parlare gli avvocati. Prima parlò Paternò, e poi l'avvocato Testa, il difensore del Ballerini. E dopo andarono a mangiare, e il padre, Lidori e altri di Volterra dicevano che gli avvocati avevano parlato molto bene: soprattutto l'eloquenza appassionata di Paternò aveva fatto grande impressione. «Il Partito un oratore così lo doveva presentare candidato alle elezioni» diceva Lidori.

Più che altro Paternò aveva parlato di politica. Aveva rievocato il periodo della lotta partigiana, gli eccidi compiuti dai nazifascisti, l'eroismo di Bube, il fatto che gli erano state imprigionate la madre e la sorella. Quello che era accaduto a San Donato era doloroso e deprecabile, ma andava inquadrato in un momento storico. « Se fosse avvenuto nel Nord, nessuno sarebbe chiamato a rispondere. Ma forse che qui da noi l'atmosfera era molto diversa? Forse che anche qui non erano sempre fresche le fosse dei partigiani trucidati?» Era la frase che aveva entusiasmato Lidori. È vero che a questo punto il Procuratore Generale e la Parte Civile avevano interrotto Paternò ricordandogli che anche i due assassinati erano partigiani, ma lui, che evidentemente si aspettava questa interruzione, aveva replicato prontamente: «È vero, ma è anche vero che era un partigiano Biagioni Umberto, il compagno di Ballerini e del mio difeso. Gli assassinati furono tre quel giorno, e il primo a cadere fu proprio il compagno del mio difeso. È questo il punto-chiave del processo: e la Corte, ne siamo certi, lo terrà nel debito conto». Quindi era passato a parlare del fatto, e aveva sostenuto prima la legittima difesa, poi l'eccesso di difesa, poi la provocazione grave... E aveva terminato ricordando un processo contro un gruppo di rastrellatori repubblichini, che era stato celebrato poche settimane prima in quella stessa aula e si era concluso con un verdetto di clemenza. «A maggior ragione noi invochiamo clemenza per un giovane che ha combattuto dalla parte giusta della barricata.»

Anche Mara si era lasciata prendere dalla foga oratoria dell'avvocato; ma poi, ripensandoci a mente fredda, si era chiesta perché Paternò non aveva messo in luce tante altre cose, per esempio, il fatto che Bube fosse orfano, che non avesse mai avuto nessuno che gli facesse da guida, che gli desse dei buoni consigli... come anzi tutti avessero fatto a gara nello spingerlo sulla via della violenza... Da quanto le era stato detto, il Procuratore Generale nella sua requisitoria lo aveva appunto dipinto così, come un violento: alludendo alle picchiature dei fascisti in cui Bube si era specializzato dopo il suo ritorno dalla macchia. Ma gli avvocati lo avevano interrotto dicendo che tutto questo non risultava dagli atti del processo. «Voi però sapete che è vero» aveva ribattuto il Procuratore Generale; ma il Presidente gli aveva ingiunto di attenersi alle risultanze processuali.

Anche il Procuratore Generale aveva parlato di politica: facendo l'apologia dei carabinieri, di questi benemeriti militi del dovere, che non appartengono a nessuna fazione ma sono gl'imparziali tutori dell'ordine. E aveva rivangato la questione del sequestro del camion, a proposito del quale c'erano state delle testimonianze precise: sequestro perfettamente legale, ma che pure aveva avuto l'effetto di mandare in bestia gli attuali imputati, «abituati com'erano a non rispettare nessuna legge»: e che gl'imputati avessero minacciato il maresciallo Cècora di fargli la festa alla prima occasione, anche questo era largamente documentato dalle testimonianze: sì che l'assassinio era avvenuto in modo molto meno casuale di come voleva far apparire la difesa. Non era vero che il maresciallo fosse stato il primo a cominciare; anche su questo punto la testimonianza del prete e di altre persone presenti al fatto erano schiaccianti: il maresciallo aveva agito in stato di necessità, dopo che il Cappellini, il Ballerini e il Biagioni avevano tentato di disarmarlo.

Queste e molte altre cose ancora aveva detto il Procuratore Generale nella sua requisitoria durata più di tre ore: concludendo con la richiesta di ventidue anni per il Ballerini e di ventiquattro per il Cappellini.

L'avvocato Raffaelli pronunciò la sua arringa nel pomeriggio. Diversamente dal suo collega, non parlò di politica, restringendo il suo esame al fatto così come si era svolto e alla interpretazione giuridica che se ne doveva dare. Egli cercò di invalidare alcune testimonianze, lamentò

che non fosse stato fatto un sopraluogo come la difesa a-
veva pur chiesto, escluse che il suo difeso avesse qualche
responsabilità nell'omicidio del maresciallo. Erano le sei
quando con la schiuma alla bocca smise finalmente di
parlare.

La Corte si ritirò. Dapprima il pubblico era stato tratte-
nuto al di là della transenna, ma poi Elvira, Mara, Lidori e
alcuni altri riuscirono a entrare nel recinto e ad avvicinarsi
alla gabbia.

Mara e Bube si stringevano le mani attraverso le sbarre
e si guardavano. E ogni tanto parlavano.

«Lidori mi ha detto che è buon segno se stanno tanto in
camera di consiglio.»

«Potrebbe essere anche cattivo segno» rispose Bube.

«Tu non spaventarti anche se la condanna è grave; perché l'importante è che sia applicata l'amnistia.»

«Io... ormai sono preparato a tutto.»

Dopo un po' Mara gli disse:

«Il mese prossimo ci saranno le elezioni. Questa volta
vinceremo: lo dicono tutti.»

«Io non ci spero più in queste cose.»

«In ogni modo il governo dovrà concedere un'altra amnistia.»

«Se mi fossi costituito allora, le cose sarebbero andate
diversamente; ma così come sono adesso, è inutile farsi
illusioni.»

Mara gli disse ancora:

«Io non ti abbandonerò mai, Bube, qualunque cosa succeda... a qualunque pena ti condannino.»

E lui rispose:

«È in te che ho fede, Mara; soltanto in te.»

«Anche Lidori è stato bravo: soltanto quanto si è dato
da fare per raccogliere il denaro...»

«Sì, anche Lidori è stato bravo. Ma nessuno mi ha
aiutato quanto te. È solo perché ci sei tu che ho voglia

di continuare a vivere. Altrimenti... mi sarei impiccato all'inferriata.»

«Non dire queste cose, ti prego.»

«Voglio solo che tu sappia che ti devo tutto... perché non sarei nemmeno più vivo se non ci fossi stata tu. Ho avuto disgrazia nella vita, ma ho avuto anche una grande fortuna: quella di incontrarti... Per te, invece, è stata una grande disgrazia.»

«Zitto; come puoi dirlo?»

«Non credere che sia egoista al punto di non capire che ho fatto la tua disgrazia. Dio mio! se ti avessi conosciuta prima!»

«Tu non hai colpa di niente... sono gli altri semmai che ci hanno colpa.»

«E invece io ho colpa di tutto.»

«Eri così giovane... non potevi capire.»

«Non vuol dire esser giovane. Tanti altri erano giovani come me, eppure non hanno mica fatto quello che ho fatto io.»

«Ma tu eri anche orfano. Non avevi nessuno che ti guidasse, che ti stesse vicino.»

«Questo è anche vero. Ma la mia colpa rimane lo stesso...»

"I giudici lo capiranno che si è pentito di quello che ha fatto. E quando uno è pentito, non c'è più bisogno di condannarlo... Perché lui per primo si è condannato. I giudici lo capiranno... capiranno che non c'è ragione di tenerlo in carcere, Bube non è più quello di prima, è diventato un altro... Lo capiranno che non commetterà altre violenze... che il Procuratore Generale ha mentito quando ha detto che Bube costituisce un pericolo per la società... Oh, ma dovrebbero essere proprio ciechi per non capire queste cose!"

La sua mente lavorava febbrilmente... e in quegli ultimi minuti che passò accanto a Bube, prima che i carabinieri le ordinassero di tornare dietro la transenna, ella acquistò la certezza, sì, la certezza, che Bube sarebbe stato assolto... Stordita, raggiunse il recinto riservato al pubblico, qualcuno le fece posto, un altro le strinse il braccio...

«La Corte» annunciò l'usciere.

II

Il treno era affollato anche più di quello della mattina; e tuttavia Mara, non appena si fu trovato un posticino nel corridoio tra una donna e un uomo anziano, respirò di sollievo. E quando il treno si mosse, e sparì la vista della tettoia di cemento, e dei fasci di binari, e dei vagoni merci, e poi dopo che furono passate le case, e il treno entrò in aperta campagna, si sentì anche meglio. Finalmente era cominciato il viaggio che l'avrebbe ricondotta a casa. Quando, non lo sapeva: sapeva solo che fino a Firenze non aveva da cambiar treno.

Questo, glielo aveva detto il guardasala forandole il biglietto, e poi glielo aveva ripetuto uno della polizia ferroviaria, che vedendola sola in piedi sulla banchina deserta, le aveva domandato che treno aspettava. «Quello per Colle Valdelsa. Per Firenze.» «Oh, ma passa tra due ore. Perché non va in sala d'aspetto? Ci sta più comoda.» Lei s'era stretta nelle spalle. Ed era rimasta ad aspettare in piedi sulla banchina. Non aveva mangiato: difatti dal carcere era venuta direttamente in stazione. Dopo un po' che era lì, tirò fuori dalla borsa la mezza pagnotta avanzata, ne staccò un pezzo e cominciò a mangiare. Quando ebbe finito, andò alla fontanella in fondo alla banchina; ma non capiva come doveva fare perché zampillasse l'acqua. Un ferroviere le venne in aiuto; le tenne anche compressa la pompa mentre beveva. Poi le domandò anche lui dove andava. «A Firenze» rispose Mara. «Non sa mica quando ci arriverò?» Il ferroviere non lo sapeva: si andò a informare apposta. «Alle diciannove e venti. Sette e venti.»

Erano tutti gentili in quella città, la mattina le avevano indicato il tram che doveva prendere, in tram l'avevano avvertita quando doveva scendere, e una donna, che era scesa con lei, l'aveva poi messa sulla strada del carcere. E-rano tutti gentili, ma soltanto la parlata forestiera angosciava Mara.

Meno male che al carcere aveva avuto la fortuna di incontrare un agente di custodia che era compaesano di Bube. Era stato lui stesso a dirglielo, mentre le faceva compagnia in attesa che la chiamassero per il colloquio. E Mara si era sentita rinfrancata, sapendo di avere una persona amica tra quelle mura. Ma poi c'era stato il colloquio con Bube...

Emise un gemito, tanto che la donna accanto la guardò. Allora, perché la disperazione non la sopraffacesse, cercò di concentrarsi nella vista della campagna. Ma anche la campagna le era estranea, ostile: campi spartiti dai filari si succedevano senza interruzione; a variare il paesaggio, compariva appena una strada bianca e diritta, o un argine su cui pedalava una donna; oppure, al di là del folto d'alberi e di filari che chiudeva rapidamente la vista, spuntava il tetto di una casa o il campanile di una chiesa. E così, niente veniva a distrarre Mara dai suoi pensieri.

Il colloquio era appena cominciato, e lei s'era messa a dirgli quello che gli aveva portato, quando Bube l'aveva interrotta: «La roba tua la prendo volentieri, ma quella di Lidori riportala indietro». Lei l'aveva guardato meravigliata; e Bube: «Perché Lidori mica l'ha comprata coi soldi suoi». «Avrà fatto una colletta fra gli amici.» «E appunto perciò non la voglio. Begli amici. Avesse voluto la sorte che non fossero stati mai amici miei.» «Non ti capisco: perché dici così?» «Dico così perché sono stati loro a rovinarmi. Sì, loro; tutti quanti sono. In carcere si ha tempo di pensare; e io non ho fatto altro che pensare, in tutto questo tempo. E ho capito che la mia colpa non era niente in confronto a quella degli altri. Ma dimmi un po', Mara: non è forse vero che mi hanno spinto a fare quello che ho fatto? C'è stato forse qualcuno che mi ha fermato la mano? No: me l'hanno armata la mano. Io ero un ragazzo, non sapevo quello che facevo... e quando sono tornato dalla macchia, a vedere come tutti mi rispettavano, anzi, mi lodavano e mi portavano a esempio... e m'incitavano a continuare, mi dicevano di picchiare questo e quest'altro... E ora dovrei accettare i pacchi di quella gente? Quando sono stati loro la causa della mia sciagura... Oh, ma perché non ho trovato uno, uno solo che mi abbia aperto gli occhi finché ero in tempo... E anche dopo: perché se mi fossi costituito prima dell'amnistia, a quest'ora sarei fuori. E invece tutti a dirmi che non mi dovevo costituire...

«Ti ricordi di Memmo, quando gli feci il racconto? Lui era una persona istruita e queste cose le capiva: perché non mi spiegò che avevo fatto male a uccidere il figliolo del maresciallo? Se me lo avesse spiegato, io sarei andato a costituirmi...

«Ti ricordi anche quando venne Lidori a svegliarmi durante la notte e a dirmi che dovevo fuggire, io non volevo? Perché lo capivo anche da me che a nascondermi era come ammettere la mia colpa...»

«Ma Lidori, almeno lui, ti è sinceramente amico. Solo quanto si è prodigato durante il processo...»

«E invece io lo considero peggio degli altri. Guarda, diglielo: che non si azzardi a venirmi a trovare: perché mi rifiuterei di vederlo.»

«Verrà il momento che te la rifarai anche con me» aveva detto Mara tristemente.

Allora il suo sguardo s'era raddolcito:

«No, tu sei la sola persona che sono contento di vedere. Tu no, Mara... gli altri li odio, non voglio più saperne. Perché sono più colpevoli di me, e se ne stanno liberi, a godersi la vita. Solo di fronte a te mi sento colpevole... la sola cosa che mi affligge è il dolore che ho dato a te.»

«Non dire così, Bube, caro» lo aveva interrotto lei, cominciando a piangere.

«È vero, Mara, è vero» aveva insistito lui, furente. «Con tutti gli altri sono in credito; soltanto con te sono in debito... Perché quel poco di felicità che ho avuto nella vita, sei stata tu a darmela; e io, come t'ho ripagato?» Lei voleva rispondere, voleva dirgli che anche lui l'aveva ripagata, che anche lui l'aveva resa felice; ma le lacrime le impedirono di parlare.

«Mara, mi perdoni? Mi perdoni del male che ti ho fatto?»

La vista della campagna s'era appannata, e da questo Mara capì che stava piangendo di nuovo. Cercò di nascondere le lacrime, asciugandosi furtivamente le guance e soffiandosi il naso; ma la donna accanto se n'era già accorta. Le posò una mano sulla spalla:

«Che hai, figliola?»

«Niente, niente» rispose lei sforzandosi di sorridere. E tornò a guardare davanti a sé, ma non vedeva nulla. La donna continuava a stringerle la spalla:

«Come mai viaggi sola? Da dove vieni?»

«Da Piacenza» rispose Mara.

«Ma tu non sei di queste parti.»

«No. Sono... di Colle Valdelsa. Vicino Siena.»

«Ah, sei toscana: mi pareva all'accento. E... perché sei andata a Piacenza?»

«Perché c'è il mio fidanzato.»

La donna la scrutò con attenzione:

«Piangi perché ti ha lasciato?»

«No no» si affrettò a rispondere Mara.

«E allora perché?» Ma vedendo che Mara non voleva rispondere, non insistette: solo accentuò la pressione sulla spalla.

Ora nel finestrino passavano case, strade, fabbriche; sempre più fitte, sempre meno svelte; la pressione sulla spalla si attenuò: «Be', io sono arrivata. Buon proseguimento, figliola».

Mara la scorse poi sulla banchina; anche la donna la ricercò con gli occhi, e le fece un cenno di saluto. Al suo posto, si era messa una ragazza vistosamente dipinta e con le ciglia fatte, che fumava. Mara ebbe un moto di curiosità femminile, la osservò, notò che il vestito era di poco prezzo; poi riprese a guardare fuori.

Il treno era ripartito, ricominciò la sfilata monotona dei campi rettangolari, delle strade bianche, degli argini erbosi su cui correva un viottolo. E ricominciò il flusso uguale dei suoi pensieri...

Dopo il colloquio, aveva rivisto l'agente Pistolesi. «Come l'ha trovato, Bube?» E, senza aspettare la risposta: «Sa, anche quelli che si fanno più forza, inevitabilmente hanno i periodi di cattivo umore. E se per l'appunto un periodo così capita proprio quando hanno il colloquio...».

Mara allora gli aveva riferito che Bube non voleva accettare il pacco di Lidori.

«Ci penserò io a persuaderlo.» Poi, in fretta, le aveva dato un foglietto: «Questo è il mio indirizzo. Di qualunque cosa abbia bisogno, scriva a me. E la prossima volta che viene, passi da casa mia: mia moglie avrà piacere di conoscerla... E anche a lei, le farà bene, di trovarsi fra persone di Volterra... Perché qui noi toscani ci si sente spaesati...».

Mara lo aveva ringraziato, e lui:

«Ma le pare? Lo faccio volentieri, per la fidanzata di un compaesano... Magari potessi fare di più...»

Il treno s'era messo ad andare a passo d'uomo, perché lavoravano lungo la linea. Mara era colpita dallo stacco netto fra il verde dei prati e il bianco delle strade. E dalle donne in bicicletta, che pedalavano sgraziatamente, con le pezzuole nere calate sugli occhi. Si voltò verso la ragazza che le stava a fianco, come se sperasse di vedere una faccia amica. Quella la guardò anch'essa, poi le chiese:

«C'è tanto per arrivare a Bologna?»

«Non lo so... non sono pratica» rispose Mara.

«Chissà se a Bologna devo cambiare» disse ancora la ragazza, come parlando tra sé.

«No, si continua con questo treno.» Si spiegò meglio: «Questo treno qui, arriva fino a Firenze... Me lo hanno detto alla stazione dove sono montata».

«Ma io mica devo andare a Firenze. Devo andare a Forlì.» Poi si lamentò che le facevano male i piedi. In ultimo tirò fuori un giornale illustrato e si mise a leggere.

Anche Mara cominciava a sentirsi stanca. Ma alla prima stazione, uscì una persona dallo scompartimento accanto, e lei, se si fosse sbrigata, avrebbe potuto mettersi a sedere: invece lasciò che ci andasse la ragazza, vinta da un'improvvisa ripugnanza all'idea di sedere in mezzo a gente estranea.

La campagna continuava a fuggire restando però sempre la stessa. Le ombre si erano allungate, la luce si era fatta più limpida, era questa la sola differenza, perché, per il resto, avrebbe potuto credere di essere partita appena allora.

Quando finalmente il treno arrivò a Bologna, scese molta gente; e Mara si decise a prender posto in uno scompartimento dove c'erano tre monache. Poi vennero altre persone, una donna con un bambino in braccio, due uomini, un giovanotto.

Mara era seduta accanto al finestrino. Guardava l'affaccendarsi dei ferrovieri, dei venditori di panini e di giornali, dei viaggiatori: tutta quest'attività che ai suoi occhi non aveva scopo le dava anche più angoscia della vista di quella campagna ostile che avevano attraversato durante il pomeriggio.

Finalmente il treno ripartì; e quando cominciarono ad apparire le colline, era già vicina la fine del giorno. Ogni tanto s'infilavano in una galleria, e uscendo trovavano un paesaggio ancora più nudo e squallido. Un'alta montagna, scabra e desolata, si levava ora di fronte a lei: Mara la guardava atterrita. Poi entrarono in una gola: la parete di roccia trasudava umidità. Alla parete di roccia successe un muraglione, e di nuovo il treno s'imbucò in una galleria. Stavolta non ne uscivano più... e alla fioca luce della lampadina azzurrata i volti dei suoi compagni di viaggio erano lividi, disumani... "Nessuno, nessuno ha pietà" pensava Mara. "Nessuno ha avuto compassione di noi, Bube è in carcere, e io..." E lei era una povera creatura abbandonata, un povero essere senza difesa. E pensare che aveva chiesto così poco alla vita... Passò il controllore. Restituendole il biglietto, le disse: «Lei signorina deve cambiare a Firenze».

La sua premura, e più ancora il fatto che parlasse toscano, la incoraggiarono a chiedergli quando ci sarebbe stato il treno per Colle.

«Non per Colle, per Empoli» corresse il controllore «a Empoli poi troverà la coincidenza per Colle. Vediamo» e tirato fuori l'orario lo sfogliò: «Per Empoli ce l'ha alle nove e un quarto... vediamo Siena... eh, purtroppo fino a domattina alle sette non ce l'ha la coincidenza per Colle».

«Fino a domattina alle sette?» fece Mara sgomenta.

«Eh, sì. Allora guardi: le conviene pernottare a Firenze: almeno lì la sala d'aspetto è grande, comoda... il caffè sta aperto tutta la notte...» Consultò di nuovo l'orario e le disse: «Lei domattina alle sei precise prende il treno per Empoli. Arriva a Empoli alle sei e trentuno... e alle sette e due ci ha il treno per Colle».

Sopraffatta dalla stanchezza, si era addormentata un'altra volta. Si svegliò di soprassalto; e subito il suo sguardo corse all'orologio: segnava le quattro. C'erano sempre due ore alla partenza del treno.

Ma non voleva correre il rischio di addormentarsi ancora; e così, prima mangiò il pane che le era avanzato, e poi si mise a pensare. La testa le doleva, gli occhi le bruciavano... e tuttavia la mente era lucida, mentre riandava ai soliti pensieri. "Ha detto: «Solo di fronte a te mi sento colpevole. Gli altri sono tutti più colpevoli di me... Tu sola non hai colpa». E invece anch'io ho colpa! È anche mia la colpa! Quello che gli era sempre mancato, era una ragazza che gli volesse bene... Se l'avesse avuta prima, non avrebbe fatto quello che ha fatto. Ma io ero una stupida ragazzetta: non capivo, non capivo! L'ho amato troppo tardi... quando ormai l'irreparabile era accaduto. Sì, la colpa è anche mia: è soprattutto mia..."

Vicino a lei, un uomo cominciò a tossire; si svegliò, borbottò qualcosa; poco dopo russava di nuovo.

Le faceva sempre male la testa mentre il treno viaggiava veloce verso Empoli, nella prima luce della mattina. Ma per lo meno il paesaggio si era fatto familiare, con le sue dolci ondulazioni, gli oliveti, un bosco di pini e cipressi che costeggiò a lungo la ferrovia.

A Empoli c'era già il sole; le fu detto che il treno di Colle stava per arrivare; attraversò i binari sul tavolato e si fermò sulla banchina.

Arrivò il treno; lei si precipitò per salire, ma un ferroviere, scendendo, disse: «Fate scendere, prima; tanto, non c'è fretta; si riparte fra mezz'ora» e dietro di lui smontarono i viaggiatori, quasi tutti operai con la valigetta in mano... L'ultimo era Stefano.

Rimasero fermi l'uno davanti all'altra, mentre la gente che voleva salire li urtava. Si tirarono da parte.

Alla fine lui le chiese:

«Come mai sei qui?»

«Torno a casa. Sono stata a trovare Bube.»

Stefano abbassò il viso:

«Sì, l'ho letto sul giornale...»

«E tu? Cosa fai qui?»

«Adesso lavoro a Empoli. Vengo tutte le mattine col treno.»

Si portò la sigaretta alla bocca: fu in quel momento che Mara si accorse dell'anello.

«Ah: vedo che ti sei sposato.» Stefano arrossì. «Con quella... con cui eri fidanzato?»

«No... con un'altra.»

«Addio» fece improvvisamente Mara, e salì sul treno. C'era uno scompartimento vuoto, ci si cacciò dentro. Allora non era vero che Stefano l'avesse amata: se si era consolato così presto. Non c'era stato mai nulla di vero nella sua vita: solo la sciagura, la terribile sciagura che l'aveva colpita. Solo Bube che doveva fare quattordici anni di carcere: solo quello era vero. Tutto il resto, la gioventù, la bellezza, l'amore, non era stato niente, era stato una beffa e niente altro, una beffa e niente altro...

III

Tonino abitava nella seconda viuzza dopo il penitenziario; ma quel breve tratto di strada fu sufficiente perché Mara si bagnasse da capo a piedi. Lo sdrucciolo si era addirittura mutato in un torrente.

Salì di corsa gli scalini e arrivata al secondo pianerottolo spinse la porta ed entrò. Dalla cucina le venne subito incontro la moglie di Tonino:

« Misericordia Mara in che stato sei! Non potevi aspettare che spiovesse? »

« Sì, stai fresca prima che spiova. E poi è tardi, sennò non faccio in tempo alla corriera. »

« Non vorrai mica andartene con questo tempo. E bagnata fradicia. »

« Per forza Vilma bisogna che vada: domattina devo essere al lavoro. »

« Ma appunto: che torni a fare a casa, se domattina devi essere di nuovo a Colle... È meglio che ci vai direttamente di qui. »

« Ma mamma, se non mi vede, sta in pena. »

« Se non ti vede, capirà che ti sei fermata a dormire da noi. Con questa stagione, ad andare in giro, c'è da prendersi un malanno. E poi è tanto che ce lo prometti, che una volta ti fermi... »

Mara finì con l'acconsentire: Vilma le diede la sua vestaglia e un paio di ciabatte, e le mise il vestito e le calze ad asciugare sopra la cucina a legna.

«Ora preparo il tè; così ti riscaldi lo stomaco.»

«E Danilo?» domandò Mara.

«È da questa famiglia di sopra.»

«Da quei siciliani?»

«Sì, da loro. Buona gente, non dico mica: ma cosa vuoi, noi toscani non ce la diciamo troppo con quelli della Bassa. Però, meglio loro di quegli altri lassù.» "Lassù", per Vilma, voleva dire Piacenza, dove s'era sempre trovata spaesata. «Credi, Mara, che anch'io contavo i giorni quando sapevo che dovevi venire. Almeno per un'ora avevo la compagnia di una delle mie parti...»

«È stata una fortuna per me che ci foste voi a Piacenza» disse Mara. «Mamma mia! Se ripenso a quei viaggi... Ora almeno sono vicina.»

Vilma apparecchiò con una tovaglia di nylon e mise in tavola le tazze, lo zucchero e un piattino su cui erano già state disposte le fette di limone. Benché anche lei, come Tonino, fosse di umile famiglia, pure ci guardava a queste cose; e teneva la casa sempre in ordine, che era un piacere vederla.

«Tu Vilma la tua casina la tieni proprio come uno specchio.» «Ma che dici!» Però si vedeva che era contenta. «Certo anche qui siamo un po' sacrificati... in camera a fatica ci si rigira... Ma cosa vuoi, con quello che prende Tonino non possiamo mica permetterci il lusso di pagare un affitto più alto.»

Dopo aver bevuto il tè, Mara accese una sigaretta; e Vilma si affrettò a metterle davanti un portacenere.

«Te però non è mica tanto che fumi.»

«No» rispose Mara sorridendo. «È un vizio che ho preso in fabbrica.» E le spiegò che alla mensa c'erano parecchie che dopo mangiato accendevano la sigaretta, e così, aveva finito con l'abituarcisi anche lei. «Ma ne fumo poche: una dopo la mensa, una dopo cena... A volte, la sera, anche due o tre: quando si va a vedere la televisione, fumo per tenermi sveglia.»

«Perché? Ti ci annoi?»

«Non è che mi ci annoi; ma la sera sono stanca e mi fa fatica uscire. Preferirei andare a letto a leggere un libro. Ci vado tanto per far svagare un po' mamma... Lì nella bottega, si dà convegno tutto il paese... Perché anche a mamma, mica le faceva bene stare sempre sola.»

«Tu sei proprio un angelo, Mara» disse Vilma con tono di profonda convinzione.

Mara rise, imbarazzata:

«Ma che cosa dici? È che, povera mamma, lo so soltanto io quello che ha sofferto. Anche per me, cosa credi? magari ne parla di rado, ma ci pensa sempre. Meno male che c'è Vinicio» aggiunse dopo un momento: «lui per lo meno le ha dato solo soddisfazioni» e si mise a ridere. Quando le veniva fatto di ridere così, all'improvviso, sembrava sempre la Mara di un tempo.

«Tua mamma non ha più avuto quei disturbi?» domandò di lì a poco Vilma.

«Per fortuna no. Perché mi ero spaventata proprio. Quella volta che la trovai svenuta... Ma ora s'è capito da che dipendeva: dal carbone. È bastato che mettessimo anche noi la cucina a legna perché non avesse più capogiri. Ma certo, povera mammina, comincia ad avere i suoi anni.»

«E tuo padre come sta?»

«Oh, lui sta bene. Sembra sempre un giovanotto, se lo vedessi! Di spirito, però, non è più lo stesso.»

«Cosa intendi dire?»

«Da che non lavora più al Partito. Non credeva proprio che gli avrebbero fatto una parte simile. E cosa vuoi, di rimettersi a fare il boscaiolo o il manovale non se la sente mica più... a parte che lavorare di braccia non è mai stato il suo forte» e di nuovo scoppiò in una delle sue risate da monella. «Povero babbo» aggiunse tornando seria «anche lui l'ha avuta la sua parte di delusioni nella vita...»

Non ci si vedeva più nella stanza; accesero la luce. Vilma andò a chiamare il bambino, che aveva ancora da fare le lezioni; e, mentre Vilma lavorava, «zia Mara» aiutò Danilo a far le somme e a imparare a memoria una poesia.

Tonino tornò dopo le sette, anche lui bagnato. «Brava, hai fatto bene a fermarti» le disse. «Bube, come lo hai trovato?»

«Bene» rispose Mara. «Non c'è confronto com'è sollevato di spirito da quando era lassù.»

«Eh, che vuoi, qui a San Gimignano, soltanto le visite che riceve... Te l'ha detto che l'altra domenica è venuto Lidori?»

«Sì, me l'ha detto.» E dopo un momento aggiunse: «Sono contenta che gli sia passato il risentimento che aveva contro di lui. Perché Lidori, per Bube, è stato più che un amico: è stato come un fratello. Per questo mi dispiaceva quando Bube faceva quei discorsi...».

«Tutti i detenuti si fissano in qualche idea» disse Tonino. «E così Bube si era fissato nell'idea che erano stati gli altri a rovinarlo... Ma poi gli è passata. Ha capito che non era giusto incolpare gli altri.»

«La colpa, se lo vuoi sapere, non è di nessuno» disse Mara recisa. «Io figurati quante volte ho ripensato a quel giorno maledetto. Non ho fatto altro che ripensarci, in tutti questi anni. E mi sono convinta che la colpa non è stata di nessuno...»

«Certo, se il maresciallo non avesse sparato...» cominciò Tonino; ma lei lo interruppe:

«Io invece non accuso nemmeno il maresciallo. Nessuno ebbe colpa... fu solo un male. Ma cosa credono di aver fatto mettendo in galera Bube e Ivan? Giustizia, forse? No, hanno fatto dell'altro male: a Bube, a Ivan, alle loro famiglie; e a me... Tutto quello che ci hanno fatto soffrire, che ci faranno soffrire ancora, è servito forse a rimediare qualcosa? Io glielo vorrei proprio domandare, ai giudici: facendo soffrire noi, avete forse alleviato il dolore di qualche altro? Quel povero Ivan» aggiunse dopo un momento:

«io me lo ricordo al processo, era un pezzo di giovanotto, con due spalle così: e ora è tisico, e pare che stia per morire».

«Bube per fortuna di salute sta bene.»

«Sì» disse Mara, rasserenata. «Di salute sta bene, e anche come morale, è molto più sollevato. Oggi s'è parlato del nostro avvenire. Abbiamo deciso che avremo due figli, un maschio e una femmina...» Si rivolse a Vilma che aveva smesso di lavorare e la guardava: «Non saremo mica così vecchi da non poter avere due figlioli. Io avrò trentadue anni e Bube trentasei... tanta gente si sposa anche più anziana». Vilma volle dir qualcosa, ma si trattenne o non ne fu capace. Mara se ne accorse: «Ti sembra stupido che si faccia dei progetti quando quel tempo è ancora tanto lontano?».

Vilma scosse energicamente il capo:

«No, ti capisco Mara... solo non so come fai ad avere tanto coraggio.»

«E allora Bube, che è chiuso là dentro? Eppure anche lui si fa forza e sopporta con rassegnazione... Vero?» aggiunse rivolta a Tonino. «I primi tempi sono i più terribili» disse poi. «Ma, in seguito, ci si fa quasi l'abitudine... Sono passati questi sette anni, passeranno anche questi altri sette. E poi, io cerco di non pensarci. Conto solo i giorni che mi separano dal colloquio. Perché è tale una gioia quando lo rivedo...»

«E anche lui fa così» disse Tonino. «Non pensa che al momento in cui ti potrà rivedere. La mattina del colloquio è agitato, non riesce a stare un momento fermo... Perché bisogna capirli come son fatti. Una piccola cosa che per noi non sarebbe nulla, per loro diventa un avvenimento. Il colloquio, la lettera, il pacco... non c'è mica altro nella loro vita.»

Per alcuni minuti rimasero in silenzio. Poi Vilma si alzò e disse:

«Su, prepariamo cena. Domattina Mara si deve alzare presto.»

«Oh, ci sono abituata» fece Mara. «La mattina l'autobus mi parte alle sette meno dieci, sicché vedi bene che la differenza è poca.»

Insieme prepararono cena e apparecchiarono. Dopo che abbero mangiato, Vilma rigovernò e Mara la aiutò ad asciugare. Tonino mise il bimbo a letto, e poi tornò in cucina.

Stettero un altro po' alzati. Il discorso a un certo punto cadde sul prete Ciolfi, che era morto poco dopo il processo; e i fascisti dicevano che era stato in conseguenza delle botte che gli aveva dato Bube, ma era una calunnia; perché era morto di cancro, invece.

«E ti dico di più» fece Tonino «per Bube fu un dispiacere quando seppe della morte del Ciolfi. Vedi un po' com'è cattiva la gente a dire certe cose.»

«È cattiva la gente che non ha provato il dolore» disse Mara. «Perché quando si prova il dolore, non si può più voler male a nessuno.»

«È proprio così» fece Tonino. «E noi che ci si vive accanto alla gente che soffre, lo sappiamo meglio di chiunque altro.»

E venne l'ora di andare a dormire. Mara li salutò; e li ringraziò, anche.

«Ma non dirlo nemmeno per scherzo!» esclamò Vilma di rimando. «Tu dovresti fermarti tutte le volte. Perché per noi è un piacere...»

Mara era stata messa a dormire sul divano del salottino: ci stava comoda, ma non le riusciva prender sonno. Il fatto di essere in un letto nuovo, e il tic tac della sveglia, e il rumore della pioggia, e il vento che s'ingolfava nel vicolo e scuoteva l'intelaiatura della finestra, tutto contribuiva a tenerla desta. Udì dieci rintocchi: venivano dal penitenziario. E l'angoscia la prese, al pensare che Bube era là tra quelle mura, e ci sarebbe rimasto altri sette anni.

Ma non fu che un momento: perché ancora una volta quella forza che l'aveva assistita in tutte le circostanze dolorose della vita, la sorresse e le ridiede animo. Mara rimase a lungo sveglia, con gli occhi aperti, e pensava che aveva fatto la metà del cammino, e che alla fine della lunga strada ci sarebbe stata la luce...

L'autorimessa era aperta, ma non avevano ancora tirato fuori la corriera. Anche il caffeuccio di fronte era aperto; ma la macchina era sotto pressione: e Mara dovette aspettare una diecina di minuti per avere il suo caffè.

Poiché il locale era sempre vuoto, ne approfittò per fumare. Ma si affrettò a spegnere la sigaretta quando entrarono i primi avventori.

Erano operai, diretti come lei a Colle. Mentre aspettavano di essere serviti, parlavano e ridevano, e ogni tanto le lanciavano un'occhiata. Ognuno che sopravveniva, era salutato da un'esclamazione e da qualche botta amichevole sulla schiena. Poi arrivarono anche il fattorino, col berretto di traverso, e l'autista, con la giubba sulle spalle. Dopo aver preso il caffè, rimasero appoggiati al banco a discorrere con gli operai; finché uno di questi disse all'autista:

«Muoviti, vai a tirar fuori il macinino.»

L'autista fece l'atto di tirargli un pugno, e quello, a sua volta, abbozzò la parata. Due minuti dopo la corriera usciva lentamente dall'autorimessa e si disponeva di traverso. I viaggiatori montarono senza fretta; Mara andò a mettersi nel primo sedile.

Finalmente montò anche il fattorino, sbatté lo sportello e disse all'autista: «Andiamo». La corriera si mosse, passò sotto la porta, percorse un tratto del viale alberato lungo le mura; poi affrontò la discesa.

Alla prima curva, si scoprì la Valdelsa. C'era un mare di nebbia, laggiù: da cui emergevano come isole le sommità delle collinette. Ma il sole, attraversando coi suoi raggi obliqui la nebbia, accendeva di luccichii il fondovalle. Mara non distoglieva un momento gli occhi dallo spettacolo della vallata che si andava svegliando nel fulgore nebbioso della mattina.

(1958-59).

SOMMARIO

Finito di stampare nel mese di giugno 1992
presso lo stabilimento Allestimenti Grafici Sud
Via Cancelliera 46, Ariccia RM

Printed in Italy

BUR
Periodico settimanale: 15 luglio 1992
Direttore responsabile: Evaldo Violo
Registr. Trib. di Milano n. 68 del 1°-3-74
Spedizione abbonamento postale TR edit.
Aut. n. 51804 del 30-7-46 della Direzione PP.TT. di Milano

LA BUR LIBRERIA
Ultimi volumi pubblicati

NELLA STESSA COLLANA

NELLA STESSA COLLANA